固有名の詩学

前田佳一 編

法政大学出版局

Poetologie der Namen

固有名の詩学　目次

固有名の詩学のための序論……前田佳一　1

第Ⅰ部〈産出性〉

第一章　作者と名前
――ドイツ盛期中世俗語文芸における作者……山本　潤　19

第二章『ジーベンケース』における名前の交換……江口大輔　42

第三章　呼びかけ・主体化・服従化
――トーマス・マン『トニオ・クレーガー』における名前……木戸繭子　59

第四章　リルケ作品における名づけと呼びかけ……山崎泰孝　80

第五章　インゲボルク・バッハマン『ボヘミアは海辺にある』における固有名の神話化作用……前田佳一　96

第Ⅱ部　〈虚構性〉

第六章　ヘルダーリンの頌歌『キロン』における固有名の機能……小野寺賢一　109

第七章　ジャン・パウル『自叙伝』における固有名「パウル」……江口大輔　135

第八章　ホフマンとディドロ
——継承と呼応……宮田眞治　155

第九章　トーマス・マン『すげ替えられた首』における「体を表す名」と「神話の名」……木戸繭子　182

第十章　ウィーンの（脱）魔術化
——ハイミート・フォン・ドーデラーとインゲボルク・バッハマンのウィーン……前田佳一　210

第Ⅲ部 〈否定性〉

第十一章 **Nemo mihi nomen**
——あるアナグラムの系譜 平野嘉彦 237

第十二章 ベルリンは存在しない
——ウーヴェ・ヨーンゾンにおける境界と名称 金 志成 259

第十三章 断片としての名
——インゲボルク・バッハマンにおける固有名の否定性 前田佳一 283

編者あとがき 前田佳一 305

執筆者紹介 (1)

凡例

一、本文中に示される固有名などの表記は執筆者の意向を優先し、必ずしも本書内で統一していない。

一、引用などで使用する版も各執筆者の判断によるものであり、注での文献の記し方も、各執筆者の意向を優先する。各論考ごとに注を参照のこと。

一、引用文中の〔 〕は、引用者による補足ないし補注を示す。

固有名の詩学のための序論

前田佳一

一　固有名の「アウラ」

固有名にはどのような意味があるのか。本書がもし哲学書であるなら、書き出しにおいてこのように問うことは正当なことであるだろう。だがそこに、「文学作品における」という限定を加えるならばどうだろうか。すなわち、「文学作品における固有名にはどのような意味があるのか」と。だがこのように問うことは、その対象にとって、すなわち文学的固有名（以下本書ではこのように呼ぶ）にとって、適切なこととは限らない。というのも、文学的固有名には、意味があり過ぎるからである。

本書は文学的固有名をめぐる諸問題について、特にドイツ語圏の文学を対象として複数の執筆者の論考を通じて考察するものであるが、文学的固有名を日常言語におけるそれと区別する決定的な違いの一つは、作品によって作り出される虚構世界の外部に指示対象を持たない、という点である。それゆえ、逆説的にきこえるかもしれないが、文学的固有名にはしばしば、意味が過大に充塡させられている。いくつかの文字列あるいは音節によって構成される、ある一つの名前に何らかの意味があるということ、その名前によって指し示される人物あるいは土地に、特有の、豊かな、唯一無二の社会的・実存的背景があるということ、これらのことについて作者、読者、さらには例えば小説であれば登場人物や地の文の語り手等、当該作品に関わる人物たちの間である種の合意が存在していなければ、それは文学的固有名として機能しない。固有名が文学的固有名たりうるには、このような、その固有名が包含する「意味」をめぐる信念の体系とでも呼ぶべきものが、そのテクストを取り巻く人々の間で成立していることが前提となる。[1] そしてそれが著名な文学作品のそれであるならば、その読者の人数が時代が進むにつれて増大する分だけ、それをめぐる信念の総量もまた、増大することになる。じじつ詩人自身が、ときに過去の文学的固有名が有するその意味の過剰さを持て余しているかのような身振りをすることがある。たとえば戦後オーストリアの女性作家インゲボルク・バッハマン（一九二六―一九七三）は、一九五九／一九六〇年にフランクフルト大学で行った連続講演の第四回『名前との付き合い（Der Umgang mit Namen）』の冒頭部において、フランク・ヴェーデキントの作品に登場し、アルバン・ベルクのオペラ化によっても著名となった「ルル」という人物名を例に挙げ、次のように述べている。

アウラ、ある一つのアウラを有したこの名前、それは確かに音楽と台詞に負うものであるとしても、それでもこの名前にはアウラがあって、ある名前がひとたびこのような放射力を放てば、その名前は独立不羈なものとなるように思われます。世界に存在するためには、名前さえあればいいのです。名前が光を放つということ、そして私たちがそれに執着しているということほど、神秘的なことはありません。たとえ作品について全く何も知らなくとも、ルルやウンディーネ、エマ・ボヴァリーやアンナ・カレーニナ、ドン・キホーテにラスティニヤック、緑のハインリヒにハンス・カストルプという名前が確固としてそこにあるということをその無知が阻むことはありません。いやそれどころか、話したり考えたりする中でこれらの名前と関わりあうということは私たちにとって実に自然かつ馴染み深いことであるために、私たちはこれらの名前がなぜそもそもこの世に存在するのか、一度でも問うことすらしないほどなのです。それはまるで、誰かがこれらの名前によって、私たちが自分の名前によってなされているよりも良い洗礼をうけているかのようなのです。まるで洗礼が行われ、［…］一つの命名がなされたとでもいうようにです。この命名は決定的なものであり、それによる恩恵には、いかなる生身の人間も与ってはいません。これらの名前は創作された存在に焼き付けられているのであり、同時にその存在を体現してもいます。これらの名前は永続的なものであり、もし私たちがそれを借用して子どもにでもつけようものなら、生涯にわたって特定の含意がついてまわり、さながら仮装でもしているかのようになってしまいます。つまりそのような名前は、生身の人間以上に、創作上の人物と強く結びついているのです。(2)

バッハマンのこの講演は文学的固有名をめぐる詩人自身による問題設定がなされている重要なテクストとして知られており、本書もまた繰り返し（とりわけ編者が執筆した第五章、第十章、第十三章において）これに立ち返ることになるが、それはともかく、文学的固有名には「アウラ」が存在するというこの言明、これが詩人自身が行うものであってみれば、そこにある種の行為遂行的な局面を見て取ることもできよう。ヴァルター・ベンヤミンが複製技術登場以前の時代の芸術作品が有していたとされる「いま、ここ」的な一回性に与えた名称たる「アウラ」を、書籍というメディアや他の芸術ジャンルによるアダプテーション、さらには実在の子どもへの同じ名前の名付け等を通じて無限に複製／流通させられうる文学的固有名に認めるということには、ある種逆説的な趣がある。すなわちバッハマンは、詩人による文学的固有名の産出に、ある種の不可逆性、解約不可能性を認めている。いったんアウラを有した固有名が文学作品によって生み出されれば、それを受容する後代の人々はその名前に充填された過剰な意味付けと無縁ではいられず、新たな名（これは文学的固有名に限らない）が生み出される際においても、それは過去に生み出された、アウラを帯びた文学的固有名群の織りなす布置の中に投げ入れられることになる。そしてそのアウラは時を経るごとに強まってゆくのである。

そう、文学的固有名にはこのような意味で、ある種の産出的契機が存する。それは詩人によってあるアウラを帯びた文学的固有名が無から有へと創造されるということのみならず、その名を後代の人間が多様なかたちで受容していくことにより、そこに絶えず新たに意味が充填されうるということをも意味する。さしあたりここでは前者を〈詩的産出性〉、後者を〈歴史的産出性〉と呼んで区別しておこう。本書第一部は、特にこの〈産出性〉という主題に費やされることになる。このことはたとえば第一章（山本）が問題とする中世俗語文芸における作者の〈名乗り〉による作者性の成立や、第二章（江口）における名前の交換のモチーフと魂の不死性をめぐる問題、第三章（木戸）における〈呼びかけ〉を通じての主人公の主体構築（とその従属化）、第四章（山崎）における〈名づけ〉と〈呼びかけ〉による詩人の「あるべき名前」への志向、第五章（前田）における「海辺のボヘミア」というユートピア的場の名指し、というかたちで扱われる。

二　文学的固有名の類型論

文学的固有名研究は、例えばある作家によって使用された固有名を収集し、それらをその由来や語源にしたがって分類するという類のことに止まるべきものではないし、本書もそのようなことを目指すものではない。[3] むしろ問われるべきは、文学的固有名によって〈産出〉されているのは何であるのか、ということであり、これを明らかにすることの第一歩は、それぞれの文学的固有名が当該作品においてどのように機能しているのかということを考察することであろう。

この点に関し、言語学者フリートヘルム・デブースの近年の業績を参照しておこう。彼は文学的固有名の諸類型ならびにその諸機能を、文学研究者のディーター・ランピングやヘンドリック・ビールス[4]らによる分類を継承・修正したうえで、ある程度説得力ある形で整理した。この機能分類は本書のいくつかの論考においても前提となるため、ここで筆者なりの整理を施したかたちで示しておく[5]。

【諸類型（Typologie）】

一、**体を表わす名**（Redende Namen）：名前によって当該人物の特性、性格、作中での運命等が言い表される。

［例：ゴットフリート・フォン・シュトラースブルク『トリスタンとイゾルデ』におけるドイツ語で「traurig（悲しい）」を意味する古仏語 triste からとられた「トリスタン」、ゲーテ『ファウスト』における「喧嘩男」、「摑み男」等。］

二、**階層分類する名**（Klassifizierende Namen）：名前を通じて当該人物の宗教的あるいは社会的な帰属、階層、出自等が示される。

［例：アンドレアス・グリューフィウスの喜劇『ホリビリクリブリファックス　トイチュ』における、ユダヤ人であることを明示する名としての「イサカル」、トーマス・マン『トニオ・クレーガー』の主人公の名における、北ドイツ的な名としての「クレーガー」とイタリア的な名としての「トニオ」等。］

三、**音象徴を伴う名**（Klangsymbolische Namen）：心地よい、あるいは不快な響きを有する名前が意図的に用いられる。

［例：『ホリビリクリビリファックス　トイチュ』における「ホリビリクリビリファックス」、クレメンス・ブレンター

ノの短編における「ムルクサ」、「ディルダップ」、「ピッチュパッチュ」等。］

四、**具現化された名**（Verkörperte Namen）：実在の人物の固有名が登場人物につけられている。

［例：シェイクスピアの戯曲における「ジュリアス・シーザー」、シラーの戯曲における「ヴァレンシュタイン」等。］

【諸機能（Funktionen）】

一、**同定**（Identifikation）：固有名を通じての当該人物の同定

二、**虚構形成――錯覚形成**（Fiktionalisierung – Illusionierung）：固有名が効果的に用いられることによって虚構世界がより充実したものとなり、虚構の人物あるいは場所の実在性が読者にとって本当らしく思われるようになる。

三、**特徴づけ**（Charakterisierung）：固有名によって登場人物に人格的あるいは社会的特徴が付与される。

四、**神話化**（Mythisierung）：名前と名付けられる対象との間の神話的一体化が成立し、名前そのものにある種の魔術的力が付与される。

五、**強調――匿名化**（Akzentuierung – Anonymisierung）：一般的に作者は特定の名前を際立たせようとする（強調）ものだが、あえて名前を伏せること（匿名化）でそれをなそうとすることもある。

この分類には一定の意義と説得力があると言えようし、じじつ本書に収録された論考のうちいくつかにおいて、これらの分類がなんらかの形で論述の際の道具立てとして用いられることになる。ただし本書の、そしてひいては文学的固有名研究の目指すべきは、個々の文学作品にこれらの分類をそのまま適用することを通じてあらゆる文学作品における固有名の使用法のパノラマのごときものを最終的に作成し、提示するという類のものではない。たとえばゼルプマンは、このような類型論的分類にはある種の単純化が避けえないし、

またそのことを回避するために類型そのものを増やそうとすると今度はその分類そのものの利便性が損なわれてしまうということ、そしてこのような類型論には各固有名が有する歴史性へのパースペクティブが欠けているという二点から、批判を加えている。(6) 後者の、文学的固有名の歴史性をめぐる問題意識は、前節で言及した〈歴史的産出性〉をめぐる問題とも通底するものであろう。ともあれ、本書の諸論考もまた、先の分類に言及することがあるとしても、それはこれらの類型／機能が、いかにして文学的固有名の〈産出性〉に寄与しているかを問う際の前提となる場合においてのみである。

三　〈虚構性〉と〈否定性〉

先に述べた通り、文学的固有名の産出的契機には、作者による虚構世界の産出と読者による受容という二つの出来事が関わっているのだが、この観点から先の機能分類を検討すると、とりわけ「錯覚形成」が重要性を帯びてくるように思われる。以下にこの「錯覚形成」について、主にランピングに依拠しつつ(7)簡潔に説明しておく。あらかじめ述べておくならば、このことは本書第二部の主題となる〈虚構性〉とも深く関わる。

文学作品が引き起こす錯覚（Illusion）とはいわゆる虚構世界の真実らしさ（Wahrscheinlichkeit）を読者に錯覚させることであり、固有名の錯覚形成機能とはさしあたり、虚構世界をたちどころにまるで現実世界であるかのように現象させてしまうことであると定義できる。(8) 文学作品の登場人物は語と文との単なる連なりによって読者に錯覚されるものに過ぎないのだが、それらはテクストによって喚起された読者の想像力によって、実在の人物と同等の実在性（Realität）を獲得する。

錯覚形成が固有名のみによってなされるものではないとしても、固有名は、錯覚形成にとって欠かせないものである。読者が文学的テクストにおいて何の規定もなされていない一つの名詞を見るとき、多くの場合読者はそれを登場人物の固有名であるとただちに了解することができる。たとえば小説の書き出しで「メロスは激怒した」という文章に遭遇したとき、それ以上その文では「メロス」という名詞について何も説明されていないにもかかわらず、読者はそれを何者かの人物の名であるとただちに了解し、のみならず、その名が指示する虚構の人物の背景にあるはずのその人物の生の全体もまた、たとえ茫漠としたものではあれ、所与のものであるかのように想定する。このような錯覚こそが、読者がその作品の虚構世界を受容していく上で強力な推進力となる。

日常言語における実在の人物の固有名とは異なり、虚構テクスト内の人物の固有名についての情報はテクスト内ではごくわずかしか与えられない。にもかかわらず、先のような作用が起こることは注目に値する。そもそも実在の人物はその人物に関するさまざまな情報によって無限に規定されており、固有名はそれらの情報をつなぎとめるための単なる紐帯にすぎないとも言えるが、[9]対して文学的固有名によって指し示される人物に関して読者が抱くイメージは、まず固有名が先行して知覚され、そこからテクスト内で当該の人物について徐々に何らかの規定がなされていき、かつ同時に、テクスト中では規定されていない、当該人物についての膨大な非規定箇所（Unbestimmtheitsstellen）が読書行為によって埋められていくという形で成立する。[10]読者はこうして、登場人物たちを、あたかも実在の人物であるかのように錯覚した上でその作品の虚構世界を受容していく。そしてそもそもこのような錯覚が成立しなければ作品の虚構世界を読者が十全に認識できないのだとすると、固有名こそが、虚構世界が成立するための鍵であるとも言える。

だがここで一つの疑念が生じる。錯覚はあくまで錯覚である。ではこの錯覚において、文学作品内のある固有名がある特定の人物を指しているのであってそれ以外の人物を指しているのではないこと、あるいはある人名や地名がそもそも作品内にその指示対象となる人物や場所を本当に有しているのかどうかということ、これらのことはいったいどのように担保されるのだろうか。激怒したとされる「メロス」なる固有名が指示する人物は本当にその作品の虚構世界内に存在しているのだろうか。実際はこのことはいかようにも担保されえない。なぜなら固有名による錯覚はあくまで読者とテクストとの間にのみ生起する錯覚であり、虚構テクスト内の人物がテクスト外に実在しているわけではない以上[11]、虚構テクスト内の固有名とその指示対象との参照関係もまた、常に虚構でありうるからである。

　むろんここまで懐疑的になることはさすがに非生産的であるので止しておくとしても、そもそもこの錯覚形成は、作者とテクストとの関係を離れた、読者とテクストとの受容関係に依存したものなのであるから、そこにはある種の不確かさが不可避的に組み込まれている。読者による錯覚が作者の意図した通りのものになるとは限らないし、また読者も、読者自身期待する通りの錯覚に成功するとは限らない。あるいは、このような不確かさを逆手にとって作者が読者による錯覚を意図的に撹乱することも可能だろう。さらには、その作品や固有名の置かれた政治的、社会的状況等のテクスト外の文脈という偶発的要素によって、作者も読者も予期していなかったような形での錯覚が成立する可能性もある。錯覚形成には、いやそもそも文学作品における固有名には、かくのごとき不確かさがプログラムされているということは、念頭に置かれるべきことだろう。

　そして二〇世紀の哲学における固有名をめぐる理論もまた、その端緒においてこのような不確かさをめぐる疑念に取り憑かれていたように思われる。その固有名理論の端緒とはバートランド・ラッセルによる、後にジョン・サールらによっていわゆる記述説として理論的に洗練化されることになる思考であるが、これをある種の逸話として取り上げておくことは、文学的固有名の研究にとってもそれなりに示唆的であるだろう。

　ラッセルの記述理論について単純化を恐れず簡潔に説明するならば、名前とはある種の記述群によって言い換えることのできるものであり、人がある名前をその指示対象と結びつけて認識する際には、暗黙のうちにその対象についての記述群と名前との置き換えが起こっているということである。一九一八年の『論理的原子論の哲学』第二講義における叙述を参考にしつつ述べるならば、日常言語で用いられる「ソクラテス」という固有名は特定の人物を直接指示しているというより、「プラトンの師」や『毒人参を飲んだ哲学者』などといった「ソクラテス」として一般に通用する人物に関する既存の膨大な記述群からなるシステムの全体を一つの単語へと「省略（abbreviation）」あるいは「偽装（disguise）」したものなのである。このことは、この固有名を用いる者が「ソクラテス」という語によって指示されている人物を「面識（aquaintance）」していないこと、ドイツ語で言うならば kennen していないことに起因する。ラッセルは、話者が直接の面識のない人物や事物について用いる固有名を、厳密に論理的な意味での固有名とは認めない。そしてラッセルは、次のような、一見すると奇怪とも言うべき結論に至ることになる。

論理的な意味で名前として使えるのは、「これ（this）」や「あれ（that）」のような語だけです。ある個物を面識している間は、それを指す名前として「これ」を使うことができます。私も皆さんも「これは白い」と言うでしょうが、皆さんが私の意に同意するとき、「これ」で何を意味しているのでしょう。自分が見ている物のことを意味しているのだとしたら、皆さんは「これ」を固有名として使っています。しかし皆さんが、私が「これは白い」で表現している命題を捉えようとしているのだとしたら、不可能なことをしようとしていることになります。あるいは物体としてのこの一本のチョークのことを意味しているのなら、固有名として使ってはいないことになります。「これ」を厳密に、現に感覚している対象をさすために使うときだけ、「これ」は本物の固有名なのです。またそのように使われるとき、固有名には奇妙な特徴があります。すなわち、一定の間隔が空いた二つの時点で固有名が同じ物を意味することは極めてまれであること、そして話し手と聞き手にとって同じものを意味することはないことです。

「これ」は多義的な固有名ですが、それでも本物の固有名であり、そしてこれまで話してきた意味で、本来の論理的な固有名として用いられるものとして、私に思いつけるほとんど唯一のものです[15]。

ラッセルによって先鞭をつけられた記述理論がストローソンやサールによって上書きされたのち、クリプキの『名指しと必然性』におけるいわゆる因果説によって反駁をうけたという二〇世紀の哲学史の流れはここでは措いておこう。先の引用で興味深いのは、ラッセルが話者にとって面識のない個物について用いられる固有名を本当の意味での固有名とは認めず、話者とその談話の聴取者の双方が「いま、ここ」でその対象を面識していることによってはじめて成立する「これ」や「あれ」というダイクシスのみを「本物の固有名」とみなしていることであり、言い換えるならば、ダイクシス的な直示性をもたない固有名には、バッハマンのようには「アウラ」を認めていないということである。これは先に言及した文学的固有名の錯覚形成作用を考慮するならば非常に示唆的と言える。すなわちラッセルは虚構テクストのみならず日常の言語使用においても固有名の使用そのものがある種の「偽装」に基づいており、そこに虚構性が生起する契機が潜んでいることを看破していた。話者にとって面識のない個物を指示する固有名はその個物に関する一連の記述群を偽装したものに過ぎず、その固有名を用いる発話の受容は文学的テクストにおいてと同様にある種の錯覚形成に依存しているがゆえに、そこには虚構性の地平がうち開かれかねない不確かさが潜在している。話者の面識の伴わない個物についての固有名、つまりは「偽装されたもの」としての固有名はおしなべて虚構性を生み出す契機をはらんでいるのだとするこのラッセル的直観、この哲学史上の一コマから読み取るべきは、固有名研究が哲学研究の枠内のみならず、言語によって構築された虚構世界あるいは虚構性そのものをその研究対象とする文学研究によってなされなければならないということの必然性であろう。哲学者ラッセルが信用するに足らないとした固有名の虚構性にこそ、詩人たるバッハマンはむしろ「アウラ」を認めていたのであった。それゆえ文学的固有名研究は、文学的固有名の詐術によって産み出されたアウラそのもののありようを、検討対象としなければならないのである。〈虚構性〉と銘打った本書の第二部が取り組むのは、まさにこのことである。

そして本書の第三の主題〈否定性〉もまた、この固有名の不確かさをめぐるラッセル的直観から出来しうるものである。すなわち、ある時代の言語哲学者たちであれば日常言語の不完全さを廃した、論理的に完全な言語を志向するであろう局面において、詩人たちはむしろ、その固有名の不完全さそのものを、積極的に表象しようとする。それはある場合には否定辞の積極的な使用として（第十一章の平野論文）、別の場合には固有名とその指示対象との断絶そのものの表象（第十二章の金論文ならびに第十三章の前田論文）として、主題化される。

四　現実と虚構の境域としての固有名

さて、やや話を戻すが、先の〈産出性〉ならびに〈虚構性〉をめぐる議論から、文学的固有名には作品外（虚構世界外）空間との境域としての機能があるということが帰結しうる。このことは主に、第二部のいくつかの論考において問題になるため、ここで補足しておこう。

読者にとって既に作品外において既知のものである固有名、たとえば実在する人物や土地、あるいは神話やそれ以前に存在する別の作品等のサブテクストに登場する固有名がある作品において用いられるとき、そこに生起する錯覚形成は、単にその作品内でのみ用いられる固有名における場合とは異なったものになる。たとえば実在の地名が虚構テクスト内で用いられるとき、そこには虚構世界の地平と現実世界の地平とが、その固有名を介して接続される。言うなればこのことによって固有名は、虚構世界と現実世界との間のある種の閾(Schwelle)を形作る。それゆえこの虚構と現実という二つの地平の接続によって、そこにある種の相互浸透が起こることは十分に考えられることであろう。実在の地名が散りばめられることによって形成される虚構空間が現実世界をある意味で写しとらんとするものであるとすれば、テクストにおいてそれらの固有名を通じて虚構と現実という二つの地平がある種のズレを伴いつつ二重写しになる。読者はその虚構世界の受容にあたってはそれが部分的に写しとる現実世界を常に念頭に置かざるをえず、その意味でそこで起こる錯覚形成はテクスト外の「現実」なるものというある種の偶発性にさらされていることになる。そしてさらに、このことによって虚構から現実への逆作用が起こるということもまた、十分に考えられることだろう。すなわち実在の地名がちりばめられた作品を読み、その虚構世界を十全に受容した読者は、その作品を読む前と同じ態度ではもはや現実を認識することはできなくなり、その現実把握は虚構世界のそれを投影したものになりうる。本来虚構世界に先行するサブテクストとして存在していたはずの現実が、自らを模倣したものに過ぎなかったはずの虚構テクストによって変容をこうむりうるというわけである。このことに関し、第十章(前田)ではハイミート・フォン・ドーデラーとインゲボルク・バッハマンの長編における「ウィーン」をめぐる実在の地名群の虚構性が論じられることとなる。

そしてこのことは何も地名に限ったことではないだろう。文学的固有名は、ときに作品外の空間への参照を促す符牒となる。すなわち文学作品は先にも述べたように他ならぬ固有名によってその虚構空間を形成・強化(錯覚形成)するが、固有名はそのとき、まさにその役割ゆえに作品の内部と外部との境域としても機能するのである。例えば第六章(小野寺)では、ヘルダーリンの頌歌『盲目の詩人』が『キロン』へと改作されるにあたり、古代ギリシアの神話上の人名が作品の中心に据えられることによって生じたテクストのある種の拡張性が、問題となる。第九章(木戸)も、トーマス・マンの短編『すげ替えられた首』に登場する一群の固有名を「体を表わす名」と、神話上の名の二つの側面から読み解き、これらの固有名が作者の自伝的要素を幾重にも隠蔽しつつ、かつ同時に露わにもしようとする仮面的符牒として機能していることを示す。第七章（江口）はジャン・パウルの自伝的テクストにおいてラッセル的な意味での「本物の固有名」たる「私」というダイクシスが「パウル」という虚構性をはらんだ一個の名称へと交代する際に生じる、現実と虚構と間の境界侵犯のありようを描き出す。第八章（宮田）では、ホフマンの『騎士グルック』と『蚤の親方』における固有名の戦略的使用によって生み出された、ディドロ作品との時代を越えた〈呼応〉関係が扱われる。

以上、本書の諸論考が拠って立つ一般的問題について素描した。ただし第一部〈産出性〉、第二部〈虚構性〉、第三部〈否定性〉という区分は必ずしも絶対的なものではなく、論考によっては他の部のテーマをも包含する主題を扱う場合もありうることは留保しておきたい。本書をきっかけとしてこれまで包括的な検討に乏しかった文学的固有名をめぐる本邦での議論が活発化することになるとすれば、編者にとって望外の喜びである。

注

（1）　ただしこのとき、日常言語においてと同様、その固有名の意味に関する合意が成立している必要は必ずしもない。固有名は使用者同士で多少の意味のミスマッチがあったとしても何の問題もなく使用されうるからである。

（2）　Ingeborg Bachmann: Der Umgang mit Namen. In: Dies.: Kritische Schriften. Hg. von Monika Albrecht und Dirk Göttsche. München Zürich (Piper) 2005, S. 312f.

（3） Wilfried Seibicke: Die Personennamen im Deutschen. Berlin (de Gruyter) 2008, S. 90.

（4） Dieter Lamping: Der Name in der Erzählung. Zur Poetik des Personennamens. Bonn (Bouvier) 1983./ Hendrik Birus: Vorschlag zu einer Typologie literarischer Namen. In: LiLi. Zeitschrift für Literaturwissenschaft und Linguistik. Jahrgang 17 / 1987. Heft 67: Namen, S. 38–51.

（5） Friedhelm Debus: Namen in Literarischen Werken. (Er-)Findung – Form – Sunktion. Mainz Stuttgart (Franz Steiner) 2002. ならびに Friedhelm Debus: Funktionen literarischer Namen. In: Sprachreport. Mannheim 2004, S. 2–9. そして Friedhelm Debus: Namenkunde und Namengeschichte. Berlin (Erich Schmidt) 2012. を参照。

（6） Rolf Selbmann: Nomen est Omen. Literaturgeschichte im Zeichen des Namens. Würzburg (Königshausen & Neumann) 2013, S. 30f.

（7） Lamping, a. a. O., S. 29–39.

（8） Ebd., S. 29.

（9） ただしこのようなジョン・サールらのいわゆる「記述説」に則った理解は現代の言語哲学の立場からするとあまりに古典的なものに映るかもしれない。現代言語哲学における固有名の指示論についてはたとえば藤川直也の『名前に何の意味があるのか——固有名の哲学』（勁草書房、二〇一四年）を参照のこと。

（10） Lamping, a. a. O., S. 30.「非規定箇所」はローマン・インガルデンが『文学的芸術作品』で用いる用語であり、ランピングはこれを援用している。Vgl. Roman Ingarden: Das literarische Kunstwerk. Vierte, unveränderte Auflage (erste Auflage 1931). Tübingen (Max Niemeyer) 1972.

（11） 歴史上実在する人物の固有名が文学作品で用いられている場合も、その名は理論上は音声と綴りが外面上一致しているに過ぎないものとみなされる。Vgl. Seibicke, a. a. O., S. 87.

（12） Bertrand Russell: The Philosophy of Logical Atomism. II. Particulars, Predicates, and Relations. In: Ders: The Philosophy of Logical Atomism and Other Essays. 1914–1919. Edited by John G. Slater. London Boston Sydney 1986, S. 169–180.（邦訳：バートランド・ラッセル『論理的原子論の哲学』、高村夏輝訳、ちくま学芸文庫、二〇〇七年、二九—五四頁）

（13） Ebd., S. 178.（邦訳四九頁）

（14） ラッセル（ならびにフレーゲ）にとって固有名は「偽装された確定記述」であるとのパラフレーズは今日人口

に膾炙しているが、元来はソール・クリプキが『名指しと必然性』において行ったそれに由来する。“Frege and Russell both thought, and seemed to arrive at these conclusions independently of each other, (...): really a proper name, properly used, simply was a definite description abbreviated or disguised.“ Saul A. Kripke: Naming and Necessity. Malden Oxford Carlton 1981, S. 27.

（15） Russel, a. a. O., S. 179.（邦訳五〇頁）

第I部　〈産出性〉

第一章　作者と名前

——ドイツ盛期中世俗語文芸における作者

山本　潤

序

「作者の名前がテクスト内にあること——それは中世叙事テクストの特異な特徴である」[1]。表紙や背表紙、奥付きなどに「作者」の名前を記載するのが常態である現代の書籍とは異なり、それらを欠く写本というメディアで伝承される中世俗語叙事文芸作品[2]において、作者の「名前」はパラテクストとして存在するのではなく、テクスト内在的な要素であった。そして、テクスト内の作者の名前の在りようを考察の対象とする場合、そこには作者がいかなる言語的な手段をもって自身のテクストの内に現れ、作者であること、すなわち「作者性（Autorschaft）」を主張するかという問題が提起されることとなる。本稿では、中世盛期の俗語叙事文芸における作品内の作者の名前の現れ方、すなわち作者性の顕現のあり方の検証を通し、そこでの作者概念およびそれを取り巻くメディア的状況の一端を明らかにすることを試みたい。

近代以降の文芸では、「様々な前提知識に決定的な影響力を持つ枢要な地位にあるという意味において、今なおテクストへの接近は作者というイデーを通して行われて」おり、「作者の名前は今日までこの枢要な地位というものの最も重要な標識のうちの一つなのである」[3]。それに対し、初期中世のドイツ語圏の俗語文芸は、匿名性を基本としていた[4]。受容者の聖俗を問わず広く親しまれていた、主に英雄詩の形をとる口誦文芸は、共同体にとっての記憶の伝承を担うメディアという超個人的な性質を持つため、個的な創作者に帰されるものではなく、その語り手も自身を長い文芸伝統の中の一部分、伝承者ととらえていた。ゆえにそこには作品の個的な作者という概念は存在せず、作品を詩作した存在は匿名のうちにとどまった[5]。その一方で、中世盛期に至るまで文字の文化は教会及び修道院の占有物であったため、俗語でも書かれたテクストといえば大部分が宗教的なものであったが、それらの執筆者は自身を神聖なる知識の伝承者とみなしており、そこでの匿名性は宗教的な敬虔さの表象と考えられていた[6]。すなわち、「誰が作者であるのか」を明示する作者の名前は、この時代にはドイツ語によるテクストの主要素ではなかったのである。

しかし、十二世紀半ばから各地の世俗諸侯の宮廷に文字の文化が導入され始め、俗語による書記文芸の創作基盤が整うと、世俗の貴族階級の好みおよび需要に適合した俗語叙事文芸が隆盛する[7]。この時期の主にフランス語の作品を原典とした作品では、作品内での作者の名前の表明が通例化し、作品に対する作者性の在り処が明示され、固有名を持った個的存在としての作者が大きな意味を持つようになってゆく[8]。その一方で、英雄詩を素材として詩作された英雄叙事詩では、成立基盤を口誦性から書記性へと移行したのちも、詩人はほとんどの場合その名前を明かさず、匿名性は引き続いて踏襲されてゆき、ジャンル要件ともなるなど[9]、作品と作者の名前の関係は多様化する。以下に、具体的に俗語叙事文芸作品において作者の名前が言及される、ないしはそれに関連する箇所を手掛かりに、ドイツ中世盛期の俗語叙事文芸における名前および匿名性の諸相を検証する。

一　ハルトマン・フォン・アウエ

十二世紀末からのドイツ語圏俗語文芸の隆盛の立役者となった詩人の一人が、ハルトマン・フォン・アウエである。彼はフランス語ないしラテン語で書かれた原典のドイツ語への翻案を通して作品を著したが、彼の作中での自身の名前への言及のあり方は、二つに大別される。まず、『哀れなハインリヒ』『グレゴーリウス』および『イーヴェイン』[10]では、そのプロローグないしエピローグにおいて「ハルトマン」の名が作品の作者として三人称により言及される。その一方で、『エーレク』[11]および『イーヴェイン』では、一人称の物語の語り手と「ハルトマン」の名が結び付けられる。叙事テクストのプロローグおよびエピローグは、通例作者の名前を伝承する場所として機能しており[12]、ハルトマンによる三人称での名乗りも、そうした慣習の継承ととらえ得る。それに対し、作品の語り手への作者自身の名前の付与は、ハルトマン以前にはドイツ語圏のみならずフランス語圏でも先例のないものであった[13]。これらの箇所には、ハルトマン自身の作品内に名前を挙げることに関する認識が表出しているものと考えられる。以下に、ハルトマンによるこうした名前の表明の背景を、個々の作品に即して検証する。

一・一　『エーレク』

クレチアン・ド・トロワの『エレクとエニード』を原典とした、ハルトマンの最初期の作品と目される『エーレク』は、写本伝承の過程でプロローグを含む作品冒頭部が失われており、そこで行われていた蓋然性の高い[14]三人称による作者の名前の提示がどのような形をとっていたかは定かではない。また、エピローグは彼の他の作品に比して簡潔なものであり、そこでも作者への言及はなされないため、現在われわれが参照できるテクストでは、作品の作者としての「ハルトマン」の名は現れずじまいである。そうした状況下で、『エーレク』というテクストを「ハルトマン」の名へと直接的に結びつけているのが、作品内に挿入される語り手と聴衆の間で交わされる対話の場面である。これらの箇所では、作品内に構築された架空の聴衆が、物語の語り手に「ハルトマン」の名で呼びかけることで（「ちょっと待ってくれ、ハルトマン nu swîc, lieber Hartman (v. 7493)」／「親愛なるハルトマン、さあ語ってくれ geselle Hartman, nû sage, (v. 9169)」[15]）、現在進行的な語りの主体に「ハルトマン」の名が与えられ、それを受けて語り手も「私（ich）」で応じる。すなわち、『エーレク』本編中に見られる「ハルトマン」という名前は物語の語り手のものとして言及されており[16]、これは聴衆を前にして自身の作品を朗読するというパフォーマーとしての中世宮廷詩人の像を喚起する[17]。

そして、この二箇所での「ハルトマン」の名を与えられた語り手と架空の聴衆の間の会話は、作品自体は写本に収められ書記的に伝承されてゆくものの、受容に際しては口頭コミュニケーションへと還元され[18]、語り手と聴衆とのインタラクティヴな対話のうちに語られてゆくという、中世盛期に想定されていた書記性と口誦性の狭間にある文芸の受容の実際の様相を描き出す。そのような場では、とりわけ詩人と彼を雇ったパトロンが所属する宮廷でのものであってみれば、聴衆にとっては自分たちを前に作品を物語る語り手がすなわち作者その人であることは自明であったことを、『エーレク』での「ハルトマン」という名前のあり方は示唆している。ここで構築される「物語る作者」像と作品の語り手と名前の結合は、テクストが詩人の手を離れ、彼以外の者の口から物語られてなお、「ハルトマン」という名前を作者のそれとして浮かび上がらせるものとして機能したものと推測される。

一・二　『グレゴーリウス』『哀れなハインリヒ』

同じくハルトマンによる叙事作品でも、『グレゴーリウス』と『哀れなハインリヒ』では、『エーレク』とは異なり本編中に語り手の名前は現れない。しかし、作者不詳の古フランス語による『聖グレゴワールの生涯』が原典と考えられている『グレゴーリウス』では、プロローグで作品の制作動機が「私」のモノローグにより述べられており（v. 1–170）、物語の本編に入る前にまず作品の語り手像が構築される。[18] そして、プロローグの最後ないしはエピローグで、「この物語を説き明かし、ドイツ語で語ったのはアウエの人なるハルトマン、これより幕を開けるのは、かの罪人の世にも稀なる物語である（Der dise rede berihte,/ in tiusche getihte,/ daz was von Ouwe Hartman/ hie hebent sich von êrste an/ diu seltsænen mære/ von dem sündære.）（v. 171–176）」「この書に己の労苦を注いだハルトマン（Hartman, der sîn arbeit/ an diz buoch hât geleit）（v. 3989f.）」との、作品の作者であることを明示する名前への言及が、三人称によりなされる。[20]『哀れなハインリヒ』でも同様に、プロローグ冒頭で「学識深き一人の騎士、書物に書かれていたものを何でも読んでいた。彼の名はハルトマンといい、アウエの従士であった（Ein rîter sô gelêret was/ daz er an den buochen las/ swaz er da ran geschriben vant;/ der was Hartman genant,/ dienstman was er ze Ouwe）（v. 1–5）」として「ハルトマン」の名前への言及がなされ、さらに彼がそこから語られる物語の素材を探し出し説き明かす存在、すなわちテクストの作者であることが語られる。

これらプロローグないしはエピローグでの三人称の「ハルトマン」の名への言及は、その名前を持つものが作品の作者であることを一義的に示す。そして、三人称による作者の名前の表明の際に注目すべきなのは、それが過去形により表現されていることである。この時制により、作者の存在する時間軸上の地点が、作品受容――それが聴衆を前にした語り手の声を通したものであれ、写本を前にした文字を通したものであれ――のそれから分離されることとなる。すなわち、これらの箇所での作者の名前への言及は、『エーレク』

で見られた作品の現在進行的な受容の場に結び付けられる作者＝語り手の名前への言及とは異なり、作品創作の主体と受容の場が直接的な関係にはないという前提を浮かび上がらせる。

さらに、『グレゴーリウス』エピローグおよび『哀れなハインリヒ』プロローグでの、作品を「耳にするか読むか（hœren (sagen) oder lesen)」している受容者への、作者ハルトマンの魂の救済のための祈願の要請――とりわけ『哀れなハインリヒ』では明確にハルトマンの死後の受容者に宛てたもの[21]――を合わせ考えると、過去の時点で完結し「閉じた」テクストとなっている作品に関し、「読む」ないしは作者とは異なる語り手がテクストを語るのを「聞く」という、二つの異なるメディア的基盤を持つ受容のあり方をハルトマンが想定しており、プロローグおよびエピローグでの三人称での名乗りは、己の生を超えて存在してゆく作品に対する作者性の主張であることが明らかとなる。

一・三 『イーヴェイン』

クレチアン・ド・トロワの『イヴァンあるいは獅子の騎士』を原典とする『イーヴェイン』は、プロローグにおける三人称による作品に対する作者性の主張――『イヴァン』はプロローグを欠いており、このプロローグはハルトマンが自由に創作した箇所と考えられる――と、語り手としての「ハルトマン」に対する聴衆からの呼びかけ、そしてそれに応答する一人称による語り手の発話をすべて含む作品である。[22]まず、『哀れなハインリヒ』でのものとほぼ同じ文言で、「騎士」であるのと同時に「学識を積んだ」という「ハルトマン」の名前が、プロローグにおいて作品の作者のそれとして三人称により言及される。「学識深き一人の騎士、他にすることもなき時にはいつも書物に目を通していたが、また詩作をすることもあった。人々が喜んで耳を傾ける物語に心血を注いだその人は名をハルトマンといい、アウエの人であったが、その者がこの物語を記したのである。(Ein rîter, der gelêrt was/ unde ez an den buochen las,/ swenner sîne stunde/ niht baz bewenden kunde:/ daz er ouch tihtens pflac./ daz man gerne hœren mac,/ dâ kêrt er sînen vlîz an./ er was genant Hartman/ unde was ein Ouwære,/ der tihte diz mære.)(v. 21–30)」。

その一方で、作中の語り手は「ミンネ夫人」との対話の回想[23]——ここでの語り手たる「ハルトマン」は、自分の語る物語に関しての省察を行う主体として表現されており、その語りの現在進行性と、語られることの現在的生起が示唆されている——や、やはり作品内に仮構された聴衆との会話のなかで[24]「ハルトマン」の名で呼ばれており、これはプロローグに置かれた作者としての「ハルトマン」という名前と呼応し、異なる語りの地平上に配された作者と語り手の統合を推し進める。三人称による、書物としてすでに存在する作品に対する作者性の明示に対し、現在進行的な語りの場の演出の文脈で行われる一人称の語り手による回想および聴衆との対話というシチュエーションの構築は、「詩作と朗読が同時発生的な事象であるという想像を掻き立てる」[25]。『イーヴェイン』に見る作者の名前の表出は、盛期中世における文芸作品の多様な受容形態を包括的に反映したものと考えられる。

ハルトマンの諸作品における三人称での名前は、語られるないしは語り終えられた作品を著した存在、すなわち作者のものとして言及され[26]、名前と作品の関係を作者として結ぶという観点において用いられている。それに対し、本来一回性の口誦的受容という場を前提とした、名前を作品の語り手のそれとする一人称で言及される名前は、作品の語りが進行している最中に、作品内に仮構された聴き手に呼びかけられる形でテクスト内に現れる。それは語り手と「ハルトマン」の名前を結び付けるものの、「私＝ハルトマン」という名乗りではない。一人称においても三人称においても、「ハルトマン」という名前の発話者は、詩人ハルトマンとは意図的にずらされており、「ハルトマン」の名前を与えられたテクスト内の存在は、その名を口にすることはない。しかし、これらの「ハルトマン」という名前への言及は、「ハルトマン」という名の詩人が作品に対する創作上のオーソリティ、すなわち作者性を持つことを一義的に示す、彼自身により創作されたテクストである。

二　ヴォルフラム・フォン・エッシェンバハ

ハルトマンが三人称と一人称をそれぞれ作者および語り手と結び付け、多層化した形で自身の名前を作品に紐付けていたのに対し、彼のいわば後輩世代にあたるヴォルフラム・フォン・エッシェンバハの作品内での名前のありようは大きく異なる。ヴォルフラムは作品のプロローグでは自分の名前を明らかにせず、作中の名前への言及は、例外なく常に一人称で行われるのである。しかも、それは架空の聴衆からの語り手への呼びかけという形をとるハルトマンの場合とは異なり、「私はヴォルフラム・フォン・エッシェンバハ（ich bin Wolfram von Eschenbach）」という、非常に明快な発話の主体＝作者その人という構造を持つ。ただし、従来の研究で作品内の「ヴォルフラム」の名を主張する語り手と、現実の作者ヴォルフラムとをアイデンティファイすることは否定されており、現在では作中の「ヴォルフラム」による発言は、実際の作者により語りの地平に構築された語り手によるもの、すなわち「一人称の語り手の詩的な現実化」[27]と見なされている。そして、「ヴォルフラム」の一人称による名乗りを検証すると、この一人称の語り手の「現実性」の深化が企図されていることが明らかとなる。

二・二 『パルチヴァール』[28]

代表作『パルチヴァール』では、作品内の三箇所でヴォルフラムは自身の名前を明示する。[29] これらの箇所でまず注目されるのが、一人称による「名乗り」が常に物語から異化された、現在的な語りの地平で行われることである。[30] これにより、「私＝ヴォルフラム」という語り手が聴衆を前に語るという、現在進行的な口誦的な受容の場が生成されている印象が与えられており、さらに書記的な作品の創作を示唆する「つづる（tihten）」の動詞を避け、「歌（sange）」、「嘆きを聞く（miner klage vernomn）」「語る（sprechen）」といった、声によるコミュニケーションのイメージを喚起する動詞の使用によって、それは強調されている。加えて、ヴォルフラムは自身の名前を「私」の一人称に結びつけるのみならず、名前を発話する際に必ずその背後に伝記的背景を纏わせることで、具体的なヴォルフラム像を演出する。

こうした演出はまず、ヴォルフラムの名前が初めて言及される、「女性の誠実」を主題としたエクスクルスの中に認めることができる。そこではある貴婦人と不和の状態にある「語り手＝ヴォルフラム」が、極めて具体的な形で不平を述べる中で、自身の名前を名乗る。[31] この貴婦人と「語り手＝ヴォルフラム」の関係については、かつては実在の詩人ヴォルフラムをめぐる伝記的事実とみなされてきたが、現在の研究では貴婦人は架空の存在であり、彼女との不和状態に関する言説は文学的な論説[32]と考えられており、ここで披露される「私＝ヴォルフラム」の伝記的情報は、あくまでもフィクショナルなものであることが認められている。ただし、「私」についての私的かつ具体的な情報の披露という演出を通し、個人的な伝記的情報が充塡されたリアルな個人として、物語の「語り手＝ヴォルフラム」[33]は受容者の前に立ち現われることとなる。

これは第二の「名前」への言及の箇所でも同様であり、物語中でブランティガーンの軍に包囲されたペルラペイエの窮状と比較される形で、「ヴォルフラム」の「貧しさ」というプライヴェートな領域に属する、しかもそれ自体は進行中の物語とは何の関係もない情報が合わせ叙述されている。これにより、語り手による自己言及的な語りは物語の枠をはみ出し、語り手と聴衆の間の現在進行的なコミュニケーションとしての様相を帯びることとなる。この物語本編からの逸脱および伝記的情報の付与により、「ヴォルフラム」の名前を与えられた語り手はよりその具体性を増し、詩人ヴォルフラムにより演出された「語り手＝作者」像に実在感を与えていると考えられる。

このように極めて具体的な姿のうちに構築され、受容者の前に「語り手＝作者」としてあらわれる「ヴォルフラム」だが、物語の結部に置かれた第三の名前への言及箇所[34]は、最終的に「ヴォルフラム」の名を作品全体に対する作者性を持った存在として受容者に示す。しかも、それはクレチアン・ド・トロワの『ペルスヴァル／聖杯物語』が自身の原典であることおよび「正しい物語」を伝えていることを否定する内容となっており――実際にヴォルフラムはクレチアンの作品に依拠しているのにも関わらず――、パルチヴァールに関する物語全体に対してのオーソリティを伴った作者性を「ヴォルフラム」の名前に結び付けている。

二・二　『ヴィレハルム』[35]

ヴォルフラムのもう一つの重要作、古フランス語による『アリスカーンの歌』を題材とした『ヴィレハルム』では、作中一箇所のみ、プロローグの終わりで作者の名前への言及がおこなわれる[36]。そしてそこでは、『パルチヴァール』で見られたように、「私＝ヴォルフラム」という一人称で名前の表明が行われるのと同時に、やはり聴衆を前に物語る作者像が構築されているのを確認することができる。さらに興味深いのが、『ヴィレハルム』での「ヴォルフラム」の名前の表明は、「ここで今」始まる物語の「語り手＝作者」である以上に、『パルチヴァール』の物語を「語った」存在であることの表明となっている点である。ここでは、聴衆への語りかけにより、以下に始まる物語の「語り手＝作者」が「私＝ヴォルフラム」であることを明確にしつつ、それを『パルチヴァール』に対する作者性の主張とする間テクスト的な射程を持つものとして構築しているとともに、『パルチヴァール』に対する受容者の反応すらをも巻き込んで、「私＝ヴォルフラム」の同一性が演出されているのである。

三　ルードルフ・フォン・エムス

ハルトマンおよびヴォルフラムが、作品の口誦的受容の特性をおのれの「名前」の表明とそれを通した作品内の自己の演出に際して反映させ、活用したのに対し、彼らの次の創作世代に属するルードルフ・フォン・エムスは、作品の書記性を媒介として自身の名前と作品に対する作者性を表明する――コンラート四世に捧げた『世界年代記』[37]の冒頭部で、アクロスティクにより自分の名前を刻印するという技法を見せるのである。『世界年代記』の冒頭、「権威高き神よ、諸力を束ねる者よ、天国の王よ、あらゆる力の上にあなたの力はたゆたい、なべての王たちはあなたを褒め称える。あらゆる智の創造主よ、あなたに賞賛と名誉を！救い手よ、あなたに賞賛と名誉を認めるものを叡知もて護りたまえ、主たる神よ、あなたのことばこそがすべての創造の始まりであり力であり、錠であり源なのだ！（Richter Gott, herre ubir alle kraft,/ Vogt himilschir herschaft,/ Ob allin kreften swebit din kraft/ Des lobit dich allu herschaft./ Orthaber allir wisheit,/ Lob und ere si dir geseit!/ Frider, bevride mit wisheit/ den der dir lob und ere seit,/ Got herre, wan din einis wort/ ist urhap, kraft, sloz unde ort/ allir anegenge!）（v. 1-11）」の七詩行の頭の文字を拾うと、「ルオドルフ（RVODOLF）」の名前が浮かびあがる。これは作者としての自己主張を行う位相を叙述の地平から分けるのと同時に、作品の視覚的な受容を前提とするものであり、この「名前」のあり方には、声を通した受容から視覚的受容へ、すなわち口誦性から書記性へという、作品受容に際するメディアの変容の反映を見て取ることができる。それとともに、作品の冒頭で神の言葉を称賛する箇所に自身の名を配置する――とりわけ『世界年代記』とは、まさに世界の創造から現在に至るまでの歴史を語るジャンルである――ことは、自身の創作物に対する神の立場の主張に通じる。(38)

四　英雄叙事詩

ここで、書記性の基板上に立つ宮廷叙事詩の諸作品から、口承文芸の伝統を書記文芸の地平へと導入した英雄叙事詩へと目を転じてみたい。前述したように、このジャンルでは素材の拘束力により、基本的に詩人はその名前を明かさず匿名にとどまる。この代表例が、十三世紀初頭に成立し、英雄叙事詩というジャンルを確立させた『ニーベルンゲンの歌』である。しかしその一方で、『ニーベルンゲンの歌』と必ず組み合わされて写本伝承されている『ニーベルンゲンの哀歌』では、語り手はやはり匿名であるものの、エピローグで同作品の語るニーベルンゲンの物語のテクストが帰せられる存在への言及がなされる。また、『ニーベルンゲンの歌』から創作世代としては二ないし三世代後に成立した、東ゴート王テオドリックの伝説化したフィグールであるディートリヒ・フォン・ベルンの物語に材をとる『ディートリヒの逃亡』では、英雄詩素材を扱いながらも、そうした英雄詩的語りの流儀とは異なる語りの様式が認められるのに加え、作中のエクスクルスの中で、英雄詩素材を扱う文芸作品としては例外的に、ある個人がテクストの作者としてその名前を表明している。

四・一　『ニーベルンゲンの歌』[39]

『ニーベルンゲンの歌』は朗誦に適した詩節形式を持ち、作品素材である口伝の英雄詩との連続性を念頭に置いて詩作された作品である。このことは、聴衆を前にいにしえより語り継がれてきたことを語る、という英雄詩的「語り」の場をやはり擬似的に構築するプロローグ詩節[40]の存在からも明らかである。『ニーベルンゲンの歌』の作者の名前は、英雄詩のジャンル的制約に則り、明らかにされることはない。語り手は「聞いたことを語る」存在として構築され、そこでは作者性は可能な限り隠ぺいされる。そうした作者概念に対する姿勢を反映し、宮廷叙事詩の語り手が作者の代理機関としてしばしば自分の語る物語への省察や意見表明を行ったのとは異なり、『ニーベルンゲンの歌』の語り手は個としての立場からの発言を行うことは滅多にない。語り手が自分の意見を述べるほとんど唯一の箇所である、後々の禍根となるシーフリトによるプリュンヒルトの指環と帯の強奪に関しての叙述においても、「彼がこんなことをしたのは、思い上がりゆえかどうかはわかりません（ine weiz, ob er daz tæte durch sînen hôhen muot）（第六八〇詩節第二詩行）」として、一義的な断定を注意深く避けている。

四・二　『ニーベルンゲンの哀歌』[41]

それに対し、『ニーベルンゲンの歌』と写本伝承上常に組み合わされている『ニーベルンゲンの哀歌』（以下『哀歌』）は、その二行押韻の形式からも、口承文芸よりも宮廷叙事詩や年代記文学との親和性が高い作品である。この作品の語り手は、やはり自身の名前を挙げることはないが、しかし『哀歌』と『ニーベルンゲンの歌』双方に対しての作者性を、ある人物の名前に結び付けている。それはすなわち『ニーベルンゲンの歌』の作中人物であると同時に、史実上実在した人物でもあるパッサウ司教のピルグリムである。『哀歌』はエピローグにおいて、中世にいたるまで口伝されてきたニーベルンゲン素材を扱う文芸伝統の総体の原典に相当するものとして、一個の書記記録を仮構する。[42] この操作を通し、『哀歌』は口承文芸の伝統を、書記的原典の存在を何よりも重視する書記文芸の論理に組み込む。そして、「人々の知る」ドイツ語による口伝の英雄詩の作者に関しては匿名性を保持しつつも、その文芸伝統のメタ的位置に置かれた書記記録の作者としてピルグリムの名前を挙げることで、ピルグリムにニーベルンゲン素材総体に対する作者性を付与しているのである。[43]

四・三　『ディートリヒの逃亡』[44]

『ディートリヒの逃亡』において語られる物語自体は、英雄歌謡ないしは英雄詩として過去から伝承されてきた、共同体にとっての文化的遺産であり、そこで語られる物語の内容を受容者が「知っている」ことを前提とする。ゆえに、それがいかに改変されていようとも、『ニーベルンゲンの歌』の場合と同様、詩人はジャンル的制約に則って伝統の継承者として匿名であることが求められたものと考えられる。事実、『ディートリヒの逃亡』の詩人も、本編の作者としては自身の名前を挙げていない。

しかし、『ディートリヒの逃亡』は純粋に口承文芸を模し、その伝統を墨守する作品ではない。何より、個人の作者がテクストに対し作者性を主張する宮廷叙事詩の作品と共通する二行押韻形式を持つのに加え、冒頭に置かれ、作品全体の四分の一にも及ぶ量を持つ、主人公ディートリヒの先祖七代の系譜を物語る「系譜的前史」中には、同時代の宮廷叙事詩の影響を認めることができる。詩人は、この箇所においてハルトマンの『哀れなハインリヒ』からの直接的な引用や、アルトゥース王およびグラールへの言及をおこなうことを通し、自身の宮廷叙事詩に関しての知識および文芸的能力の披瀝を行う。[45] ここにおいても詩人は名前を明らかにはせず、匿名にとどまるものの、やや衒学的な詩人の詩学からは、作品の作者としての自身の文学的知識や技巧に関しての自負を垣間見ることができる。[46]

こうしたジャンル複合的性質を持つ『ディートリヒの逃亡』は、冒頭部および物語後半部に、十三世紀末のオーストリアの具体的な政治状況を背景とした当世批判を行うエクスクルスを持つが、後者において詩人は「ハインリヒ・デア・フォゲレーレ」との名を挙げ、「この絶えることのない苦しみを語り、書き記した」ものとして、テクストに対する作者性をこの名前に与える。[47] この「名前」を持つ存在とテクストの関係については、かつては彼が『ディートリヒの逃亡』という作品全体の「作者」であるとの見解が存在したが、そもそもこの「ハインリヒ・デア・フォゲレーレ」との名前自体が虚構性の強い格言詩人的な「名前」であり──それは「鳥刺し（Vogelære）」という、「フォン・アウエ」や「フォン・エッシェンバハ」とは異なり、その名前を持つ人物の伝記的情報を一切伝えることのないものである[49]──、今日ではこの「名乗り」を通した作者性の主張はエクスクルスでの語りに限定されるとの見方が大勢を占めている。[50] しかし、英雄叙事詩のジャンル的了解に反し、こうした非常に限定的な、しかも敢えて虚構の名前をテクスト内に刻印する必要性はどこにあったのか。

先に触れたように、この作品の素材となっているのは、ディートリヒ・フォン・ベルンにまつわる伝説であり、それは創作者としての個人の作者の名前に結び付けられるべきものではない。しかし、『ディートリヒの逃亡』の作者は、語り手を格言詩人的なものとして演出し、虚構の名前をまとって受容者の前に現れることにより、その物語を格言詩的視点から取り上げることを可能にしている。ただしその際に、「ハインリヒ・デア・フォゲレーレ」の名を持つ話者の作者性を、「この物語」ではなく、「この終わりなき苦しみ」、すなわち格言詩的な当世批判に限定することで、英雄詩ジャンルの制約を潜り抜けているのである。

集合的記憶を伝承し、自身の文芸的能力を発揮すると同時に、それによって当世批判を行うという作者のありようが、『ディートリヒの逃亡』においてはそれぞれ語りの地平を分け、匿名の語り手と名前を持つ作者に結び付けられている。そして一人称により物語る語り手は作品を通して一貫して存在しているのにかかわらず、作者が匿名と虚構の名前の間をたゆたうという構造を『ディートリヒの逃亡』は有しているということができるだろう。この作品には、文芸創作におけるジャンル混淆のもたらした、作者と名前の関係性の一つのモデルを見ることが可能である。

注

（1） Monika Unzeitig: Autorname und Autorschaft. Bezeichnung und Kostruktion in der deutschen und französischen Erzählliteratur des 12. und 13. Jahrhunderts. Berlin/New York (De Gruyter), 2010, hier S. 1.

（2） 作者の名前の記録と伝承は、表題や見出し、詩人の画像といったテクスト外的要素によるものと、自身による名乗りや他者による言及といったテクスト内的要素に大別され、抒情詩では前者の、叙事詩では後者の形をとる(ebd., S. 21f.)。本稿では、テクストに対する作者性の問題と直接的関連のうちにある後者を考察対象とする。

（3） Stephan Pabst: Anonymität und onymer Autorschaft. In: Anonymität und Autorschaft. Zur Literatur- und Rechtsgeschichte der Namenlosigkeit. Hg. von Stephan Pabst. Berlin/Bosten (De Gruyter), 2011, hier S. 1.

（4） Vgl. Harald Haferland: Wer oder was trägt einen Namen? Zur Anonymität in der Vormoderne und in der deutschen Literatur des Mittelalters. In: Pabst, a. a. O., S. 49–72, hier S. 58f.

（5） Vgl. Dorothea Klein: Mittelalter. Stuttgart Weimar (Metzler), 2006, S. 103f.

（6） Vgl. ebd.

（7） Vgl. Joachim Bumke: Geschichte der deutschen Literatur im hohen Mittelalter. 4., aktualisierte Auflage. München (Deutscher

Taschenbuch Verlag) 2000, S. 39f.

（8） イングランドの王宮および貴族社会というアングロ＝ノルマンの言語文化領域で始まった叙事文芸におけるテクスト内での作者の名乗りという慣習は、古フランス語領域へと波及し、それがドイツ語圏へと伝播した（Vgl. Unzeitig, a. a. O., S. 138f.）。こうした作者のテクスト内での自己主張の理由として、単に自身の詩的能力への自負のみでなく、十二世紀から十三世紀にかけての貴族社会において文芸作品に大きな価値が認められたことによる、詩人たちの新たな自己意識の表出があることが指摘されている。Vgl. Joachim Bumke: Höfische Kultur. Literatur und Gesellschaft im hohen Mittelalter. 10. Auflage. München (Deutscher Taschenbuch Verlag) 2002, S. 678.

（9） 中世英雄叙事詩に関してのジャンル定義でスタンダードなリファレンスとして言及されてきたのは、ホフマンによるものである。ホフマンは、匿名性、詩節形式、「戦い」を主題とすること、歴史的信憑性、アルカイックな語彙や誇張表現などの様式上の特徴において同時代の英雄叙事詩と宮廷叙事詩を区別している。Werner Hoffmann: Mittelhochdeutsche Heldenepik. Berlin (Schmidt) 1974, S.11–25.

（10） 本稿での『哀れなハインリヒ』『グレゴーリウス』および『イーヴェイン』の引用は以下の校訂テクストから行う。Hartmann von Aue: Gregorius. Der arme Heinrich. Iwein. Hg. und übersetzt von Volker Mertens. Frankfurt a. M. (Deutscher Klassiker Verlag im Taschenbuch Bd. 29), 2008.

（11） 本稿での『エーレク』の引用は以下の校訂テクストから行う。Hartmann von Aue: Erec. Hg. von Hanfred Günter Scholz. Übersetzt von Susanne Held. Frankfurt a.M. (Deutscher Klassiker Verlag im Taschenbuch Bd. 20), 2007.

（12） プロローグおよびエピローグは、「主要テクストに対して特定の機能を与えられて付加された境界的なテクスト」である。そこは作者の名前や作品に対するコメント、作品創作依頼者や聴衆が明らかにされる「文学的場」であるのと同時に、写本制作上のコンセプトによっては、その写本収録が行われないことも間々ある箇所である。Unzeitig, a. a. O., S. 20ff.

（13） Ebd., S. 230.

（14） クレチアンは『エレクとエニード』のプロローグ（v. 1–26）で自身の名を挙げている。

（15） 九一六九詩行での「親愛なるハルトマン（geselle Hartman）」の「ハルトマン（Hartman）」は『エーレク』作品全体およびこの箇所を伝える唯一の写本である写本Aでは欠落している。

（16） これらの言説の現在性は、両引用箇所で使われている副詞「nu」によって強調されている。
（17） Unzeitig, a. a. O., S. 230. ただしウンツァイティヒは、作者の名前が語り手の役割と結び付けられていることが、必ずしも作者と語り手が伝記的な意味において同一視される必然性がないことを指摘している。
（18） Vgl. Bunke (2000), S. 47f.
（19） 「若き日の過ちに対する償い」を贖罪の物語を語ることにより行いたいという、ハルトマンの「信仰告白」として知られるこのプロローグは、写本により収録状況が大きく異なり、六つある完本のうちA（v. 1–170を未収録）、BおよびE（v. 1–176を未収録）には存在しない。詳細な写本収録状況については、Unzeitig, a. a. O., S. 23–25を参照のこと。また、ここでの一人称の語り手が誰を実際指しているのかに関しては更なる議論を必要とする。
（20） これらの「ハルトマン」の名前を作者のそれとしてテクストに結びつける三人称による名前の明示箇所も、写本により収録状況を異にする。写本Aでは作品冒頭（v. 171–172）のものが収録されている一方、プロローグ冒頭から一七六詩行目を欠く写本BおよびEではそれは収録されておらず、エピローグに置かれているもの（v. 3989ff.）が伝えられている。
（21） 『哀れなハインリヒ』第十八―二十五詩行：「彼が自分の名を名乗ったのは、己がそのために注いだ労苦に報いを受けんとせんがためであり、自分がが生を終えた後に物語を耳にしたり読んだりした方々みなに、魂の救いを神へと祈っていただくためである。」『グレゴーリウス』第三九八九―三九九九詩行：「この書に己の労苦を注いだハルトマンは、それに対する報いとして、この物語を聞き、もしくは読まれた方々皆さまに、彼に幸福が訪れ、天国であなた方に再びお会いするよう、祈りをささげてくれるようにと願った。」ウンツァイティヒは、作品創作の労苦に対して受容者に魂の救済のための祈りを要請することは、初期中世ドイツ語文芸において作者が名前を明かすことを正当化するコンテクストを形成していたことを指摘している（Unzeitig, a. a. O., S. 235, Anm. 126.）。
（22） 『エーレク』もそうであった可能性があるが、前述のようにプロローグ部分が伝承されていないため、断言することはできない。
（23） 第二九七一―二九八二詩行。「さてミンネ夫人は、私の頭では到底答えられないことを訊ねたのです。彼女は言いました。「言ってごらんなさい、ハルトマン、アルトゥース王がイーヴェイン卿を居城へと連れて行き、そして卿の奥方を帰らせたと言いましたね？」その時、私はそれが本当であるというより他はなかったのです――私はそれが本当だと人から聞いたのです。ミンネ夫人は口を開き、私を疑わしげに見ました。「お前は間違っています、ハルトマン。」「奥方さま、本当です。」彼女は言いました。「いいえ、そうではありません。」」。なお、「ミンネ夫人」とは愛や恋心を擬人化した存在。

(24) 第七〇二七―七〇四〇詩行。「わが友ハルトマン、思うに君はそのことに関して思い違いをしているのだよ。何で友誼と敵意がともに一つのうつわに住まうなどと言うのだ。なぜ、もう少しよく考えてみないのだ？ 一つのうつわは友誼と敵意には狭すぎる。敵意は、うつわのなかに友誼がいることに気づけば、いつでもミンネ夫人にそのうつわを明け渡すものだ。しかしまた、敵意が住み着いてしまっているところでは、友誼が萎れてしまう。」

(25) Unzeitig, a. a. O., S. 241.

(26) プロローグないしはエピローグにおいて三人称により作品の作者として名前を出すことは、十二世紀後半以降、フランス語を原典とする俗語文芸がドイツ語圏に生まれてから通例となっており、例としては『アレクサンダーロマーン』における僧ランプレヒト、『トリストラント』のアイルハルト、『エネアスロマーン』のハインリヒ・フォン・フェルデケなどを挙げることができる。ハルトマンもそれを継承したものと考えられる。

(27) Unzeitig, a. a. O., S. 244f., Anm. 150.

(28) 本稿での『パルチヴァール』の引用は以下の校訂テクストから行う。Wolfram von Eschenbach: Parzival. Hg. von Eberhard Neumann. Übertragen von Dieter Kühn. Frankfurt a. M. (Deutscher Klassiker Verlag im Taschenbuch Bd. 7), 2006.

(29) 第一一四詩節第十二―十三詩行：「私はヴォルフラム・フォン・エッシェンバハ、詩歌をいささかわきまえております。(ich bin Wolfram von Eschenbach,/ unt kan ein teil mit sange)」、第一八五詩節七―十二詩行：「そんな愉しいことに耐えねばならぬのは、私ヴォルフラム・フォン・エッシェンバハにとってはすっかり日常茶飯事です。わが嘆きをすっかり聞いていただいたのですから、閑話休題、ペルラペイエの苦境について話をいたしましょう。(alze dicke daz geschiht/ mir Wolfram von Eschenbach, / daz ich dulte alsolch gemach./ mîner klage ist vil vernomn:/ nu sol diz mære wider komn,/ wie Pelrapeir stuont jâmers vol.)」、第八二七詩節第十二―十四詩行：「私ヴォルフラム・フォン・エッシェンバハは、かの地で師が語ったこと以上のことをお話し申し上げるつもりはございません。(niht mêr dâ von nu sprechen wil/ ich Wolfram von Eschenbach,/ wan als dort der meister sprach.)」

(30) とりわけ前註で挙げた三箇所のうち二つ目および三つ目では、副詞「nu」を伴うことにより、発話の現在性が強調されているが、これはやはり現在進行的な語りの場を構築するハルトマンの一人称による名前の言及の箇所と共通する。註16を参照のこと。

(31) 第一一四詩節第五―二〇詩行：「さて、私よりも女性について私よりもっと良く語れる方であれば誰でも、喜んできっとお任せいたします。女性が大いに喜ぶのを耳にするのは私にとってうれしいものなのです。しかし、ある一人の婦人に関しては、私は誠実な奉仕をするつもりはありません。彼女の不実さを見てからというもの、いつも彼女への怒りを新たにしているのです。私はヴォルフラム・フォン・エッシェンバハ、詩歌をいささかわきまえております。私はある婦人への己の憤りを離さない「やっとこ」なのです。その方は、憎しみを抱かざるを得ないほどの仕打ちをわが身にされたのです。そのために私は他の婦人がたの憎悪を買っている。ああ、なぜ女性とはこんなことをするのでしょうか？」

(32) Unzeitig, a. a. O., S. 251.

(33) 第一八四詩節第二十七―第一五八詩節第十二詩行：「もしそのことで彼らを非難しようなどとしたのなら、私の頭はいささかお粗末と言わざるを得ません。なぜなら私がいつも馬から降りると家人がご主人と呼んでくれるわが家では、ネズミどもが喜ぶなぞということはめったにないのです。というのも、食べ物は私の前では誰も隠す必要がないにも関わらず、私が探したって隠されていないままは見つけられないのに、奴らはそれを盗まねばならないのですから。そんな愉しいことに耐えねばならぬのは、私ヴォルフラム・フォン・エッシェンバハにとってはすっかり日常茶飯事です。わが嘆きをすっかり聞いていただいたのですから、閑話休題、ペルラペイエの苦境について話をいたしましょう。」

(34) 第八二七詩節第一―十八詩行：「トロイスの師クリスチアーンがこの物語を正しく伝えていないとあらば、キオートが腹を立てるのは無理もありません。彼は我われに物語を正しく伝えてくれたのです。このプロヴェンツの人は、アンフォルタスがグラールを失った後、定められたとおりにヘルツェロイデの子がそれを獲得した次第を正しく物語っているのです。プロヴェンツからドイツの国のわれわれへと、正しい物語と、この話の結末が伝えられていま す。私ヴォルフラム・フォン・エッシェンバハは、かの地で師が語ったこと以上のことをお話し申し上げるつもりはございません。パルチヴァールの子供や彼の高貴な一族の名を、私はあなた方に正しく申し上げ、運命があらかじめ定めていた場所へと彼を導いたのです。」

(35) 本稿での『ヴィレハルム』の引用は以下の校訂テクストから行う。Wolfram von Eschenbach: Wilehalm. Hg. von Joachim Heinzle. Frankfurt a. M. (Deutscher Klassiker Verlag im Taschenbuch Bd. 39), 2009.

(36) 第四詩節第十九―第五詩節第十四詩行：「私ヴォルフラム・フォン・エッシェンバハが、原典が私に命じるままにパルチヴァールについて物語ったあれやこれを、お褒めくださったかたも少なくありません。また、それを誹謗して自分の物語をよりよく飾りたてる輩も多くいるのです。神が私に十分な日数を与えてくれたなら、男も女も誠実の内に心悩ますミンネと嘆きについて物語りましょう――イエス・キリストがヨルダン川に洗礼のためお入りになったのですから。ドイツ語での物語のいずれも、私がこれよりお話しするものの結末や冒頭におよそ匹敵するものではありません。名誉を重んじる人は誰でも、この物語を自分の家の暖炉へと招きいれるでしょう。それはこの地では知られていないものです。フランスの最も高貴な者たちは、品位においても真理においてもこの物語ほど神の意にかなったものはないと口をそろえています。いかなる付け足しも省略も、これまでこの物語を貶めてはいないとかの地では言われています――さあ、ここドイツの地でもこの物語をお聞き下さい！」

(37) ルードルフ・フォン・エムス『世界年代記』の引用は以下の校訂テクストから行う。Rudolf von Ems: Weltchronik. Aus der Wernigeroder Handschrift. Hg. von Gustav Ehrismann. Berlin (Weidmannsche Buchhandlung), 1915.

(38) なお、彼は他の著作『アレクサンダー』や『オルレンスのヴィレハルム』においても、アクロスティックにより自身の名を作品冒頭に刻印しており、これらは「作品」に対する絶対的な作者性を主張するものとなっている。Unzeitig, a. a. O., S. 105f.

(39) 本稿での『ニーベルンゲンの歌』の引用は以下の校訂テクストから行う。Das Nibelungenlied. Nach der Ausgabe von Karl Bartsch. Hg. von Helmut de Boor. 22. revidierte und von Roswitha Wisniewski ergänzte Auflage. Mannheim (Brockhaus), 1988.

(40) 「我々のもとに古からの数々の物語に語られ伝わる多くの類稀なること――賞賛されるべき勇士たちのこと、大いなる苦難のこと、喜びや宴のこと、涙や嘆きのこと、雄々しい勇士たちの戦うさまなど、これより類稀なること、あなた方に語って聞かせることといたしましょう。」この詩節は、作品成立時の姿を最もよく伝えていると考えられている写本Bには収録されておらず、『ニーベルンゲンの歌』が一度作品として成立してから後に付け加えられた。この詩節を持たないさらに古いヴァージョンは、口誦的な語りの開始の形式をより直接的に反映したものと考えられている。Vgl. Michael Curschmann: Dichter alter maere. Zur Prologstrophe des Nibelungenliedes im Spannungsfeld von mündlicher

Erzähltradition und laikaler Schriftklutur. In: Grundlagen des Verstehens mittelalterlicher Literatur. Literarische Texte und ihr historischer Erkenntniswert. Hg. von Gerhard Hahn und Hedda Ragotzky. Stuttgart (Kröner), 1992, S. 55–71, hier S. 57./ Jan-Dirk Müller: Spielregeln für den Untergang. Die Welt des Nibelungenliedes. Tübingen (Niemeyer), 1998. Hier S 105.

(41) 本稿での『ニーベルンゲンの哀歌』の引用は以下の校訂テクストから行う。Die Nibelungenklage. Synoptische Ausgabe aller vier Fassungen. Hg. von Joachim Bumke. Berlin/New York (De Gruyter), 1999.

(42) Bヴァージョン第四二九五―四三一九詩行、Cヴァージョン第四四〇一―四四二五詩行：「パッサウの司教ピルグリムは、自分の甥や姪を思いやり、事件がどのような軌跡をたどったのか、この物語をラテン語で筆記するようにと命じました――このことを後に知ったものがそれを「まことのこと」だと思えるように（もしだれかそれを嘘だと思うものがあれば、その書の中で真実を見出すように）、事がどのように起こり後にどのような終わりを迎えたのか、騎士たちの苦難、そして彼らがどのようにみな斃れることになったのか――これらのことを彼はみな書き留めさせたのです。ピルグリムはこのことを忘却にゆだねようとはしませんでした。というのも、事件を見聞きした楽士が事の次第に関する情報を巧みに語り、また彼とともに多くのものたちは、事の全てをその目で見ていたからです。ピルグリムの書記コンラートがこの情報をよく検証しました。そして後にそれはしばしばドイツ語で詩作されたために、老いにも若きにもこの物語はよく知られることとなったのです。」

(43) ピルグリムに作者性を付与する意味については、以下の拙著を参照されたい。山本潤『「記憶」の変容――『ニーベルンゲンの歌』および『ニーベルンゲンの哀歌』にみる口承文芸と書記文芸の交差』、多賀出版、二〇一五年、二四〇―二八四頁。

(44) 本稿での『ディートリヒの逃亡』の引用は以下の校訂テクストから行う。Dietrichs Flucht: Textgeschichtliche Ausgabe. Texte und Studien zur mittelhochdeutschen Heldenepik Bd. 1. Hg. von Elisabeth Lienert und Gertrud Beck. Tübingen (Niemeyer), 2003.

(45) 第一〇八―一〇九詩行：「彼はまことアルトゥース王のごとく正しき騎士道を生きていました（er lebte recht als Artaus / mit rechter ritterscheffte）」、第一二七―一三一詩行：「閑話休題、かつてのアルトゥースのように、高貴なるディートワルトがいかに王侯に相応しい生き方をしていたか、再びお話しすることにいたしましょう（Nu lassen wir die mere stan / und heben aber an, / wie Dietwart der reiche / lebet fuͣrstleiche, / als Arus ye gelebete）」、第四九一―四九五詩行：

「勇敢なるパルツェファルと同じように、誰かグラールを手に入れるのだとすれば、アルトゥースの時代の円卓の勇士たちのうちのものと同様、まさに彼はそれに相応しいのです（Solt yeman bejagen den gral / alssam der kuͣene Partzefal, / des ist er wol als gar bewegen / als von der tavelrůnden dhain degen / bei Arthuses zeiten.）」など。『哀れなハインリヒ』からの引用を含むのは、第二二三七―二二四二詩行。「彼は苦しむ者たちの避難所であり、鷹揚さの公平なる秤であり、一族皆の心の慰めでありました。彼には行き過ぎたところも足りぬこともありませんでした。彼は真の誠実にとっての枝であり、作法にとっての金剛石だったのです（Er was der nothaften zů flucht, / der milte ein gelichiu wage, / ein trost aller siner mage. / Im enwart uber noch gebrast. / Er was der rehten triuwe ein ast, / der zuht ein rehter adamant.）」。

（46） この意識は、自らを「学識ある騎士」と呼ぶハルトマンの自己意識を思い起こさせる。

（47） Vgl. Joachim Heinzle: Einführung in die mittelhochdeutsche Dietrichepik. Berlin/New York (De Gruyter) 1999, S. 75.

（48） 第七九八二―七九八四詩行：「こうした絶えることのない苦しみを語り、そして書き記しましたのはハインリヒ・デア・フォゲレーレでございます。（Dise berndiu swære/ hat Heinrich der Vogelære/ gesprochen und getihtet.）」

（49） 格言詩人の「名前」の特性については、以下の文献を参照のこと。Helmut Tervooren: Sagspruchdichtung. 2., durchgesehene Auflage. Stuttgart (Sammlung Metzler 293) 2001, S. 31.

（50） Vgl. Heinzle (1999), S. 72./ Elisabeth Lienert: Die ›historische‹ Dietrichepik. Untersuchungen zu ›Dietrichs Flucht‹, ›Rabenschlacht‹ und ›Alpharts Tod‹. Berlin/ New York (Niemeyer) 2010, S. 9. u. S. 157.

第二章　『ジーベンケース』における名前の交換

江口大輔

デブースによる文学的固有名の分類は、文学作品の登場人物に対する名づけが、作者による人物造形の一環として理解されうることを教えてくれる。(1)ジャン・パウルの場合は、ベーレントが論じるように、いわゆる「体を表す名（redende Namen）」は積極的に用いられず、名づけに際してはむしろ音の響きが重視された。細部にいたるまでの個別化を目指すフモールの理念に従い、名前はその響きによって登場人物を互いに際立たせる役割を担わされていたのである。(2)ただし、体を表す名は皆無ではない。例えば、本稿で扱う小説『ジーベンケース』における人物名「ライプゲーバー（Leibgeber）」は、「体を与える者」という明確な字義を持っており、この字義を人物造形と切り離して考えることはできないだろう。ライプゲーバーは文字通り主人公に「体を与える」のだが、それは名前の交換によって可能となる。まずはこの点を確認し、立論の足がかりとしたい。

一　操作対象としての名前

ジャン・パウルの小説『花の絵、果実の絵、茨の絵、あるいは帝国市場町クーシュナッペルでの貧民弁護士F・St・ジーベンケースの結婚生活と死と婚礼』(一七九六―一七九七年第一版、一八〇七年第二版)、通称『ジーベンケース』は、「花の絵」と呼ばれる二つの空想的な短編と、「果実の絵」とされる架空の書簡文、そして「茨の絵」たるジーベンケースの物語から構成されている。小説の正式なタイトルが示唆するように、ジーベンケースを主人公とする物語はその大部分が結婚生活における出来事からなっているが、結婚生活は主人公の死、それも擬装された死によって終わる。

歴史批判版全集の序文でシュライナートが述べるところによれば、主人公による死の擬装という着想が構想の初期段階から存在していた一方で、ジーベンケースの結婚生活の描写は執筆の過程で肉付けされていったものだという。(3) しかしながら、結婚生活を描く部分のボリュームが増加し、困窮した市民生活の細部の描写へと小説の重点が移された結果、死の擬装計画をめぐるドタバタ劇的な要素は、小説において異質な印象を残すものとなった。シュライナートはこれを作者の「失策」と言い切り、残余に過ぎなくなった死の擬装のモチーフは排除されるべきだったとまで述べる。(4) しかし、「名前」を主題とする本稿にとっては、死の擬装は最も重要な意味をもつモチーフである。というのも、名前を交換するという行為が、このモチーフと密接に関連づけられているからだ。

慎ましくはあるが祝祭的な雰囲気に満たされた婚礼を済ませて間もなく、ジーベンケースは、自身の後見人ブレーズが、亡き母の遺産を我が物とすべく画策しているのを知る。ブレーズは、新聞に出した広告の中で次のように予告しているのだ。消息不明のハインリヒ・ライプゲーバーという人物が期限内に現れなければ、自身の管理下にあるこの人物の相続財産は、後見人自らが受け取ることになるであろう、と。「ハインリヒ・ライプゲーバー」とは小説の主人公ジーベンケースの出生名であり、彼は学生時代に、この名を友人の名「フィルミアン・シュタニスラウス・ジーベンケース」と交換した。主人公は自身の出生名が「ライプゲーバー」であることを証明しようと手を尽くし訴訟も起こすが、敗訴を繰り返す。経済的な困窮状態に陥ったジーベンケースは家財を質入れしながら糊口をしのぐようになり、妻との諍いも増えていく。死の擬装は、そうした状況を脱する策として友人ライプゲーバーから提案される密計である。ジーベンケースが病死したように見せかけて生命保険を妻レネッテに受け取らせ、ジーベンケース自身は他の人物になりすまして新しい人生を歩もうというのだ。なりすましの対象は、計画の協力者であり、ドッペルゲンガーとしてジーベンケースとほぼ同一の身体的特徴を備える友人ライプゲーバーを措いて他にない。主人公の友人は、主人公に自らの名を与え、さらに名と結びついている社会的プロフィールの一切をも与える。ライプゲーバーはその名の字義の通り、社会的な身体を他者に与える者となるのだ。かくしてジーベンケースは名前を譲り受け（つまり自身の出生名を取り戻し）、それとともに友人の社会的な身体をも受け取って、ファドゥーツの検査官職にある人物「ライプゲーバー」として生きていくことになる。そして、新しい生におけるパートナーとしてナターリエという女性を主人公が得たところで、小説は終わる。

R・ジーモンは、ジーベンケースとライプゲーバーの友情が語られる際に頻出する心臓の比喩に注目し、友人たちの名前の交換を、血液の循環に比すべき「名前の循環」として捉えている[5]。このジーモンの指摘は、名前の交換を友情の表現として捉える視点を提供するものとして重要である。「小さきもの（[das] Kleine）を慈しむ一方で卑小なもの（[das] Kleinliche）に抱く同一の敵意」や「地上という素晴らしい精神病棟のなかでの同一の哄笑衝動」（Kap. 1, 39）[6]を共有する二人の友人たちは、ともに市民社会の閉鎖性を嫌い、そこから逃れるほとんど唯一のよすがとしてお互いを必要としている。

最初の名前の交換はしかし、後見人ブレーズの企みに遭って遺産相続の障害となる。ブレーズは個人の法的権利が固有名と結びついているという主張を押し出すことでジーベンケースの遺産相続を妨害するのだが、友人たちによる死の擬装とそれに続く名前の再交換は、何よりもまずブレーズおよび彼が代表している市民社会に対する意趣返しとして理解されるべきだろう。友人たちは、人格に対してではなく名前に対して一切の社会的プロフィールが結びつけられているという事態を逆手にとる。彼らは「ジーベンケース」という名前を葬るために死を擬装し、そして名前の譲渡によって社会的人格を一方から他方に譲り渡すのである。

ジーベンケースが新たな生活を始める一方で、名前を失ったライプゲーバーは、これまでの社会的人格を喪失した状態で見知らぬ土地へと旅立っていく。そもそも平時から、ライプゲーバーは友人の前以外ではいつも異なる名を用いて生きてきた。

> ジーベンケースがとくに好んだのは、ライプゲーバーの厳しい力強さ、いやそれどころか怒ることのできる能力であり、また、ライプゲーバーがあらゆる高貴な見かけ、あらゆる感傷性の見かけ、あらゆる博識の見かけを飛び越え、それらを笑うことだった。というのも、彼は自分の行為や深い言葉の卵を、コンドルがそうするように、巣をつくらずに裸の岩山に産み付け、名をもたずに（ungenannt）生きることをもっとも好んだからで、それゆえに彼はいつも別の名前を名乗った。（Kap. 2, 69f.）

見せかけの高貴さや博識さを嫌うライプゲーバーは、それらに怒り、また笑い飛ばしている。社会に対してこうした軽蔑的な態度を取りながら、ライプゲーバーは定住して職を得ることを一貫して拒否し、公共的な領域にコミットすることを避けている。行為や言葉の卵を巣に産み付けないとは、行為や言葉の責任を帰される主体となることを回避することの比喩だろう。名前による個人の同定を避けるために、ライプゲーバーは「名をもたずに」生きるのである。ジーベンケースに名を譲るのを待つまでもなく、ライプゲーバーには名前を捨てる用意がある。

僕は君にこう言わざるを得ない。名声など悪魔にさらわれろ！僕はすぐにでも消え去り、群衆の中に入っていって毎週新しい名前で姿を見せよう、愚か者たちだけには僕のことを知られないように。(Kap. 11, 345)

ライプゲーバーにとって名前は社会的プロフィールが結びつけられる基体であるにすぎず、社会を忌避して生きる者にとっては常に交換可能なものである。ライプゲーバーにとって、そしてジーベンケースにとっても、名前はそのような操作の対象としての性格を備えている。

しかし、名前がそのような意味しか持たないのだとすれば、名前の交換が友情の証にはなり得ないだろう。そもそも、固有名を名乗ることを避け続けるというライプゲーバーの態度は、かえって名前に対する強いこだわりを明かしているように見える。名前には、社会性とは切り離された側面もまた備わっているのではないか。

二　クーシュナッペルとバイロイト

ジーベンケースとレネッテの結婚生活の舞台となる架空の帝国市場町クーシュナッペルは、語り手が説明するところによれば、シュヴァーベン地方に位置しており、ベルンに似た行政組織を持ち、ウルムやニュルンベルクとは違って「卑俗な職人たち」によってではなく「善良な貴族階級」(Kap. 2, 72) によって統治されているという。この「善良な」という語は皮肉として受け取られねばならない。というのも、町を統治する大参事会の構成員、すなわち「町長、会計係、旗手、枢密顧問官、参事官」(ebd.) のうち、前者二名を除く三名は、ジーベンケースの物語に密接に深く関与し、ジーベンケースを苦しめる側に回る人物たちだからだ。ピーツカーの表現を借りるなら、シュティーフェル（参事官）、ローザ（旗手）そしてブレーズ（枢密顧問官）はジーベンケースの妻レネッテとともに「クーシュナッペルにおける監獄の番人」なのであり、また、ナターリエとライプゲーバーは監獄の中のジーベンケースに救いを与える「その対蹠的人物」である。[7]「細部に憑りつかれた語り」[8] によってリアリティをもって描写される窮乏生活のなかで、ジーベンケースは、教養を解さない妻レネッテ、敬虔な信仰心によってレネッテの心をつかむシュティーフェル、ナターリエと婚約している身でありながらレネッテに迫るローザといった人物たちに囲まれている。ジーベンケースが名前の交換に対する不当な報いを受けるのも、名前の再交換によって意趣返しをするのも、まさにこのクーシュナッペルの市民社会においてなのである。

ただし、死の擬装および名前の再交換の着想が初めて明かされる場所は、クーシュナッペルではない。夫婦間の亀裂が決定的になったあとジーベンケースはバイロイトを訪れ、そこでライプゲーバーとの久々の再会を果たす。さらに、バイロイト郊外のファンテジー宮殿およびエルミタージュ宮殿の庭園でナターリエとの知己を得て、夢想的な時間をジーベンケースは過ごす。興味深いのは、「筋がより幻想的に展開するにつれ、小説の地勢 (Topographie) は『より現実的に』なる」というコールハイムの指摘である。[9] 市民社会の現実に足をつけた筋が展開される場所がクーシュナッペルという虚構の都市であるのに対して、友情と新しい恋愛を軸とし、美しい庭園での恍惚的な感情の昂ぶりに彩られた「幻想的な」物語は、実在する都市バイロイトにおいて展開される。この鋭い対照性を和らげるかのように、シュヴァーベン地方からバイロイトに向かう途上の旅の描写では現実の地名と虚構の地名が絶妙に織り交ぜられ、現実と虚構の「閾」[10]が表現されている。

幻想性を帯びたバイロイトの町で、ライプゲーバーは死の擬装のアイディアを主人公に明かす。名前の再交換によって可能となるこの計画は、市民社会において流通する名前に価値を置かないライプゲーバーの姿勢にまさにふさわしいものとも見える。しかしここバイロイトでライプゲーバーは、名前を交換する計画を話しながらも、名前に対する別種の態度を見せてもいる。

今日は君の、そして私の名前の日で、同時にこのさまよう名前の命日だ、なぜなら君の仮死の後に君はこの名を捨てなければならないのだから。(Kap. 12, 385)

ジーベンケースの洗礼名であり、かつてはライプゲーバー自身の洗礼名であった「シュタニスラウス」の聖名祝日に、ライプゲーバーはこの名前を葬る計画を主人公に告げる。ライプゲーバーは、名を祝う日と名の命日とを重ねることで、名前の誕生と消滅をともに記念しようとしているのだ。このようなものとして名前が捉えられるとき、名前は、単なる操作の対象という以上の意味を担っているだろう。

死の擬装計画が実行された直後、「フィルミアン・ジーベンケース」の名が刻まれた偽りの墓碑の前に立ったライプゲーバーは、深い感慨に襲われる。

ハインリヒ〔ライプゲーバー〕は考えた。彼が数日の後に、捨てられた名前とともに、小さな小川のように世界の海へと落ちていき、そこで岸もなく流れて、見知らぬ波へと砕けていくのだと。彼自身が、彼の古い名および新しい名とともに墓穴の中へと落ちていくように、彼には思われた。(Kap. 21, 523)

彼の「古い名」、つまり出生名である「フィルミアン・ジーベンケース」は死者の名として失われ、「新しい名」、つまりかつて友人から得た「ハインリヒ・ライプゲーバー」の名は、ふたたびその友人のものとなった。ライプゲーバーはここに至って、名を喪失する深刻な痛みに襲われている。

以上から、ライプゲーバーにとって名前とは、社会的なプロフィールと結びついているだけの操作可能な対象であるのみならず、より人格と深い結びつきを持ってもいることが明らかになった。図式的に捉えるなら、名前については、クーシュナッペルにおいては前者の、バイロイトにおいては後者の役割がそれぞれ前景化してくるといえるだろう。

三　魂の不死性と名前

バイロイトでの幻想的な日々を描く第一二章は、次のような友人たちのやり取りによって閉じられる。

「ハインリヒ〔ライプゲーバー〕、不死性を信じてくれ！　だって僕たちが朽ち果てても僕らは愛し合いたいじゃないか！」――「静かに、静かに！」ハインリヒは言った。「今日は僕の名前の日だ、それで十分じゃないか。誕生日など人間は持たないし、だから命日もないよ」(Kap. 12, 386f.)

死後も友情を交わしたいというジーベンケースの願いを軽くいなしてはいるが、ライプゲーバーは不死性の思想をひそかに肯定している。人間には誕生日も命日もない、とは、人間の魂が生誕の前から存在し、死後もまた存続し続けるという、魂の不死性について言われている言葉だからだ。この言葉に寄り添うように名前の日に対する言及がされていることに留意しよう。

ジーベンケースが自らの死を予感し、そして魂の不死性の有無に思いを巡らせる場面は、小説の中に繰り返し現れる。例えば、大晦日の夜にジーベンケースは、年の変わり目と人間の生の終わりと始まりを重ね合わせて次のように考える。

床についてから、フィルミアンは考えた。眠りは旧年を最後の年のように閉ざし、新しい年が一つの生のように始まる。そして私は、不安で、無定形の、深く垂れ込んだ未来へ向かってまどろむ。このように人間は閉ざされた夢の門の前で眠り込むのだ。彼が見る夢はその門からほんの数分もしくは数歩しか離れていないのに、門が開いたときその向こうにどんな夢が待っているのか、彼は知らない。その小さな、意味を持たない夜に彼を取り囲むのが、待ち構えながら目を輝かす猛獣なのか、微笑み戯れる子供たちなのか。しっかりと形をもった靄が、彼を絞め殺すのか抱擁するのか。(Kap. 9, 322)

ジーベンケースがこの直前で自らの死への予感に襲われていることから、ここで表象されている「夢」が死後の世界を示していることは明らかである。その夢のなかで絞め殺されるのか抱擁されるのかという問いは、人間の魂が死後失われるのか、あるいは存続していくのかという問いにパラフレーズできる。人間の魂が存続するかどうかは、ジーベンケースにとっては、そしてジャン・パウルにとっても、答えの出せない問いである。(11)

『ジーベンケース』に「第二の花の絵」として収録される「夢の中の夢」もまた、不死性の観念を夢のイメージとともに具現化した作品である。彼岸の第二世界にいる夢の中で、語り手はキリストと聖母マリアが足元にさまよう地球を見下ろしているのを見つける。「地球は数々の夢に満ちた一つの夢です。その数々の夢が現れるようにするには、あなたは眠らなくては」(Zweites Blumenstück, 277) と述べるキリストに応じてマリアは眠りにつき、「痛ましい別れの後に再び出会った人間たちの愛を」(ebd.) 見たいと願う。そしてマリアの前には、地上で別れた人間たちの魂が第二世界で再び出会う様が、次々と映し出される。地上の生は一つの夢であり、この夢から醒めた人間の魂は第二世界へと帰りくる、という魂の不死性がこうして可視化されて示される。

こうして作品中で繰り返し前景化される魂の不死性のモチーフは、小説の最終部を飾るジーベンケースとナターリエとの対話にも現れる。

ごきげんよう！　僕はいつか本当に死ぬだろう。そうしたら僕は君の前に再び現れるよ。しかし今日と同じようにではないよ。それは永遠 (Ewigkeit) において以外にはありえない。そうしたら僕は君の前にまた現れて、言うんだ。「ああ、ナターリエ、僕は下の世界で (drunten) 君を無限の痛みをもって愛した。ここでそれに報いてくれ！」と。(Kap. 25, 575)

「下の世界」と対比的に語られる「永遠」は、死後の魂が存続する超越的な世界のことを指している。ジーベンケースは、死後の世界において、ナターリエの魂に対してその名を呼びかけようと語っているのだ。この発話において固有名は、存続する一個の魂に対して付せられたものとして考えられている。現世での生を終えた後でも魂は別の世界において存続し、その魂に付された名前もまた、変わらない。だからジーベンケースは、現世と同じ名前で、愛する人の魂に呼び掛けるのである。ジーベンケースがライプゲーバーに魂の不死を信じよという要請を行う場合には (第二章、第十一章、第十二章) 必ず名の呼びかけが伴っているが、これは偶然ではない。親密な者たちの間では、名前は交換不可能なかけがえのなさ、固有性を帯びており、この固有性は永遠のものとして（少なくともジーベンケースには）想定されているのだ。

四　レネッテにおける一個の生

ジーベンケースは、親密な者に対して過剰とも思えるほど名を呼びかける。例えば、第十一章に挿入されるライプゲーバー宛の手紙の中で、ジーベンケースは六回にも渡って「愛しいハインリヒよ」、もしくは「ハインリヒよ」、という呼びかけを行っている（Kap.11, 351ff.）。また、小説の終盤でナターリエに偶然の再会をした際も、驚きのなかで言葉を発せないなか、ジーベンケースは辛うじて彼女の名を二回続けて呼ぶのである（Kap. 25, 572）。こうした名の呼びかけを通じて、名の固有名は確かめられ、また、強化されてもいく。

この点からいえば、最も本稿が注目せねばならないのは、ジーベンケースの妻レネッテである。小説の中核をなすのはジーベンケースとレネッテの結婚生活であり、この中でジーベンケースは妻への名の呼びかけを常に行っているからだ。

レネッテは、教養に対する理解のなさ、家事による執筆活動の妨害、ライプゲーバーへの嫌悪などでジーベンケースを苦しめ続ける。再びピーツカーの表現を借りれば、レネッテは封建的な小都市クーシュナッペルの「敬虔な代表者」[12]なのである。しかし、ジーベンケースを小都市の「犠牲者」[13]とみなし、その苦しみの責任をレネッテのみに負わせるのは、あまりに一方的な読みと言わざるを得ない。シュルツが論じているように、「日常的なものや自明なもの、そして真に陳腐なものから、段階を踏んで、無理解や不信、痛みが生じてくる」[14]過程を描く筆致の巧みさや、その筆致に潜む洞察の深さにこそこの小説の魅力はあるからだ。だからシュルツは、ジーベンケースの物語がレネッテの到着とそれに続く婚礼の場面から始まり、そしてレネッテの死によって終わるという点に注意を促す。ジーベンケースをクーシュナッペル的な社会へと結びつける儀礼として婚礼はあり、この結びつきを完全にほどく出来事としてレネッテの死はある。[15] 小説は、ジーベンケースがレネッテを通してクーシュナッペルの社会につながりを持った、ちょうどその期間だけ続くのである。

　以上の指摘のようにレネッテが小説の重要人物であることは疑いがない。本稿では、さらに別の側面からレネッテという人物形象の意味を探ってみたい。まず注目したいのは、死のモチーフとレネッテとの関わりである。

　ダンゲル＝ペロキンは、教養を蓄え、執筆活動をするジーベンケースと、夫の教養に理解を示さず家事のみに関心を払うレネッテとの対立を「テクスト vs 織物（Text vs Textile）」[16]という図式にまとめたうえで、最も持続的かつ激しい対立の火種が「綿の喪服」の質入れである点を指摘している。織物に執着するレネッテは喪服の質入れに頑強に抵抗し、ジーベンケースがこれを強引に質入れした後も執拗に請戻しを要求する。このやり取りが継続的にクローズアップされることで、小説において死のモチーフが前景化されるのだ。[17] この喪服に関して見逃してならないのは、これがレネッテの誕生日の前日に請け出され、当日にレネッテの手に戻されることだ（Kap. 10, 341）。レネッテの誕生日はこれにより死の相を帯びる。

　レネッテの誕生日を彩る死のモチーフはこれだけではない。まず、以前からの死の予感をさらに強めたジーベンケースはレネッテの誕生日の前日に生命保険に加入している。また誕生日の数日前からツィーエンという人物により大地震がこの日に起こると予言されており、クーシュナッペルの人々を恐れさせている。[18] ノイマンは、起源を語りつつ終末を予示する技法に注目して『ジーベンケース』を読み解いているが、[19] 誕生を祝う日に死のモチーフをいくつも関与させる手法もその一環として理解できる。レネッテにおいては、誕生と死が直接的な連関のもとに置かれるのである。

レネッテについては、登場人物中で唯一、一七六七年二月十一日という誕生日の正確な日付が明示されるのみならず（Kap. 10, 338）、亡くなった日の正確な年月日もまた、墓碑銘という形で示されている。死の擬装計画の実行後「ライプゲーバー」の名で暮らすジーベンケースは、ある機会をとらえてクーシュナッペルを訪れ、そこで思いがけずレネッテの墓を見つける。その墓碑は、未亡人となったレネッテがその後シュティーフェルと結婚し、一七八七年七月二十二日に産褥にて永眠したことを伝えている。レネッテの死の状況の詳細は近所の理髪師からジーベンケースに語られるが、語り手はこれを読者に対して伏せている。小説において、レネッテの死は、事実としてのみ、しかも情報を極限まで削ぎ落された形で伝えられるのである。この乏しい情報に命日の年月日が含まれることで、その日付はことさらに強調される。小説において、レネッテの誕生日が執拗に死と関連づけられ、また彼女の誕生と死の正確な日付が与えられるのはなぜか。まずはこの問いに、不死性の観念との関連から仮説的に答えを与えてみよう。

「夢の中の夢」における魂の不死性の表象に従うなら、地上における人間の誕生と死とは等価である。地上での生が終わった後も魂は生き続け、地上で死別した二つの魂は第二世界において再会するのだから。誕生日と命日は、地上における生と第二世界における生との区切りをつけているに過ぎない。地上的な生の始点としての誕生日は終点としての死による刻印を受け、それによってこの両者が強い連関のうちにあること、両者は生の区切りとして、決して対照的な位置にあるのではないことが表現されている。レネッテの墓碑を発見する直前にジーベンケースが次のような思いを囚われているのは示唆的である。

そして彼は考えた。どのような雲、どのような冷たさと夜が、生の両方の極の周囲に、地球の両方の極の周囲のようにかかっていることか、人間の始まりと終わりの周囲に——（Kap. 25, 567）

レネッテはまさに、ジーベンケースに対して「人間のはじまりと終わり」とを例示する役割を担っている。あるいはこう言ってもよいだろう。レネッテにおいて、始点と終点で区切られた一個の地上的生が例示されていると。

レネッテは確かにクーシュナッペルに囚われており、バイロイトにて親密に交際する人間たち（ジーベンケース、ライプゲーバー、ナターリエ）の圏域の外部に位置してはいる。しかし彼女は、旗手ローザや枢密顧問官ブレーズとは異なり、語り手から好意的な眼差しを向けられる善良な人間である。[20] つまり彼女は、ジーベンケースの憎悪の対象である「卑小なもの」ではなく、慈しみの対象である「小さきもの」であるのだ。すなわちレネッテにおいて例示されているのは、「小さきもの」としての人間が地上において受ける一個の生なのである。

理髪師がジーベンケースに語ったレネッテの最後の様子のうち、語り手が読者に伝える唯一の具体的なレネッテの言葉はこうだ。「私は死んだあと私のフィルミアンのもとへ行くのでしょう?」（Kap. 25, 570f.）レネッテは死後、ジーベンケースと再会するつもりでいる。しかしジーベンケースの魂は死後の世界にはいない。それどころか、ジーベンケース自身が死後の世界での再会を本当に望んでいるのは、レネッテではなくナターリエである。これはレネッテにとって極めて残酷な事態であり、レネッテが例示する「小さきもの」がジーベンケースにとって、ひいてはジャン・パウルにとってどのように位置づけられるのかを語るものであろう。

ここで小説の結語を参照しておこう。

フィルミアンはどもって言った。「ああ神よ！　天使の君――生においても死においても私のもとに

留まっておくれ」──

「永遠に、フィルミアン!」静かにナターリエは言った。そして、我らの友人〔ジーベンケース〕の苦難は過ぎ去った。(Kap. 25, 576)

ナターリエは、「永遠に」ジーベンケースのもとに留まることを約束しながら、彼の名を呼ぶ。彼らにとって、名前は、永遠にその人間とともにあるものであり、決して交換可能なものではない。

最後に、一見無用なようにも思える素朴な問いを投げかけてみたい。「フィルミアン・シュタニスラウス・ジーベンケース」ではなく、「ハインリヒ・ライプゲーバー」が主人公の出生名、つまり本来の固有名であった。死の偽装の結果、主人公はその名前を取り戻して、その名前で社会生活を送っている。他方で「ジーベンケース」という名前は、社会的にはすでに死者の名前とされてしまっている。にもかかわらず語り手はなぜ、死の偽装のあとでもなお終始一貫して、「フィルミアン」もしくは「ジーベンケース」といういわば社会的に葬られてしまった名前で、主人公を呼ぶのか。

この問いに対するとりあえずの答えは、語り手は友人や恋人と同様、主人公の名を交換不可能なものとして扱っている、というものになるだろう。だがそのことの意味は、より掘り下げて考えてよいように思われる。なぜ語り手は主人公の名前を交換できないのか。小説『ジーベンケース』において「語り手の自我(Erzähler-Ich)」は構築される過程のなかにあるという、先行研究における極めて重要な指摘[21]は、おそらくこの問いに対する立論の手がかりを与えるものである。そして、『ジーベンケース』における語り手の問題を考えるうえで、主人公の名前の交換という本稿の主題は重要な意味をもつことになるだろう。

注

（1）デブースによる名前の類型論については、本書の前田による序論を参照。

（2）Eduard Berend: Die Namengebung bei Jean Paul. In: PMLA, Vol. 57, No. 3, S. 826. なおベーレントによれば、ジャン・パウルの小説において名前になんらかの含意があるように思われる場合でも、それは一部の例外を除き、名を担う人物の性格と名の含意に全く関係がない場合に限られるという。Vgl. ebd., S. 846.

（3）Kurt Schreinert: Einleitung. In: Jean Paul: Sämtliche Werke. Historisch-kritische Ausgabe. Abteilung I, Bd. 6, Weimar 1928, S. XIIIff.

（4）Ebd., S. XV.

（5）Ralf Simon: Herzensangelegenheiten. In: Romantische Wissenspoetik. Die Künste und die Wissenschaften um 1800. Hg.von Gabriele Brandstetter und Gerhard Neumann, Würzburg (Königshausen und Neumann) 2004, S. 273–285, hier: S. 278f.

（6）『ジーベンケース』からの引用は次の版に拠り、章番号の次に頁番号を記す。Jean Paul: Sämtliche Werke. Abt. I, Bd. 2. Hg.von Norbert Miller, München (Hanser), 1987 (4. Auflage)

（7）Carl Pietzcker, Nachwort, In: Jean Paul, Siebenkäs. Hg. von Carl Pietzcker, Stutgart (Philip Reclam) 1983, S. 769–796, hier: S. 788.

（8）Jochen Golz: Alltag und Öffentlichkeit in Jean Pauls »Siebenkäs«. In: Jahrbuch der Jean-Paul-Gesellschaft 26/27, 1992, S. 169–182, hier: S. 170. ゴルツは当論文で、細部まで描かれた「日常的－私的なもの」が語り手のメタファーを駆使した語り（「メタファー化」）によって公共性へと開かれ、「政治的な次元」（Ebd., S. 174）を付加されると述べている。これは重要な指摘だが、本稿はこの論点には立ち入らない。

（9）Volker Kohlheim: Raum und Name im *Siebenkäs*, In: Jahrbuch der Jean-Paul-Gesellschaft 50, 2015, S. 95–105, hier: S. 102.

（10）Ebd., S. 101.

（11）ジャン・パウルにとって、魂の不死性の観念は、魂が帰る場所としての無限性の領域は実在するかという問題、および、精神は実在するかという心身問題との強い連関のうちにあった。『カンパンの谷』および『美学入門』第三部はこうした問題群を主題化し、不死性、無限性、精神の実在を論証しようとする試みであるが、論証の方法はそれぞれ異なっている。江口大輔『ジャン・パウル「巨人」の読解——動的構成としての筋と静的構成としての心身問

題』（博士論文、東京大学）第四章を参照。

（12）Piezcker, a. a. O., S. 773.

（13）Ebd.

（14）Gerhard Schulz: Jean Pauls Siebenkäs. In: Aspekte der Goethezeit. Hg.von Stanley A. Corngold, Michael Curschmann, Theodore J. Ziolkawski, Göttingen (Vandenhoeck und Ruprecht) 1977, S. 215–239, hier: S. 216.

（15）Ebd., S. 217ff.

（16）Elsbeth Dangel-Pelloquin: Die Austreibung der Textile aus dem Text. In: Jahrbuch der Jean Paul-Gesellschaft 43, 2008, S. 113–136.

（17）Vgl. ebd., S. 126ff.

（18）この人物が大地震の到来を予告したのは事実であり、その文書も確認できる。Vgl. Allgemeine Literaturzeitung, Jena, Leipzig, 1786, Bd. 2, S. 101ff.

（19）Gerhard Neumann: Der Anfang vom Ende. In: Das Ende: Figuren einer Denkform. Hg. von Karlheinz Stierle und Rainer Warning, München (Wilhelm Fink) 1996, S. 476–494.

（20）語り手からレネッテへの好意は、一八一七年の第二版のための書き替えによって一層強まっている。Vgl. Elsbeth Dangel-Pelloquin: Proliferation und Verdichtung. Zwei Fassungen des *Siebenkäs*. In: Schrift- und Schreibspiele. Jean Pauls Arbeit am Text. Hg. von Geneviève Espagne und Christian Helmreich, Würzburg (Königshausen und Neumann) 2002, S. 29–41, hier: S. 37.

（21）Neumann, a. a. O., S. 480.

第三章　呼びかけ・主体化・服従化

――トーマス・マン『トニオ・クレーガー』における名前

木戸繭子

文学における名前の産出性について考えるとき、トーマス・マンの短編小説『トニオ・クレーガー』（一九〇三年）[1]は、その複雑な様相を理解する手がかりを与える。そこでは名前によってある主体が産出されるが、同時に、その産出は幸福な創造などでは全くなく、危機を孕み、危険な場に存在し、傷つけられることや脅かされることと本質的に結びつくものであるということが明らかにされる。

トーマス・マンは、文学における名前が論じられる際しばしば言及される作家である。マンがその小説作品において登場人物を極めて巧みに名付けているということは確かであり、インゲボルク・バッハマンは一九六〇年の講演『名前との付き合い』の中で、マンを「最後の偉大な名前の発明者、名前の魔術師」[2]と呼んでいる。バッハマンはマンの命名の巧みさを高く評価し、「トニオ・クレーガー」という名前も「この主人公が晒されることになる対立を示」しているとして、例に挙げている。[3]この名前は、ドイツ語文学の歴史において、「体を表す名」として代表的なものであって、デブースも文学的な名前をめぐる論において、この名を真っ先に取り上げ、この名が「苗字と名前の組み合わせによって、この名前の持ち主の特徴的な内的矛盾を適切に反映している[4]」ため、ぴったり合った名前であると述べる。つまり、「クレーガー」という北方的、市民的な苗字と「トニオ」という南方的な、芸術的な世界を示唆する名前の組み合わせが、彼のアイデンティティをめぐる矛盾、彼の直面する二項対立を体現しているということである。

このような流れを踏まえた上で、ゼルプマンは名前をめぐる著書において、一章を割いてこの『トニオ・クレーガー』における名前について論じている[5]。ゼルプマンはこの小説の主人公が自分の名前について繰り返し熟慮するだけではなく、その名前の上に自分のアイデンティティを築き上げるとし、その上で、このアイデンティティが「誤った根拠ないしは自己欺瞞的なイデオロギーの上に移し替えられている[6]」可能性を示唆する。ゼルプマンがここで疑問に付しているのは、この小説が「一義的な芸術観のための綱領的テクスト[7]」であってそこでは「普通の市民が最も深い認識の世界から締め出されていることの正当化[8]」が行われ、読者は「最後にトニオ・クレーガーが〈文学者〉から〈詩人〉に変容するのを共に体験する[9]」という、いわば教養小説的解釈である。

トニオ・クレーガーが最終章で至る認識についてゼルプマンは、「旧来的な、古典的・ロマン主義的な自律的美学の思考パターンにとどまっている[10]」と指摘し、トニオ・クレーガーの綱領は、「文学史的には、十九世紀のエピゴーネン的な陳腐さへと退却している[11]」とすら述べる。そして、この章の最後の一文が第一章の最後の文とほとんど同一の引用であり、第一章の最後の文においてこの認識を公式化したのは語り手であって、その際には（見かけ上は）克服された過去が振り返られ、またある青年の思春期の問題が念頭におかれていたとする。その場合トニオが最後に、今後の創作について綱領的に宣言する一文が、語り手によってすでに克服されたものとして小説の最初に述べられていたということになり、ここにゼルプマンは局外（auktorial）の語り手のある種のイローニッシュな山場を見る。ゼルプマンは、もし市民性と芸術家性の間に越えがたい溝のある緊張関係が存在しているのであれば、この小説は我々に、それがトニオ・クレーガーの思考パターンによって乗り越えられえないことを示したとする。なぜならば彼の名前の中で、すでにすべてが構想されているからである。『トニオ・クレーガー』はそれゆえトーマス・マンの文学的な自己理解であるとか、彼の初期の作品の時代における彼の文学的なアイデンティティの発見を描いたものであるとかいうことは全くなく、それは作者がとうの昔に成長して離れた（entwachsen）ところの文学者像の解体であり、この短編小説は「この名前のイデオロギーの仮面をはぐ」ものであるとゼルプマンは結論付ける。(12)

このゼルプマンの読解は、たとえば名前を論ずるにあたり局外の語り手と体験話法の関係に着目する点など一定の関心を引くものではあるが、同時に疑問を呼び起こすものでもある。「イデオロギーの仮面をはぐ」ものとしての名前という結論はそれらしく見えるが、その論に説得力のある根拠があるようには思われない。たとえば第一章の最後の、語り手による文章が、小説最後の主人公の言葉と一致しているということによって、そこで提示されているものが、語り手によってすでに克服されており、作者はすでに成長してそこから離れている（entwachsen）ということを示すという結論に至ることは、なぜ可能なのか。普通に考えれば、第一章の最後に示されるもの、すなわち少年期の素朴な愛を、さまざまな放浪を経た主人公が再発見するというとらえ方にはならないか。いわば語り手による先説法である。

この小説における名前が、何か不穏なものを孕んでいること、そのこと自体へのゼルプマンの予感は、正しいものである。しかし、この小説の「名前」をめぐる問題について考えるとき、ゼルプマンが見落としていた点がある。第一に名前をめぐる問題における、名前をめぐる行為性、とりわけ呼びかけという行為をめぐる問題、第二に、この小説の作者と社会の間に呼びかけをめぐる危機的状況が存在していたという点である。この物語自体が実のところ、作者自身に対する危機的な呼びかけへの応答によって起動されており、それゆえ、この小説中でも主人公への危険な呼びかけが繰り返され、主題化されているのである。ゼルプマンはこの作品における名前を取り上げるにあたり、繰り返される名前の呼びかけがほとんど常に否定的なものであること、そして、この主人公が他者からの呼びかけに晒され、傷つけられる存在であるという点を無視している。

ゼルプマンは一九四一年のマンのアグネス・E・マイヤー宛ての手紙を取り上げ、そこでマンが「市民性」と「芸術性」の対比を「彼にとって今日においてはもはや何も言うべきことがない」ものであると書いている[13]と言い換え、これを上記の論の傍証としている。しかし、実際の手紙を見てみると、マンは次のように書いている。

あなたのおかげで、私はホーソーンに興味を持ちました。私は彼を読むべきでしょう。ただ、市民的な父親を前にしたときの、やましさをともなうこの市民性、あるいは、やましさをともなうこの芸術家性について、私がまだ何か言うべきであるということは疑っています。それは履き古された靴であり、あなたは私に「トニオ・クレーガーさん」と呼びかけましたが、それは完全に間違っています。――私がその本の作者であることを手放したいとも否定したいとも思わないにもかかわらず。要するにそれは私の『ヴェルター』なのです[14]。

一九四一年に書かれたこの手紙の文章をもって、四十年近く前の一九〇二年に発表された『トニオ・クレーガー』において、作者ないし語り手がすでに「市民性」と「芸術家性」の対立を克服していたと結論付けるというのはいささか乱暴に過ぎないか。この「克服」あるいは「靴の履き古し」がいつ生じ、行われたかはこの手紙の記述からは確定することができない。それは場合によってはゼルプマンの言うように、この小説が完成する前に起こっていたかもしれないが、それ以上にその後に起こったことである可能性も同様かそれ以上に高いのである。したがってこの記述はゼルプマンの論の根拠にはなりえない。

一方で、この手紙は別の点において、極めて興味深いものである。それはこの言及が、アグネス・E・マイヤーの手紙によるホーソーンについての記述、そしてそこにおけるマンへの「トニオ・クレーガーさん（Herr Tonio Kröger）」という呼びかけに対しての反応であるということである。マイヤーはそこでマンをトニオ・クレーガーの名で呼ぶのだが、この呼びかけをマンは「全く間違っている（ganz fälschlich）」と拒絶する。

この作品と自分自身が結び付けられること、この作品の主人公の名で呼びかけられることへの拒絶反応は、逆説的にそこに存在する問題を明らかにしてしまう。なぜこの呼びかけはトーマス・マンという作者にとって刺激的／触発的なものなのか。「トニオ・クレーガー」という名前で呼びかけられ、この主人公と同一化されるということに、なぜこのような拒否反応が示されるのか。

名前を呼びかけるという行為の言語遂行性についてどのように考えるか。ルイ・アルチュセールはイデオロギーからの呼びかけによる個人の主体化についての説明に、警官からの「おい、おまえ、そこのおまえだ！」といった呼びかけを例として挙げる。[15] このような場面において個人が振り向くとき、この振り返りによって個人はイデオロギーに服従すると同時に主体化される。

ジュディス・バトラーは、『触発する言葉』[16] において、いわゆる憎悪発話（ヘイト・スピーチ）をどのように考えるべきかという問題に取り組んでいるが、それに際して、オースティンの言語行為論や、アルチュセールの議論を参照しながら、より一般的な言語行為としての「名付け」／「呼びかけ」と主体の形成についての議論から出発している。そこでバトラーは以下のように述べている。

ラカンは「名称は対象の時間である」と述べた。しかし名称は〈他者〉の時間でもある。人は名付けられることによって、いわば社会的な場所と時間の中に導かれる。そして自分の名称をもつためには、つ

まり個別性を示すと考えられている呼称をもつためには、人は他の人間を必要とする。(17)

人が名前を持つためには、まずその名前によって呼びかける他者を必要とし、他者にある名前で呼びかけられることによって「主体」が起動される。そしてこのように名付けられることによって、人はまた自分自身が「他人を名付けうる存在」になっていく。(18)名付ける人もかつて誰かによって名付けられた存在であり、この名付けの行為によって言語の中に位置づけられ、発話する主体として可能性を獲得する。また、この「名付け」というのは一回限りの行為ではなく、反復されるものである。それはある名前で「呼びかけられる」こと、そして自らある名前を「名乗る」ことという行為の反復である。この繰り返しの中で、まさにパフォーマティブに、すなわち、言葉で語ることが行為することになるという言語の行為遂行的なありかたを通じて、いわゆる「アイデンティティ」が形成されていく。したがってこの「名付け」というのは極めて大きな力を持つものであり、人が言葉によって傷つけられるという被傷性（vulnerability）もこの力の大きさによっている。そして、この呼びかけと名乗りの反復は、必ずしも、「正式な」名前によって行われるものではない。たとえば、愛称、渾名、ときには中傷という形すらとりうるものである。(19)そのとき名付ける行為は「言語的な存在を起動させ、維持する、つまり場所と時間の中で固有性を与える権力」を呼び起こし、この名付けられに、語る主体は常に晒されることになる。そしてその主体の被傷性は、ある種の危機的な状況あるいは権力との緊張関係においてはっきりとするのである。

このような危機的な状況が、この小説が語られるにあたり、作者と社会の間に前提として存在していたと前述したが、それはどのようなものか。トーマス・マンはその作品において自伝的な物語を語る作家である。しかしその語り方は必ずしも単純なものではない。そこには自らについて語りたいという欲求と、それについて沈黙し隠蔽したいという欲求がアンビバレントに存在する。(20)ここで前提となるのは、マンがその人生においてしばしば若い男性にエロティックな欲望を抱いたということ、そしてそれを、自らの人生とかかわるものとしては、生前には公にすることがなかったことである。これらの若い男性への欲望／恋愛は、しかし、作者自身による死後二十年の封印を経て公開された日記の言葉を信じるのであれば、多くの作品に影響している。生涯を通じてマンが「クローゼットの中の」同性愛者であり続けたこと、一方でその感情の作品を通じての発露は自らに禁じなかったこと、フィクション作品を自らが身に付ける「秘密の形式と仮面」[21]ととらえていたことは、この『トニオ・クレーガー』という作品について考察する際に、決して外してはいけない前提条件である。

この前提条件を踏まえると、第二章におけるトニオとハンスの会話が、いかに危険な、触発的なものであるかということが明らかになる。ハンス・ハンゼンのモデルとなったのは、トーマス・マンの同級生アルミン・マルテンスであった。マンのこの初恋は、どのような経緯をたどったか。マルテンスへの思慕は、一八八九年から一八九〇年にかけての冬に起こったとされている。一九五五年三月十九日の手紙で、マンは、マルテンスについて、「私は彼を愛し」、そして「それは実のところ、私の初恋だったのだ」と述べ、その恋はすぐに「死ん」で「ダメになった」が、「私は彼のために『トニオ・クレーガー』の中に記念碑を立てた」と続ける。[22]この初恋は、相手に侮蔑されることで終わったようである。また、兄のハインリヒも、友人への手紙の中で、トーマスの、この同性への恋について嘲りの言葉を連ねている。この恋とその帰結について、ヘルマン・クルツケは次のように評価する。

この早期のカミング・アウトは、痛烈な辱めによって終わった。他の人ならそのようなものを甘受できるが、トーマス・マンのような極めて感受性の高い詩人にそれは無理なことであった。他の屈辱によってもさらに深められた、この始原的ショックによって、彼の後のふるまいの多くの理由が明らかになる。

感情は馬鹿げたものである、それを示してはいけない、ホモエロティックなものは、とりわけ決して示してはならない。この愛は、人を市民の社会から追放する。その愛は文学者にとっても、最も親密な交友関係において不可能なものとする。それは隠さなければならない、否定しなければならない、イロニー化しなければならない。[23]

自らの愛を公にすることは、危険なことである。それは傷つけ、屈辱を与え、彼を市民社会から追放する。それは不可能なものなのだ。この痛ましい初恋は、トニオ・クレーガーのハンス・ハンゼンへの思いとして文学的反映を得る。[24]「自らの愛」を語るための「秘密の形式と仮面」としてのこの小説は、アルミンへの作者の恋の行方をトニオとハンスの会話に反映する。この小説は、学校の放課後にトニオがハンスを待っている場面から始まる。一緒に帰ることを約束しており、そのことにトニオは心を躍らせていたが、ハンスはそれをすっかり忘れていた。ハンスへのトニオの思いを語り手は「トニオはハンス・ハンゼンを愛していて、すでにもう彼のために度々苦しんできたのだった[25]」と語る。ようやく二人になり、ハンスにシラーの『ドン・カルロス』について語るトニオであったが、そこに別の同級生エルヴィーン・イマータールがやってきて、ハンスと乗馬の話を始めてしまう。


「君も通えるようお父さんに頼んだらどう、クレーガー」ハンス・ハンゼンが口を挟んだ。

「ああ……」トニオはあわてて、どうでもよさそうに言った。一瞬、彼は喉が詰まった。ハンスが彼を苗字で呼んだから。そしてハンスはそれに気付いたようだった。というのも彼は弁解するように付け加えたからだ。

「僕は君をクレーガーと呼ぶよ、だって君の名前はとっても変だからね、君。ごめんよ、だけど僕はそれが気に入らないんだ。トニオ……そんなの、全くもって名前じゃないよ。もちろん、それは君のせいではないけどね。なんてこった！」

「そうだよ、その名前は外国風な響きで変わってるから、だから君はそういう名前なんだ……」イマータールは言って、まるでとりなすように振る舞った。

トニオの唇は震えた。彼はなんとか気をとりなおして、言った。

「うん、それは馬鹿げた名前だよ、僕だって、そうだね、ハインリヒとか、ヴィルヘルムとかいう名前がよかったんだ、わかるだろ。でも、それはアントニオっていう、母さんのお兄さんの名前からとったんだ。ほら僕のお母さんは向こうから来たから……」(26)

愛するハンスによってこのように自分の名前を否定されることは、トニオに大きなショックを与える。この後ハンスとエルヴィーンが馬術の話をするのを聞きながら、トニオは必死で涙をこらえることになる。相手の名前を、「名前ですらない」と否定することは極めて鋭い中傷であると言える。苗字で呼ぶという行為は、その後にハンス自身が説明しているように、「トニオ」という南国風の名前を否定し、その名前への中傷を意味するものである。ここで自らの名前を、その出自を根拠として侮蔑し、否定するということは、バトラーの論じている憎悪発話の一つの形態として考えることができる。「私達は名指されて存在している者であり、何者かであるためには〈他者〉からの名指しに依存しなければならないという意味で、言語に被傷性を持っている」(27)とバトラーは指摘する。中傷は、名前の呼びかけに主体が依存していることによって、人を傷つける力を持つのである。

「トニオ」という名前ではなく「クレーガー」という苗字で呼ばれること、それは「喉を詰まらせる」という形でトニオを「傷つけ」る。しかし同時に、名指されることによって存在している者として、その名指しは、名指されたものに「ある種の社会的で言説的な存在形態」[28]を与えもする。この「トニオなんて名前じゃない」という中傷発言はトニオの、「主体」としての可能性を起動し、トニオの内省を呼び起こすことになる。この内省は、先の引用部分に続いて、体験話法によって描かれる。

ハンスは僕の名前が好きじゃない、――でもどうしたらいいのだろう？　彼自身はハンスという名前だし、イマータールはエルヴィーンという名前だ。いいね、みんなに認められた名前だし、誰も妙だなんて思わない。でも、「トニオ」は外国風だし、変わっている。たしかにあらゆる点で僕には変わったところがある。僕が望むかどうかにかかわらず。そして、僕は一人ぼっちで、きちんとした、普通の人たちから閉めだされているのだ。でも僕は、緑の馬車に乗ったジプシーなんかじゃないのに、僕は、クレーガー領事の息子なのに、クレーガー家の者なのに……でもなんでハンスは、二人だけでいるときには僕をトニオと呼ぶのに、三人目がやってきた途端に僕のことを恥ずかしがりはじめるのだろう？[29]

ここでトニオは、自らの「変わった」部分をこの「トニオ」という名前に仮託しそのアウトサイダー性に思いをはせる。一方で彼はクレーガーという苗字に、その社会的存在の正当性を求める。「緑の馬車に乗ったジプシー」と「クレーガー領事の息子」という二つの社会的な評価の間で引き裂かれている自分のアイデンティティを、トニオ・クレーガーはこのハンスの行為によってはっきりと認識し言語化するのである。またトニオは、ハンスのこの発言がハンス自身の個人的な好き嫌いを率直に述べたものではなく、トニオを取り巻く社会関係とかかわるものであることを見抜いている。なぜならば、ハンスはトニオと二人きりの親密な場においては彼を「トニオ」と呼んでいたのに、第三者があらわれた瞬間この呼称を否定するからである。この同性愛的感情は社会において否定されるものなのである。

マンとアルミン・マルテンスをモデルにしたトニオとハンスの会話は、マン自身の同性愛的な初恋とそれによって引き起こされた拒絶と中傷の体験にかけられた仮面である。「そんなの名前じゃない」というハンスからの呼びかけは、トニオの「市民」としての真っ当さを否定するだけではなく、彼がその存在として不穏当なものであるということを示唆する。「トニオ・クレーガー」という名前は、初めから分断されていたのではなく、このハンスの呼びかけによって分断される。これは市民社会的な強制的異性愛制度のイデオロギーからの呼びかけなのであり、同性愛者として呼びかけられることへの恐怖と危機感を呼び起こし、彼を服従化＝主体化する。

続いて登場する、ハンスと同じく金髪碧眼の少女インゲによって引き起こされる事件によっても、トニオは再び中傷的な呼びかけを経験することになる。このインゲボルクという少女は小説に唐突に登場し、トニオの欲望の対象としてハンスと置き換わることによって、この小説における同性愛の存在をカムフラージュするものである。[30] フランソワ・クナークという滑稽なダンス教師のダンス講習で、カドリーユの練習をすることになったトニオは、インゲとともに、女性の踊りの輪に加わってしまう。これに対して、クナーク氏は「クレーガーお嬢さん！　お下がりなさい！」[31] と呼びかけ、トニオは一同に嘲笑されることになる。ハンスによる呼びかけに際しては、その問題はトニオという固有名詞をめぐるものであったが、この場面においては、「お嬢さん」（Fräulein）という性別をあらわす肩書が問題になる。名指すという行為において、必ずしも固有名詞そのものだけが使われるわけではないということはすでに指摘した。男性の苗字に付ける Herr と未婚の女性の苗字に付ける Fräulein という肩書それ自体には侮蔑のニュアンスはないにもかかわらず、ここでは男女を入れ替えて使われることで、嘲笑的な名指しとしての機能を得る。ハンスとの会話においては、クレーガーという苗字はきちんとした、社会的な信頼に値するものであり、そこにトニオは自らのアイデンティティの正当性を見出していたが、ここではその苗字に Fräulein という女性の肩書を付与されることによって、この「きちんとした」苗字も疑わしい存在へと変質してしまう。ハンスの場合と同じく、この中傷的な呼びかけについても、怪しげな芸術家のパロディであるクナークというダンス教師だけではなく、一堂に会する規範的市民社会の構成員たちの嘲笑によって、それがイデオロギーからの呼びかけであることが示されている。そして、これはまたインゲという少女の導入によって、主人公の恋愛対象を異性愛的なものに偽装しようという試みの失敗でもある。この失敗は、欲望の対象の性別ではなく、欲望の主体たるトニオの男性性への疑義という形で露呈したのである。

トニオという南方風の名前に続き、クレーガーという苗字までも嘲笑の対象とされることで、規範的市民としての存在を否定されたトニオは「芸術家」として歩みはじめることになる。このとき彼の作家としての成功は彼の「名前」の広がりとして語られる。(32)

そして彼の名前、かつて教師たちが叱責を込めて呼んだのと同じ名前、彼が初めて書いた胡桃の木と春の泉と海についての詩に署名したのと同じ名前、この南と北が合成された響きが、この異国情緒の息吹をかけられた市民的な名前が、優れたものをあらわす決まり文句へとあっという間に変貌したのだった。(33)

ここで注目すべきなのは、彼の名前が教師たちによって「叱責を込めて（scheltend）呼ばれていた」という点である。この呼びかけは、学校という権力構造を背景に行われる、イデオロギーからの呼びかけである。このイデオロギーはすでにこの小説のまさに冒頭で示されていた。そこでは学校が終わって、子供たちが中庭から出てくるが、そこでは威厳を持った教師があたかも神であるかのように描写されるのである。

しかしこの「芸術家」としての存在もまた確かなものではない。この名前、あるいは名声も所詮は「決まり文句」に過ぎない。そしてそれはさらなる否定的な「呼びかけ」によって揺さぶられる。それはロシア人の女性画家リザヴェータ・イヴァノーブナによって行われる。彼女との会話においては、トニオ自身の内省、すなわち自分自身が何者であるかという問いをめぐる考察が大部分を占める。それは芸術家と市民という二項対立をめぐる問いであるが、この二項対立はさらに、きちんとしている「北」、だらしない「南」という、ハンスの発話によって起動された南北問題の側面と、インゲへの思いが元凶となった事件で「クレーガーお嬢さん」という発話によって起動された、男らしさ／男らしくなさという問題の側面の両方を含んでいるということに注意すべきである。トニオは「一体芸術家は男であるのでしょうか[34]」と問い、自らを去勢された歌手になぞらえる。しかしながら、この芸術家と市民という二項対立の葛藤をめぐるトニオの長広舌も、リザヴェータの「あなたは市民なだけです」という一言によって「片付けられて」しまう[35]。

「私が？」彼は聞き返して、少し肩を落とした。

「ほら、あなたにとっては、お辛いことでしょう。そうでなくてはいけないんですよ。ですから、私の判決を少し軽くしてあげましょう、そうできるんですから。あなたは道に迷った市民なんですよ[36]」

この「判決」はハンスの、あるいはクナーク氏の場合の中傷的なものとは少し性質を異にしている。このときリザヴェータはトニオの演説を聞いた上で「判決」を下すという身振りをとる。それはあくまでも中立的で客観的な判断であるかのような身振りであり、同時に背後にある権力を示唆する比喩である。この名指しもまた、トニオを傷つける。トニオの身体から力は奪われ、リザヴェータは、それを「辛いでしょう」と察する。ここでは固有名詞ではなく、社会的にどのように認知されるかということを明らかにする名指しの機能が観察される。トニオが自らのアイデンティティの拠り所としてきた「芸術家」という称号が、ここで否定される。またリザヴェータとの関係で興味深いのは、トニオが彼女に対してこの小説の最後の手紙で

「この愛を叱らないでください（Schelten Sie diese Liebe nicht）」[37]と呼びかけることである。この言葉は明らかに、教師によって叱られるということと彼の名が結びついていたこと[38]と対応している。すなわちリザヴェータは裁判官であり、また教師でもあるのだ。

リザヴェータに「片付けられて」しまったトニオは、北へ向けて旅に出て、故郷の町に立ち寄るが、そこでもまた名前にまつわるエピソードが発生する。この町でトニオは、詐欺師に間違えられて警官の尋問をうける。


「あなたの名前は？」

トニオ・クレーガーは彼に答えた。

「本当の名前ですな？！」警官は尋ねた。ぐいと背を伸ばし、できる限り鼻の穴を広げながら……

「まったくもって本当です」トニオ・クレーガーは答えた。

［…］

「ふむ」と警官は言った。「ではあなたはこの――という人間と同一人物ではないというのですね」彼は「人間」といい、ごたごた書き込まれた紙から、込み入ったロマンティックな名前の綴りを言ってみせた。それはさまざまな種族の言葉から奇怪に混ぜ合わされたような名前で、トニオ・クレーガーは次の瞬間にはそれを忘れてしまった。「そしてこの人間は」と彼は続けた。「両親不詳、身分不詳で、何件かの詐欺とその他の犯罪によってミュンヘン警察から追われており、おそらくデンマークへ向けて逃亡中なのですが？」[39]

このような疑いをかけられても、トニオは、身分証明証を持っていないため、自分の名前を証明することができない。ここで名指しは、別の名前、それも犯罪者の名前で名指されるという形でこの作品にあらわれることになる。ここで警官が読み上げる名前は、「いくつかの種族から奇怪に混ぜ合わされた」とされ、これはトニオ・クレーガーという南と北の混合の名前を、また、職業不詳の詐欺師という経歴は、芸術家という職業の胡散臭さを、それぞれグロテスクなカリカチュアとして示している。このような類の人間の名前で呼ばれること、それはもちろん腹立たしいことであるはずだが、この名指しや詮索に対して、トニオは理解を示しすらする。たしかに「詐欺師として逮捕されかけたことは彼を少し落ち込ませたが、しかし、それにもかかわらず、彼はそれが適切なことだと思ったのであった」[40]とされる。ここで示されるのは、このような、これまでの名指しの中で最も否定的で中傷的な呼びかけが、もはやトニオ・クレーガーを傷つける力をかなり失っているということである。

この小説中においては、主人公に対して繰り返し否定的な名指し／呼びかけが行われる。これらの否定的な名指しに共通するのは、それがイデオロギーからの呼びかけであるということである。それは市民社会規範、そして強制的異性愛制度というイデオロギーである。これらの呼びかけが行われることにより、主人公の自分自身の存在に対する内省が始まる。そしてそのことによって主人公の行動が引き起こされ、物語が動いていく。否定的な名指しをされるたびに、さらにその内省が深まっていく。ここには名指しとそれによって起動される主体という言語行為の絶え間ない循環が存在することがわかる。バトラーはしかし、ここに中傷的言語に対する反乱の可能性を見出す。「呼びかけられる名称は、従属化と権能化の両方をおこない、行為体の場面をその両義性から生み出し、呼びかけの当初の意図を超える一連の効果を生み出していく」[41]とバトラーは述べる。

この小説において「呼びかけの当初の意図を超える一連の効果」とは主人公の、自分自身の内省を促し、それを深め「主体」を形成していくという効果であった。バトラーの述べるように「人」は名指されることによって初めて「名指す」主体となることができる。この主人公による「名指し」が『トニオ・クレーガー』においても観察されることができる。それは故郷の町からさらに北へ向かったトニオが、デンマークのホテルで見かけた見知らぬ男女を「ハンス・ハンゼン」と「インゲボルク・ホルム」と「名付け」る場面である。

そのとき突然こんなことが起こった。ハンス・ハンゼンとインゲボルク・ホルムが広間を通ったのである。（強調は原文による）

この男女はもちろん実際のハンスとインゲではなく、ヘルシンゲルからの客の中の二人であるが、この二人に「ハンス」と「インゲ」とトニオは心の中で呼びかけ、観察する。そしてさらにはこの客の一団によって舞踏会が開催され、トニオはそこにかつて故郷の町で行われたダンス教室の際の出来事を重ねあわせる。この場面は体験話法が多用されており、この独白は、いわばトニオがかつての自分自身の体験を基にしてそこから一つのフィクションを作り上げていく、まさに「文学」の始まりを示している。この「文学」は彼が見知らぬ、しかしよく似た男女を、「ハンス」と「インゲ」と文学的に名付けるという行為によって始まるものなのである。この後、トニオのリザヴェータ・イヴァノーブナへの手紙でこの小説は幕を下ろすが、そこでトニオは「私がこれまでしてきたことは、何もありません。無に等しいのです。私はましなものを作ります、これは約束です、リザヴェータ」[43]と書く。ここでこの小説が、そもそも「文学」というタイトルのもとに構想されていたということに注意を喚起したい。ここでトニオは「よりよいものを作る」ということを、まさにパフォーマティブに（というのも「約束」というのは典型的な行為遂行発話であるから）宣言する。これを可能にしているのは、北の地での「名付け」の始まりである。

トニオ・クレーガーの名前はゼルプマンの言うような「イデオロギーの失敗」ではない。トニオ・クレーガーはこの物語において、繰り返しイデオロギーから呼びかけられる。そして、振り向き、服従化と主体化を経験するのである。呼びかけるものは、そのたびに少しずつ姿を変えていく。最後に警察によって詐欺師の名前で呼ばれるとき、このイデオロギーからの呼びかけは極致に達する。この場面はアルチュセールの警察による呼びかけの例と極めて接近し、興味を喚起する。まさにここでトニオは警察によって、権力によって呼びかけられる。この呼びかけは彼を服従させようとする。警察は彼を別の人間の名前で呼ぶ。彼はその名前ではないということを証明することができない。このとき彼を苦境から救うものは何か。それは印刷された彼の原稿の名前である。作品の原稿の名前が彼の真正性を証明する。これもまた皮肉なことではある。なぜならば書物に印刷された名前はときに署名としてその内容を保証するものとされるが、このとき証明されるのは、その書き手であるトニオであり、彼は自らの執筆した虚構（そしてその後彼が自分自身で「無」[44]と呼ぶもの）によって自らのアイデンティティを保証されるのである。

トニオ、あるいはマンが名付ける力を、つまり主体としての力を得たとして、その主体化は彼（ら）の被傷性の克服ではない。傷つけられるということ、傷つけられ続けるということ、その反復の中で、服従化と主体化が繰り返されている。最後の章でトニオが「より良いものを作ること」を誓うとき、彼が応答している呼びかけは何か。ここで思い出すべきは、トニオが北へ向けて旅立つ動機である。「私はバルト海を再び見たいのです、この名前を再び聞きたいのです」[45]とトニオはリザヴェータに言う。そして、実際に訪れたデンマークの街並みの中に「名前を見る」[46]ことになる。最後の手紙を書くとき、彼は海の音を聞いている。いわば、海が彼に呼びかけている。この海は名前と結びつく。海はここで始原の世界、その漠とした影に名付けることで、文学の生み出される混沌の世界である。そして海の音は、波の音である。呼びかけられ、呼びかけるという行為はここでは浜に寄せては返す波のメタファーを得る。それはあの波の音、『ヴェニスに死す』でアッシェンバッハが波打ち際で戯れる少年タッジオを眺めながら息を引き取るとき、彼の耳に響いていたあの波の音である。

呼びかけられれと、呼びかけはあたかも波のようにこの作品で繰り返される。このようにこの作品を読むと、第一章の終わりの一文もまたさらなる重要性を得ることとなる。この一文は、物語の終盤のトニオからの呼びかけであり、「当時彼の心は生きていた」(47)とされる頃、すなわち同性愛的な恋をしていた頃への振り返りである。自らの愛を抑圧し放浪を重ねた主人公は、ここにきて、海の音を通じてこの初恋へと回帰していくのである。それはフィクションでありながら作者が自身について語ることでもある。すなわちこの作品自体がアルミンへの恋をめぐる否定的な呼びかけへの「振り向き」としても解釈されうるのである。

マンの作品はそれ自体が自らへの呼びかけられれと、自らを呼ぶという名乗りの行為を複雑に反復しながら作家自身の生を主体化しようと試みていく。このような名前の、ある種の危機的な産出性、つまり呼びかけの被傷性と主体化に彼がどのように立ち向かい続けたか、それはこの『トニオ・クレーガー』という作品の数十年後の書き直し、それも一層複雑な名前のマスカレードを演出する作品に見出すことができる。一九四一年に「トニオ・クレーガーさん」という、この小説の作者と主人公を同一視するマイヤーからの(危険な)呼びかけを強く拒絶したとき、実のところマンはすでにトニオの「埋葬」を終えていたのである。それは一九四〇年に発表された『すげ替えられた首』といういわばインドの衣をまとったトニオ・クレーガーの物語においてである。この小説について「トニオ・ハンス・インゲは今や炎の中で一つになった」(48)とマンは書く。そこでは幻の踊る混沌としての海は、人を焼く炎に、そしてインド神話のマーヤーへとその姿を変える。ここで作者は『トニオ・クレーガー』と『すげ替えられた首』という二重の仮面をかぶることになる。このとき、『トニオ・クレーガー』で先鋭化していた危機は、その危機の度合いを弱め、この物語は「形而上学的な冗談」へと変容する。このセルフ・パロディとそこにおける名前の問題については第九章で詳述する。

注

（1）作品からの引用は Thomas Mann: Große kommentierte Frankfurter Ausgabe. Band 2.1. Frankfurt am Main (Fischer) 2004.（以下 GKFA と略す）による。

（2）Ingeborg Bachmann: Der Umgang mit Namen. In: Dies.: Kritische Schriften. Hg. von Monika Albrecht und Dirk Göttsche. München Zürich (Piper) 2005, S. 321.

（3）Friedhelm Debus: Funktionen Literarischer Namen. In: Sprachreport (1/2004) Mannheim 2004, S. 2–9, hier S. 3.

（4）Ebd.

（5）Rolf Selbmann: Nomen est Omen. Literaturgeschichte im Zeichen des Namens. Würzburg (Königshausen und Neumann) 2013, S. 219–232.

（6）Ebd., S. 222.

（7）Ebd.

（8）Ebd.

（9）Ebd.

（10）Ebd., S. 231.

（11）Ebd.

（12）Ebd., S. 232.

（13）Ebd., S. 223.

（14）Thomas Mann: Briefe 1937–1947, Hg. von Erika Mann, Frankfurt am Main (Fischer) 1979, S. 202.

（15）ルイ・アルチュセール『再生産について』（下）、西川長夫他訳、平凡社、二〇一〇年、八八―八九頁。

(16) ジュディス・バトラー『触発する言葉——言語・権力・行為体』、竹村和子訳、岩波書店、二〇〇四年。Judith Butler: Excitable Speech. A Politics of the Performative. New York & London (Routledge) 1997.
(17) 同書四六頁。
(18) 同書四七頁。
(19) 同書四七頁。
(20) Vgl. Mayuko Kido: Masken und Spiegel. Die Erzählstrategie im Thomas Manns autobiographischem Essay *Im Spiegel*. In: Neue Beiträge zur Germanistik. Bd. 15.1, S. 29–42.
(21) Thomas Mann: Große kommentierte Frankfurter Ausgabe. Band 21. Frankfurt am Main (Fischer) 2001, S. 89.
(22) Thomas Mann: Briefe 1948–1955. Hg. von Erika Mann, Frankfurt am Main (Fischer) 1965.
(23) Hermann Kurzke: Thomas Mann. Das Leben als Kunstwerk. Frankfurt am Main (Fischer) 2005, S. 49.
(24) 『トニオ・クレーガー』はマンの友人の作家クルト・マルテンスにささげられている。二人が同じ名前を持っていることは偶然であるが、このアルミンの記念碑たる小説に、同じ苗字を持った友人への献辞を付けることに意味がないとは考えにくい。
(25) GKFA, S. 245f.
(26) GKFA, S. 251.
(27) バトラー、前掲書、四二頁。
(28) 同書、四三頁。
(29) GKFA, S. 252.
(30) Vgl. Heinrich Detering: Das offene Geheimnis. Zur literarischen Produktivität eines Tabus Von Winckelmann bis zu Thomas Mann. Göttingen (Wallstein) 2002, S. 294–304.
(31) GKFA, S. 259.
(32) Selbmann, a. a. O., S. 226.
(33) GKFA, S. 265.
(34) Ebd., S. 271.

（35）Ebd., S. 281.

（36）Ebd.

（37）Ebd., S. 318.

（38）Ebd., S. 265.

（39）Ebd., S. 293f. 中略は筆者による。

（40）Ebd., S. 296.

（41）バトラー、前掲書、二五二頁。

（42）GKFA, S. 306.

（43）Ebd., S. 318.

（44）Ebd.

（45）Ebd., S. 282.

（46）Ebd., S. 301.

（47）Ebd., S. 254.

（48）Hans Wysling und Marianne Fischer (Hg.): Dichter über ihre Dichtungen. Thomas Mann. Bd. 2. Zürich u. a. (Heimeran / Fischer) 1979, S. 590.

第四章　リルケ作品における名づけと呼びかけ

山崎泰孝

序

名前をめぐる重要な哲学的議論として、まず最初にプラトンの対話篇『クラチュロス』を思い浮かべる人は多いだろう。その対話篇の中で、互いに相容れない二つの立場を代表している人物が、クラチュロスとヘルモゲネスである。事物にはその本性にかなう正しい名前が与えられている、とクラチュロスは主張する。他方ヘルモゲネスは、名前とは人々による取決めによるものだ、と考えている。例えば、クラチュロスはヘルモゲネスが「ヘルモゲネス」という名前であることを否定している。その名が「幸運の神ヘルメス神から生まれた者」を意味するにもかかわらず、ヘルモゲネス自身は財産を築くことができずにいるために、自らの名前にふさわしくない、ということがおそらくその理由だろう。[1] 名前と対象、名指すものと名指されるものとの間に類似性があってこそ正しい名前であり、さらには、名前が名前である限り、それはすべて正しく名づけられている、とまで述べるのがクラチュロスの意見である。[2]

そうした考えに対し、対話篇の主人公ソクラテスはどうだろうか。彼の立場はどっちつかずであるように思われる。というのも、ソクラテスは、最初はクラチュロスの立場をとってヘルモゲネスの意見を反駁した後で、今度は逆にヘルモゲネスの考えに賛同しクラチュロスの主張を退けるのだから。確かにソクラテスはクラチュロスの意見に異を唱えているのだが、かといって、クラチュロスの考えを全面的に否定しているのではなく、部分的には賛成しながら、ヘルモゲネスとクラチュロス両者のちょうど中間の立場をとっている。ソクラテスはこう述べている。「なるほどぼく自身も、名前が可能なかぎりは事物に似ていると信じるのだが、しかしながら類似性のもつ〔相似る事物と名前との間の〕この牽引力は、ヘルモゲネスのことばを借りるならば、本当にもうやっとこさというほどの〔微弱な〕もので、名前の正しさを説明するためには、やはりこの取りきめという平凡卑俗なものを付加的に用いることも止むを得ないのではないかと、ぼくは恐れているのだよ」[3]。ソクラテスはさらに続けて、名前が事物に似ている場合にはその言明は美しく、そうではない場合は醜い、とも述べている。つまり、名前が名前である限りそこには必ず類似性が見出されるとするクラチュロスの立場に対し、名前が事物に似ているべきだという考えは共有しながらも、現実の名前は必ずしもそうではない、というのがソクラテスの立場である。このようなソクラテスの立場をジェラール・ジュネットは次のように定式化している。「あるがままの言語に対しては異議を唱えるが、あり得るところの言語つまりはあるべきところの言語に対しては信頼を置く」[4]。名前と事物との間に本性上のつながりがあると素朴に信じる立場には異議を唱えながらも、理想として正しい名前の存在を信じ、実現するように試みる、それがソクラテスの姿である。

このように解釈されたクラチュロスやソクラテスに連なる言説を、ヨーロッパにおける文学や思想の歴史の中で探究したのが、ジュネットの『ミモロジック』という書物なのだが、リルケ作品の中にも直接的ではないとしても、クラチュロス的な正しい名前を求めようとする欲望が働いているように思われる。その際、リルケの立場はソクラテスの立場に近いと言えるだろう。つまり、名づけの困難さ、名づけえないものへの意識を持ちながら、それゆえ、正しい名づけの素朴な実現は疑いながらも、名づけえないものを名づけようとする試みの中で自らの表現の可能性を見出すこと、先ほど引用したジュネットの表現を用いるならば、あるがままの言語ではなく、あるべきところの言語に信頼を置き、クラチュロス的な「正しい名前」を求める試み、こうした事態を以下で検討したい。

一　詩作のメタファーとしての名前

リルケ自身が主題的に名前を論じた文章はおそらくないのだが、初期、中期、後期を通じて、詩作品や詩論の中で「名前」という言葉は何度か出てくる。そしてこれから取り上げる全ての文脈で、「名前」を与えることは詩作のメタファーとして理解できる。まずは一九〇二年の「芸術についての手記」と題された断片を取り上げよう。

芸術はすべての事物がいだく暗い願望である。事物が望んでいるのは、私たちの秘密を表すあらゆる形象となることだ。私たちの重たい憧憬の一つを担うために、事物は自らの萎れた意味を喜んで手放す。事物は私たちの震える感覚の中へと押し入り、私たちの感情の口実となることを切望する。〔…〕感謝し奉仕しながら、事物は芸術家から贈られた新しい名前を背負ってゆこうとする。(5)（KA4 91–92）

事物に「新しい名前」を与えることが芸術家の役割だと述べられている。ただし、ここでは事物本来の名前、事物にふさわしい名前というよりは、あくまで詩人の内面表現のための「口実」[6]としての名前である。しかも、そのような「口実」となることを事物の願望とみなすことで、名前を与える行為はなんの抵抗もなく行われているかのような印象が生じる。

それに対して、数年後の一九〇八年、同様のテーマについて述べている書簡の中では、事物の名前のあり方はより緊迫した関係性の中で考えられている。その書簡ではまず「注視」、つまり見ることに徹する態度について言及される。

> 注視（Anschauen）とは不思議な事柄であり、私たちはまだ注視についてほとんど知りません。私たちは注視とともに外側へと向いていますが、最もそうなっている状態である時こそまさに、観察されないことを切実に待ち望んでいた事物たちが、私たちの中において現れてくるように思われます。事物たちが私たちの中において、奇妙な匿名性のまま無垢な姿で、私たちの関与なしに（ohne uns）現れ出る一方で、外部にある対象の中では、事物の意味が成長します——確実で力強い名前、事物がもつ唯一可能な名前が。この名前において、私たちは自らの内面での出来事を、至福の喜びと敬意をもって認識するのです。[7]

「私は見ることを学んでいる」とは、リルケの散文作品『マルテの手記』の有名な言葉だが、ここでのAnschauen は、見ることの中で事物の「唯一可能な名前」が現れてくる行為として捉えられている。「芸術についての手記」での「口実」という言葉から連想されるのは、芸術家が恣意的に事物の名前を与えるかのような印象だが、一九〇八年の書簡では、観察者が最も「外側へと向いて」いる状態が、内的な出来事を認識可能にさせる「名前」の現出の条件とみなされている。芸術家が名前を与えるという能動的な行為ではなく、事物に解釈をほどこし意味付けしようとする「私たちの関与なし」の、ただただ注視のみに徹した「外側へ向いて」いる状態。それはおそらく一種の忘我のような状態、観察者と観察されるものとが一つになったような状態だろうか。その中で、「私たち」の意味付けを脱した、いわば事物本来の「名前」が現れると同時に、その名前が観察者の「内面」をも表す。観察者と事物との照応が見出されるのが「名前」であり、内と外とが交差する交錯点として、より緊張した関係性の中で「名前」は理解されている。

このように初期、中期において「名前」を与えること、見出すことが芸術家の仕事と考えられているのだが、後期においても、こうした詩作＝「名前」を与えるという考えは妥当するように思われる。一つの例として一九二二年に完成した『ドゥイノの悲歌』の第九悲歌の次の箇所が挙げられる。

Sind wir vielleicht *hier*, um zu sagen: Haus,
Brücke, Brunnen, Tor, Krug, Obstbaum, Fenster, –
höchstens: Säule, Turm.... aber zu *sagen*, verstehs,
oh zu sagen *so*, wie selber die Dinge niemals
innig meinten zu sein.（KA2 228）

（訳）
もしかしたら私たちがここにいるのは、言うためではないか、家、／橋、泉、門、甕、果樹、窓、――
／せいぜい、円柱、塔……しかし言うためではないか、／ああ、事物たち自身が、今まで以上に心から
／存在していると思えるように、言うためではないか。〔強調は原文による〕

「言う」ことが「ここにいる」こと、つまり、地上で生きることの意味だ、と強調されている箇所なのだが、ここではその「言う」ことととして、様々な事物の名称が並べられている。もちろん、家、橋、泉、等々、これらをそのまま言うことが詩作になるわけではなくて、「事物たち自身が、今まで以上に心から／存在していると思えるように」言うこと、つまり、すでに与えられた名前ではなく、事物の本性に合ったよりふさわしい名前、より正しい名前で呼ぶことがここでは意図されている、と読むことができる。

しかし事物の名前とは作品に即して考える場合、何を表すのか。新しい固有名を創りだすわけではないだろう。そうではなく、詩の対象にふさわしい形で別の仕方で呼ぶことが詩作において可能な行いであると思われる。より具体的にはメタファーという形で、いわば新しい名前を与えることが目指されているのではないだろうか。例えば、リルケの有名な墓碑の詩では薔薇が「純粋な矛盾」として呼びかけられている。「薔薇」という花の名前の代わりに、それを「純粋な矛盾」と呼びかけることは、新たな名づけの行為とも捉えることができる。

対象にとってふさわしい名前、クラチュロスとともに言うならば「正しい名前」の創出こそが、詩のあり方の一つだろう。しかし、ここでもプラトンの対話篇同様に、正しい名前は存在するのか、と問うことができる。『オルフォイスへのソネット』の中で薔薇を歌うソネット二‐六において、薔薇は「汲みつくしえない対象」と述べられ、名前との関連で次のように表現されている。

Seit Jahrhunderten ruft uns dein Duft
seine süßesten Namen herüber;
plötzlich liegt er wie Ruhm in der Luft.

Dennoch, wir wissen ihn nicht zu nennen, wir raten... (KA2 259-260)

〔訳〕

何世紀にもわたり、おまえの香りは私たちに／その限りなく甘美な名前の数々を呼びかけている。／突然、その香りは名声のように大気の中に広がるのだ。／／しかし、私たちはその香りを名づけるすべを知らない。私たちは推測する……

「その香りはそれにもっともふさわしい名を与えられることへの期待のなかで「私たち」に呼びかけ続けているのだろうか」と田口義弘が自らの詳細な注釈の中で問いかけているように(8)、薔薇の香りは私たちにその香りを名づけるように促す。しかし、その香りそのものを言葉で捉えることはできない。正しい名前はあくまで理念としてであって、到達可能なものではない。それはただ「推測する」しかない。薔薇はその香りによって名づけることを誘いながらも、「汲みつくしえない対象」として、与えられた名前を浪費してゆく。これと同じような「汲みつくしえない対象」として、リルケはショールを理解している。

Wie, für die Jungfrau, dem, der vor ihr kniet, die Namen
zustürzen unerhört: Stern, Quelle, Rose, Haus,
und wie er immer weiß, je mehr der Namen kamen,
es reicht kein Name je für ihr Bedeuten aus –

... so, während du sie siehst, die leichthin ausgespannte

Mitte des Kaschmirshawls, die aus dem Blumensaum
sich schwarz erneut und klärt in ihres Rahmens Kante
und einen reinen Raum schafft für den Raum..:

erfährst du dies: daß Namen sich an ihr
endlos verschwenden: denn sie ist die Mitte.
Wie es auch sei, das Muster unsrer Schritte,
um eine solche Leere wandeln wir. (KA2 293)

（訳）

ちょうど、乙女の前にひざまずく男のもとへ、その乙女を表すために／星、泉、薔薇、家といった名前が今までにない仕方で集まり、／その名前が多くなればなるほど、常に彼は知ることになる、／どの名前も彼女を意味するのに十分ではない、と。／／ちょうどそのように、おまえが見るとき、／カシミアショールの軽やかに広げられたその中心を見るとき——花の縁取りから／黒いその中心は新たな姿で現れ、四角い縁の中で清らかになり、／純粋な空間を、その縁どられた空間のために創りだす……／／そのとき、おまえは知るだろう、名前はその中心で／限りなく浪費されている、と。というのも、それは中心なのだから。／私たちの歩みが描く模様が何であれ、／そのような空虚の周りを私たちは歩んでいる。

自らが創りだす「純粋な空間」の中で見るたびに新しい姿を示すショールの「中心」を前にして、名前は「限りなく浪費」されるばかりだ。ベーダ・アレマンはあらゆる名前を浪費するショールを「空虚な中心[9]」

と呼んでいるが、そのような到達しえない「空虚な中心」は、どんな名前であっても表しえない。

これまでの議論をここでまとめてみると、リルケ作品の中には二つの方向性が見いだされる。一つは対象にふさわしい名前を与えようとする態度、もう一つは、正しい名前の不可能性を問いかける立場。確かにこの二つの方向性は互いに矛盾する。しかし、この矛盾にこそ、つまり、名づけえないものを名づけようとする試みの中にこそ、新しい表現の萌芽、リルケ作品に特徴的な表現形式の意味が見出されるのではないだろうか。

二　呼びかけによる名づけ

名づけに関わる特徴的な表現形式として、本稿では後期作品における呼びかけに注目したい。後期リルケ作品の文体的特徴の詳しい分析はウルリヒ・フュレボルンが行っている。[10] その際、呼びかけに関してフュレボルンは Evokativ という新しい術語を導入している。呼格（Vokativ）と喚起（Evokation）とを組み合わせた新造語なのだが、たんに呼びかけているだけではなく、呼びかけを通して対象を名づけ、その名づける言葉の喚起力にフュレボルンは注意を向けている。つまり、呼びかけによって対象を呼び起こすことをこの新造語はまず強調している。そしてその文体的特徴として、呼びかけ同様に無冠詞の名詞が用いられ、その名詞を中心に、二格の名詞、形容詞、関係文、分詞構文などの様々な要素が加わる点が挙げられる。すでに言及したリルケの墓碑に刻まれた有名な薔薇の詩もまた、そうした名詞句表現からなっている。

Rose, oh reiner Widerspruch, Lust,

Niemandes Schlaf zu sein unter soviel
Lidern. (KA2 394)

（訳）

薔薇、おお、純粋な矛盾、こんなにもたくさんの／瞼の下で誰のものでもない眠りであることの／喜び。

ここで見られるような名詞の羅列はもちろん同格として理解しうる。(11) しかしフュレボルンが同格の代わりにEvokativという新しい用語によって際立たせたいのは、そうした名詞が主語として述語部分と結びつくのではなく、主文の動詞を欠いたまま、つまり統語論的な関係性を欠いたまま孤立している点である。ここでは非統語論的なあり方が重要な特徴となる。

上に引用した墓碑の詩における呼びかけは単純な形にとどまっているが、一九二二年の『オルフォイスへのソネット』から複雑な例としてソネット二－五を取り上げよう。

Blumenmuskel, der der Anemone
Wiesenmorgen nach und nach erschließt,
bis in ihren Schoß das polyphone
Licht der lauten Himmel sich ergießt,

in den stillen Blütenstern gespannter
Muskel des unendlichen Empfangs,

manchmal *so* von Fülle übermannter,
daß der Ruhewink des Untergangs
kaum vermag die weitzurückgeschnellten
Blätterränder dir zurückzugeben:
du, Entschluß und Kraft von *wieviel* Welten! (KA2 259)

（訳）

花の筋肉、それはアネモネの／草原の朝を徐々に開いてゆくのだ、／賑やかな天の多声の光が／花のふところへと注がれるまで――／／星形の静かな花の中へ張りつめた、／限りなく受容する筋肉、／しばしば充実にあまりに圧倒されたその筋肉は、／休息を合図する日没も、／／反り返り広がった花びらを／おまえに返すことができない。／なんと多くの世界の決断と力であるおまえ！〔強調は原文による〕

無冠詞で提示される「花の筋肉」という奇抜なイメージの後で、その「花の筋肉」を主語とする関係文が第一詩節最後まで続き、Evokativ を構成している。第二詩節でも「星形の静かな花の中へ張りつめた、／限りなく受容する筋肉」という名詞句から始まり、七行目では、その「限りなく受容する筋肉」が時として外界の充溢によって圧倒され、八行目からの副文ではその圧倒ゆえに閉じられることのない様子が描かれている。これらの詩句の中では、「花の筋肉」あるいは「筋肉」という名詞が軸となりイメージが展開されているのだが、その際、主語と定動詞とが結びつく通常の統語論的な流れが形づくられはしない。フュレボルンが言うように、統語論的な関係から孤立した名詞による呼びかけがこのソネットの第三詩節までを形成している。

このような複雑な呼びかけが多く見出されるのが後期リルケ作品なのだが、なぜリルケはそうした名詞句表現にこだわるのか。結論を先に述べるならば、たとえ到達不可能な理念であったとしても、「正しい名前」を求める願望がこうした特異な名詞句表現を生み出しているのではないか、と本稿では考えている。

もちろん、リルケ自身は「正しい名前」という言葉で説明などしていない。しかし、これから取り上げる書簡の中で述べられている「言葉の核」とは、まさにクラチュロス的な意味での「正しい名前」だと考えることができるだろう。フュレボルンがすでに Evokativ と「言葉の核」とを結び付けているが[12]、本稿では、それを「正しい名前」という観点から見たい。

ナニー・ヴンダリー－フォルカルトに宛てた一九二〇年二月のある書簡[13]の中で、最初は一見すると些細に見える文法的な相違をきっかけに、リルケは自らの詩作の理想を述べている。その些細な相違とは、ドイツ語とフランス語の性の違いである。太陽と月は、ドイツ語では die Sonne と der Mond だが、フランス語では逆の le soleil と la lune である。この場合、ドイツ語の性は自分にとって好ましくなく、太陽を常に男性形で考えている、とリルケは述べている。あるいはこの書簡の中で挙げられている別の例として、デンマークの作家ヤコブセンが自らの短編小説『二つの世界』について、二つであるがゆえに本来ならば複数形で用いるべき「世界」を、文法的には正しくない単数形で名づけたい衝動を持っていた、という逸話も語られている。対話篇『クラチュロス』ではおもに意味や音声の側面から正しい名前が判断されているのだが、ここでもまた、それが単語の性や単数・複数の区別といった文法的な次元に移されているとはいえ、ある対象を表すのにふさわしい言語形態、内実と形式とが一致する表現があるはず、というクラチュロス的な発想を見出すことができるだろう。そして書簡は以下のように続く。

それ〔文法的形態と内実との齟齬――論者による補足〕と同じく、人は言語の外的な振舞いと一致せず、言語の内奥を思っている、としばしば感じられます。言語の内奥、あるいは、最も内的な言語、変化語尾もなく、できることなら言葉の核からなる言語、上方の茎のところで摘まれるのではなく、言語の種子において捉えられる言語――、このような言語の中で、完全な太陽の賛歌が発明され、愛の純粋な沈黙はそうした言語の核の周りの心の地面となるのではないでしょうか。(14)

まず「言語の外的な振舞い」と「言語の内奥」との齟齬が語られた後、「言葉の核」からなる言語への憧れが述べられている。それは「上方の茎のところで摘まれるのではなく、言語の種子において捉えられる言語」。この書簡を論じるディーター・ヴァッサーマンが指摘しているように、種子から延びる茎のイメージは、言語の統語論的、論理的な文の結合を表していると解釈できるだろう。(15) つまり、茎ではなく種子において捉えられる、とは、統語論的な結合以前の状態と考えられる。主語と述語という統語論的結合以前の言葉というイメージは、フュレボルンが自らの論考において繰り返す非統語論的性格という点で Evokativ と重なり合う。そして、変化語尾を必要とせず、主語と述語という論理的な文以前の言葉、さらにこれに加えて、「言語の内奥」と「外的な振舞い」との一致が内実とその言語形式との一致を求めるクラチュロス的理念に他ならないとするならば、書簡に見られるリルケ自身の表現をもとに「言葉の核」を「正しい名前」と理解したとしても、それほど的外れではないだろう。

上で取り上げたソネットではアネモネが夜を明けさせ、世界を開いてゆく様子が描かれているが、そうした世界を開く「力」(「なんと多くの世界の決断と力」)とは、詩が開く空間の中でイメージを喚起し展開してゆく「花の筋肉」というメタファーの力でもあり、それは、展開可能なイメージを潜在的に含んだ「言語の種子」として解釈することができるだろう。そして主語と述語とが結びつく以前の「種子」は、それ自体が文ではなくとも、文への展開可能性を豊かに含んだ言葉だと考えられる。しかし文への展開は、述語による主語の規定であり、潜在的な意味の現実化はイメージの制限でもある。それゆえEvokativは統語論的関連から逃れようとする。ところが、上で引用した詩において呼びかけの核となる名詞は通常の主語述語関係から逃れていると言えるとしても、統語論的関係はやはり「花の筋肉」という名詞表現に対し関係文の主語として回帰する。[16] 言語表現が言語表現である限り、言語の「内奥」、「核」、「種子」といった純粋状態ではありえず、それは「茎」のような論理的結合を通し意味を伝えてゆく。そもそも、一切の制限を欠いた「言葉の核」の単純さに対し、後期作品における呼びかけの複雑さは対照的である。つまり、Evokativもまたリルケが述べる「言語の外的な振舞い」との齟齬から逃れるわけにはいかない。

しかしながら「言葉の核」そのものよりも、それがもたらす齟齬にこそ意味があるのではないか。というのも、本稿が扱ったような名詞句表現は、予め挫折を定められた「言葉の核」や「正しい名前」に近づこうとする試みの言語的実践の産物なのだから。確かに、名前は求める対象と完全に合致することはない。正しい名前は実現しえないのだから。しかし同時に、その名づけえないものを目指して名づける試みの中で、本稿で示した呼びかけのような、言語形式の変化を伴った、新しい表現の可能性もまた生まれてくる。このようにして、特異な名詞句表現による呼びかけという文体的特徴の背後には、「正しい名前」への欲望を見出すことができるのではないだろうか。

注

（1）プラトン『プラトン全集二　クラチュロス／テアイトス』、水地宗明訳、岩波書店、一九七六年、六頁と、七頁の訳者による注四を参照。

（2）プラトン、前掲書、一三八頁参照。

（3）プラトン、前掲書、一五五—一五六頁。引用文中の補足は訳書による。

（4）ジェラール・ジュネット『ミモロジック——言語的模倣論あるいはクラチュロスのもとへの旅』、花輪光他訳、書肆風の薔薇、一九九一年、四八頁。引用文中の強調は訳書による。

（5）リルケからの引用は、Rainer Maria Rilke: Kommentierte Ausgabe in vier Bänden. Hg. von Manfred Engel, Ulrich Fülleborn, Horst Naleweski u. Augst Stahl. Frankfurt a. M. / Leipzig (Insel) 1996. による。以下ではKAと略し、括弧内に全集の巻数と該当ページ数を記す。またリルケ作品の翻訳に際してはリルケ『リルケ全集』、塚越敏監修、河出書房新社、一九九〇—一九九一年を参照した。

（6）「口実」はリルケ美学のキーワードでもあるが、この概念の重要性について簡潔に述べたものとして、以下の文献を参照。Anthony Stephens: Ästhetik und Existenzentwurf beim frühen Rilke. In: Ingeborg H. Solbring und Joachim W. Storck (Hg.): Rilke heute. Beziehungen und Wirkungen. Zweiter Band. Frankfurt am Main (Suhrkamp) 1976, S. 95–114.

（7）Rainer Maria Rilke: Briefe aus den Jahren 1906 bis 1907. Hg. von Ruth Sieber-Rilke und Carl Sieber. Leipzig (Insel) 1930, S. 214. 強調は原文による。

（8）ソネット二－六の翻訳では田口訳から多くを参考にした。田口義弘による『オルフォイスへのソネット』翻訳と註解は、前掲の『リルケ全集第五巻』、河出書房新社、一九九一年、五—三〇四頁所収。ここでは二一五頁を引用。

（9）Beda Allemann: Zeit und Figur beim spätem Rilke. Pfullingen (Neske) 1961, S. 100.

（10）Ulrich Fülleborn: Das Strukturproblem der späten Lyrik Rilkes. Heidelberg (C. Winter) 1973, S. 169–209.

（11）Ebd., S. 170.

（12）Ebd., S. 171.

（13）Zitiert nach: Jean R. von Salis: Rainer Maria Rilkes Schweizer Jahre. Ein Beitrag zur Biographie von Rilkes Spätzeit. Frauenfeld (Huber) 1952, S. 172.

（14）Ebd.
（15）Dieter Bassermann: Am Rande des Unsagbaren. Neue Rilke-Aufsätze. Berlin und Buxtehude (H. Hübener) 1948, S. 8.
（16）主格、対格、呼格などの文法的な格の固定から逃れるのが Evokativ の特徴なのだが、関係文は「文法的な格の間を Evokativ が自由に漂うことを制限する」とフュレボルンは述べている。Fülleborn, a. a. O., S. 182.

第五章　インゲボルク・バッハマン『ボヘミアは海辺にある』における固有名の神話化作用

前田佳一

序論で言及したオーストリア人女性作家インゲボルク・バッハマンの諸作には、本書が問題とする文学的固有名の〈産出性〉、〈虚構性〉、そして〈否定性〉をめぐる一貫した問題を読み取ることができる。本稿では、一九六四年頃に成立し一九六八年にハンス・マグヌス・エンツェンスベルガーの編集により発行されていた雑誌『クルスブーフ』において発表された詩『ボヘミアは海辺にある（Böhmen liegt am Meer）』を例に、バッハマンの詩作において〈産出性〉がいかなる形でみとめられるかを考察する。

表題が端的に示すようにこれは「ボヘミア」という地名をめぐる詩である。そしてこのタイトルは単に一つの地名を名指すものにとどまらない。ここでは本来内陸地であるはずのボヘミアが「海辺にある」と行為遂行的言表によって宣言されることにより、この詩特有の時空間が〈産出〉されているのである。バッハマンは一九六〇年のフランクフルト大学での連続講義の第五回『ユートピアとしての文学』において「（目標ではなく）方向としてのユートピア」[1]というモットーを打ち出しているが、その意図するところは、詩人の役割は特定のユートピア像を一つの詩的形象として固定化することではなく、絶えず「どこにもない場所」を目指し続けるという営みそのものである、というほどのものであろうが、この詩はその実践例の一つとして数えられよう[2]。
　まずはこの詩の全文を引用しておこう[3]。

ここの家々が緑なら、なおもわたしはその一つに踏み入ろう。
ここの橋がなおっているなら、わたしはよい土台の上を歩もう。
愛の骨折りがあらゆる時へと失われていくなら、ここでは喜んで失おう。

それがわたしでないのなら、それはもうわたしのようなもの。

ここで言葉がわたしに接しているなら、接するままにさせておこう。
ボヘミアがまだ海辺にあるなら、わたしは海を信じよう
　もう一度。

そしてわたしがまだ海があると信じているなら、同様に陸地があるということも望めよう。

それがわたしであるなら、それはわたしと同じくらいのあらゆる人。
わたしはもうわたしのためには何もいらない。わたしは滅びよう。

滅びる――それは海へということ、そこでわたしはボヘミアを見いだす
もう一度。
滅ぼされて、わたしは静かに目覚める。
いまわたしは根底から知りつくしている、わたしは失われていない。
来るがよい、おまえたちボヘミア人みな、船乗りたちよ、港のおんなたちよ、そして
錨をはずされた
船たちよ。おまえたちはボヘミア人でありたくないのか、イリュリア人よ、
ヴェローナ人よ、
そしてヴェネツィア人よ。喜劇を演じよ、笑いを
さそい

そして涙もさそうような喜劇を。そして百回まちがってみよ、
わたしがいつもまちがって、試練を乗りこえることができなかったように、
だがわたしは、そのつどそのつど、乗りこえたのだ。
ボヘミアが試練を乗りこえ、そしてとあるうるわしい日に
海へと赦されそして、いま水辺に横たわっているように。

わたしはなおも一つの言葉に接し、そして別の陸地に接する、
わたしは接する、どれほど少なかろうと、少しずつあらゆるものへ、

一人のボヘミア人、一人の放浪者、何も持たず、何にも止められない、
ただ、さわがしい海の方から、わたしのえらんだ陸地を、
見ることができるだけ。

（原文）

Sind hierorts Häuser grün, tret ich noch in ein Haus.
Sind hier die Brücken heil, geh ich auf gutem Grund.
Ist Liebesmüh in alle Zeit verloren, verlier ich sie hier gern.

Bin ich's nicht, ist es einer, der ist so gut wie ich.

Grenzt hier ein Wort an mich, so laß ich's grenzen.
Liegt Böhmen noch am Meer, glaub ich den Meeren
wieder
Und glaub ich noch ans Meer, so hoffe ich auf Land.

Bin ich's, so ist's ein jeder, der ist soviel wie ich.

Ich will nichts mehr für mich. Ich will zugrunde gehen.

Zugrund – das heißt zum Meer, dort find ich Böhmen wieder.
Zugrund gerichtet, wach ich ruhig auf.
Von Grund auf weiß ich jetzt, und ich bin unverloren.

Kommt her, ihr Böhmen alle, Seefahrer, Hafenhuren und Schiffe
unverankert. Wollt ihr nicht böhmisch sein, Illyrer, Veroneser,
und Venezianer alle. Spielt die Komödien, die lachen machen

Und die zum Weinen sind. Und irrt euch hundertmal,
wie ich mich irrte und Proben nie bestand,
doch hab ich sie bestanden, ein um das andre Mal.

Wie Böhmen sie bestand und eines schönen Tags
ans Meer begnadigt wurde und jetzt am Wasser liegt.

Ich grenz noch an ein Wort und an ein andres Land,
ich grenz, wie wenig auch, an alles immer mehr,

ein Böhme, ein Vagant, der nichts hat, den nichts hält,
begabt nur noch, vom Meer, das strittig ist, Land meiner
Wahl zu sehen.

バッハマンは一九六四年冬にチェコを旅しており、その経験がこの詩の執筆の動機となったということはよく知られている。ただし一読してわかるようにこの詩は決してボヘミアという土地をリアリスティックに描き出すものではないし、ましてやいわゆる「体験詩（Erlebnislyrik）」のごときものでもない。講演『名前との付き合い』においてバッハマンは、文学史上の著名な作品において舞台となり、実際のその場所とは異なる特殊なアウラを帯びるようになった地名群を「魔術的地図」と呼んでいるが[4]（そのことについては第十章で詳しく扱う）、この詩においてなされているのは、いわば詩人が自らの詩作をその文学史上の虚構の地図上に位置付け、それを上書きし、さらには拡張する作業とでも呼ぶべきものである。すなわち、この地名は元来シェイクスピア『冬物語』における「海辺のボヘミア」という舞台設定に基づいている[5]。シェイクスピアの時代においても既に批判されていたこの荒唐無稽な設定はその非現実的ともいうべきストーリー展開を強引に正当化する舞台装置でもあったのだが、下で示していくようにバッハマンの詩においてそれは、詩の中で「わたし」と称する人物が自らの滅びと再生を経験する「境界（Grenze）」[6]としてのユートピア的な場所として名指されている。

この詩は韻律上三つのパートに区別できる。(7) 第一は一行目から十二行目までの、一行あたり六つの強音を有し、中間においてツェズア（中間休止）の入る十二音綴のヤンブスたるアレクサンドリーナー詩格のパート。第二には十三行目から十五行目までの、五つの強音を有するヤンブスで、韻が踏まれていないブランクファースのパート。そして十六行目以降の、見かけ上はアレクサンドリーナーと同一の音節数であるが第一パートとは異なりこの詩格特有の明確な中間休止が存在しないパートの三つである。この第三パートは、ブランクファースの第二パートを経た上で変質したアレクサンドリーナーとでも言えよう。

内容面においても、この韻律上の区分に対応したそれが可能である。中世のフランス語文芸に起源があるとされ、ドイツ語圏においてはバロック期に盛んに用いられたアレクサンドリーナー詩格は、いわゆる「世の儚さ（vanitas mundi）」を表現するためにしばしば用いられ、第二次世界大戦後のドイツ語詩にあってはある種古風な響きを有していたはずである。このことをふまえるならば、第一パートにおいて詠われている場面以前に、何らかのカタストロフがあったことがこの詩格の使用そのものによって暗示されていると考えることは決して不自然なことではない。このことは既に冒頭の二行からも解釈可能である。一行目と二行目に存在するツェズアより前の、詩行前半の六音節は条件文の条件節をなすものであるわけだが、それぞれ「この家々が緑なら」、「ここの橋がなおっているなら」という条件において「わたし」は家に足を踏み入れたり、歩いたりするとされている。ドイツ語の grün は「緑」という色彩のみならず「好意的である」ということをも意味するが、これは「わたし」のいる場がしばしば「わたし」にとって好意的ではないということを暗示していようし、また色彩の「緑」ととるならば、「わたし」が色彩を十分に識別できない暗闇に置かれているか、あるいは盲目であるということをも暗示しうるだろう。そして「橋がなおっているなら」というくだりも、それ以前には橋が壊れていたということを前提とするものであろう。

第一パートの「わたし」は、カタストロフを経て荒廃した場で一歩ずつ自らの足場を確かめるかのようにアレクサンドリーナー詩格特有の条件文を綴る。まるで「わたし」という人物そのものもまた、条件付きでしか存在しえないかのように。そしてその「わたし」は、十行目から十二行目にかけて一つの滅びを経験することで、逆説的ではあるが「わたしは失われていない」とある種の復活を宣言する。

この十二行目における「わたし」の復活までの箇所においては少なくとも二つの固有名が隠されている。すなわちシェイクスピアの『冬物語』に登場するシチリア王リオンティーズの娘にして、「失われし者」を意味する名をつけられてボヘミアの地に遺棄された（ドイツ語で述べるならば verloren）パーディタと、リオンティーズの妻ハーマイオニの名である。この戯曲は、ボヘミアの羊飼いによって育てられていたパーディタがリオンティーズと仲違いしていたボヘミア王ポリクシニーズの息子フロリゼルと共にシチリアに帰還して父親と再会を果たし、一旦劇中で死亡していたハーマイオニもまた最終場面において唐突な復活を遂げる、という急転直下の大団円で締めくくられる。滅びとそこからの復活、再生というモチーフそのものがシェイクスピアにおいてもこのように描かれているわけだが、バッハマンはそれに関係するパーディタとハーマイオニという二人の人物の名を「わたし（ich）」という語へと融解させ、一人の人物へと変容させた。そしてこのことによって、暴君的な男性の王によって破滅させられたシェイクスピアにおける二人の女性像と、他のバッハマン作品において同様に破滅を経験する女性像とが、すなわち一九五三年の詩『猶予された時』において砂に沈むことになる女や、一九六一年の短編『ウンディーネが行く』における「水」という境界を往還する女の妖怪ウンディーネ、夫による虐待を経てエジプトにて再生と死を経験する『フランツァ書』のフランツァ、そしてこの『ボヘミアは海辺にある』の後に書かれる作品としては一九七一年の長編『マリナ』の、最終場面で壁へ消滅する一人称の語り手「わたし」等の女性像とが接続される。[8] パーディタとハーマイオニの名はここであえて抹消されることによってバッハマンの他の作品の女性たちと接続され、新たな「わたし」となる。ここに見られるのは、序論で指摘した〈歴史的産出性〉の一局面であろう。ここでの「わたし」には、ダイクシスであるという点においてラッセル的な意味での「本物の固有名」であるだけではなく、詩人の詩的実践によってそこにさらなる意味が充塡されているのである。

先の二人の名を抹消しつつも同時に「わたし」として変容させるために定位された特別な場が、「海辺のボヘミア」というユートピア的な場所であった。シェイクスピア作品を継承することを通じて「ボヘミア」をこのような場としてあらためて名指したのは、「プラハ」という街の名の語源がある種の「閾」、ドイツ語でいうならばSchwelleを意味するものであるということとも無関係ではなかろう。それはともかくも、この詩がシェイクスピア作品の受容であるからには次のように演劇的な比喩を説明に用いることはそれほど不当なことではないかもしれない。すなわち、十三行目からはじまる第二パート以降、それまで独白的にためいつつ条件文をつむぎながら、自らの場所を条件付きでしか確保できていなかったかのように見える「わたし」が、それまで暗闇であった（先に述べたように第一パートの「わたし」は色彩を判別できない状態にあった）舞台上において突如スポットライトを当てられることによってある種の場面転換が起こったかのように、うってかわってさまざまな人物に対して呼びかけを始める。その対象となるのはボヘミア人、船乗り、海の女、船、そしてイリュリア人、ヴェネツィア人等々、そのうちのいくつかは『十二夜』、『お気に召すまま』、『ヴェローナの二紳士』等の、シェイクスピアの戯曲の登場人物たちを想起させるものである。第一パートにおいてパーディタとハーマイオニという二人の人物が融け合わされた上でバッハマンの諸作における女性像とも接続させられた「わたし」は、このようにして自らが変容を被った「海辺のボヘミア」に他のシェイクスピア作品の関連人物を召喚し、そこにシェイクスピアによって産出された魔術的地図を自らの詩的実践による再定位を経たある種のユートピアとして現出させることを試みる。そしてかくのごとく自らの変容の場たるユートピアとしての「海辺のボヘミア」を「魔術的地図」へと定位した「わたし」は、二十一行目および二十二行目において、今度は序盤の条件文によって綴られるアレクサンドリーナーにおいてとは異なり、能動的にかつ自発的に「あらゆるものに」接していこうとする。「魔術的地図」の拡張はこの意味で「わたし」

という固有名の拡張としても描かれるのである。

さて、最終二行すなわち二十三行目ならびに二十四行目は、それまでの流れをふまえるといささか奇妙なものに映る。詩の序盤で条件付きの存在でしかなかった「わたし」は中盤での変容を経て「海辺の」、「何も持たず」、「何にも留められることがない」ボヘミア人となったはずなのだが、そのことはこれら最終二行において唐突に主客が逆転し、「一人のボヘミア人、一人の放浪者」という三人称単数へと対象化される。この二行は先行する二十一行目、二十二行目と同一の文章に属するためその声の主体は依然として「わたし」であるはずなのだが、ここで対象化されるのも変容した「わたし」である。ここには、十三行目以降、さながら強いスポットライトが当てられているかのような状態で「わたし」の変容が上演されていた舞台が再び暗転し、それまでの舞台上の出来事を外側から批評する声だけがそこで響かせられているかのような、ある種の断絶がある。まるで、ここにおいて典型的なアレクサンドリーナー詩格としてのツェズア（断絶）を伴っていた第一パートへと、詩の時空間が引き戻されたかのようにである。バッハマンの詩作からある種の〈産出性〉、それもとりわけ〈歴史的産出性〉の一局面を読みとるという本稿の目的は既に達せられたが、この最終二行は、そのような試みに対する詩人自身による一種の留保とみなせるのかもしれない。すなわちここに、文学的固有名の〈産出性〉が最終的に〈否定性〉へと行き着かざるを得ないことの萌芽を読み取ることも可能だろう。ただしそれについては後の章で扱うこととする。

注

（1） Ingeborg Bachmann: Literatur als Utopie. In: Dies.: Kritische Schriften. Hg. von Monika Albrecht und Dirk Göttsche. München Zürich (Piper) 2005, S. 329–349, hier S. 347. ちなみに「方向としてのユートピア」という言い回しはの直後には「もはや不可能であるところの『国民の精神空間としての』文学としてではなく」(Ebd.) という、フーゴー・フォン・ホーフマンスタールの晩年の、後の「保守革命」思潮の端緒となり、また一九二〇年代以降のオーストリア文学の「ハプスブルク神話」への志向の一現象とも呼びうる講演『国民の精神空間としての文学』（一九二七年）への当てこすりが存在する。バッハマンの「ハプスブルク神話」との関連については本書第十章で扱っている。

（2） イヴァノヴィチはこの詩におけるボヘミアをフーコー的「ヘテロトピア」の一例であるとしている。Vgl. Christine Ivanović: Böhmen als Heterotopie. In: Werke von Ingeborg Bachmann. Interpretation. Hg. von Mathias Mayer. Stuttgart (Reclam) 2002, S. 109–121.

（3） Ingeborg Bachmann: Böhmen liegt am Meer. In: Dies.: Werke. Hg. von Christine Koschel, Inge von Weidenbaum und Clemens Münster. Band 1. München Zürich (Piper) 1978, S. 167f.

（4） Ingeborg Bachmann: Der Umgang mit Namen. In: Dies: Kritische Schriften. Hg. von Monika Albrecht und Dirk Göttsche. München Zürich (Piper) 2005, S. 312–328.

（5） 他にもこの詩についてはフランツ・フューマンの一九六二年の短編『海辺のボヘミア（Böhmen am Meer）』との間テクスト性が指摘されている。Vgl. Fabrizio Cambi: Ein Ich zwichen Scheitern und Annährung ans Wort. In: Primus-Heinz Kucher und Luigi Reitani (Hg.): „In die Mulde meiner Stummheit leg ein Wort...“: Interpretationen zur Lyrik Ingeborg Bachmanns. Wien Köln Weimar (Böhlau) 2000, S. 243–252.

（6） バッハマン作品におけるGrenze（限界／境界）のモチーフについては以下の拙論を参照されたい。前田佳一「インゲボルク・バッハマンにおけるグレンツェ（Grenze）をめぐる一考察」（『ドイツ文学』第一四六号、二〇一三年、五五―七一頁）。

（7） この詩を韻律をふまえた上で解釈したものとしては次が参考になる。Vgl. Daniel Graf: Wiederkehr und Antithese. Zyklische Komposition in der Lyrik Ingeborg Bachmanns. Heidelberg (Winter) 2011, S. 213–226.

（8） ここで挙げた諸作品における女性像も前掲の前田（二〇一三）で論じた。

第II部　〈虚構性〉

第六章　ヘルダーリンの頌歌『キロン』における固有名の機能

小野寺賢一

本稿ではフリードリヒ・ヘルダーリンの頌歌『キロン』における固有名の機能について考察する。『キロン』は一八〇〇年ごろに書かれた『盲目の詩人』の改作であり、おそらくは一八〇三年末に成立し、『愛と友情に捧げられた手帳』一八〇五年号に掲載された(1)。『盲目の詩人』の語り手「私」は匿名であるが、改作後の語り手には「キロン」という名前が与えられている。

以下ではまず、『盲目の詩人』と『キロン』の語り手がおかれた根本状況の違いについて明らかにする。次に、改作を通じて盲目のモチーフが消失した理由について考察する。そして最後に、改作後の語り手に「キロン」という固有名が与えられたことにより、読解の条件がいかに変化したのかについて論じる。

一　『盲目の詩人』における「私」の根本状況

まず、『盲目の詩人』ならびに『キロン』における「私」の根本状況の違いについて確認する。両作品の語り手はそれぞれ疾患を抱えている。『盲目の詩人』の語り手は、その表題が示すように盲目である。[2]テクストは盲目の詩人による「光」への呼びかけで始まる。

あなたはどこにいるのですか、若々しいものよ！　いつも私を／朝の時刻に起こしてくれるものよ、あなたはどこにいるのですか、光よ！／心は目覚めているのに、夜がいつも私を／聖なる魔法のうちに呪縛し、引き留める。（『盲目の詩人』一―四行目）

「あなた」と呼びかけられているのは光である。「私」はかつて「夜明けのころに」光の訪れを好んで待ち、また光は彼の期待を裏切ることなく必ず現れた（同五―一〇行目）。しかし彼はいまや盲目となり、「無限の夜」によって光を遮られている。「心は再び目覚めている、しかし無限の夜がいつも私を／呪縛し、遮る。」（同一一―一二行目）。このような状況のなか、彼は昼夜を問わず雷鳴に耳をそばだてる。それは雷鳴によって、雷光という〈光〉が地上にもたらされたことを、盲目の彼でも察知できるからである。

そして私は遠くに聴き耳をたてる、ひょっとしたら／親切な救済者が私のもとへとやって来てくれはしまいかと。／／そのようなときには私はしばしば雷神の声を真昼時に聴く、［…］そのようなときには私は夜中にあの救済者の声を聴く［…］（『盲目の詩人』二三―二九行目）

これが契機となり、状況に変化が生じる。「雷神の声」に触発されて、語り手が歌人としての活動力を取り戻すのである。

あの雷神が日没の地から／東方へと急ぐのを〔私は聴く〕、そして彼のあとに続きあなたがたは音を奏でるのだ、／／あなたがた私の弦たちよ！　彼とともに／私の歌は生きる［…］（『盲目の詩人』三一―三四行目）

聴き取った雷の活動性に「私」の詩的活動性が共鳴するのはなぜかといえば、ヘルダーリンにとって雷光は神的自然がその活動性を最大限に発揮する際にとる姿であり、[3]それを受けとめることができた詩人にのみ「愛の果実、神々と人間の作である／歌」はめぐまれるからだ（『あたかも祝いの日の……』四八―四九行目）。[4]語り手はその後も雷鳴を耳で追い続け、雲の上に何かが存在することを察知すると、それと同時に自分自身にも変化が生じつつあることに気づく。「［…］そしていったい／雲の上にあるそれは何か　そして　おお　私に何が起こるのか？」（『盲目の詩人』三九―四〇行目）この直後に荒天は去り、雷雲が散って、その合間から日の光が注ぐ。

日よ！　日よ！　崩れ落ちる雲の群れの上にいるあなた！／ようこそ来てくれた！　私の眼はあなたに向けて花開く。／おお　青春の光よ！［…］（『盲目の詩人』四一―四三行目）

こうして「私」は再び光を受容できるようになる。ただし、両者の関係は以前とは根本的に異なっている。

かつて日の光は昼夜の周期的交代によっておのずと現れた（同一―二、五―六行目）。以前の「私」はただそれを待っていたにすぎない。これに対して、『盲目の詩人』四一―四三行目における日の到来は天候の変転がもたらした突然の出来事であり、語り手はその到来に先立って日の存在を感知するのだ。これは神的なものとの結びつきがすでに生じていることの証左である。

日ならびにその光はこの詩において神的なものとしてとらえられている。[5] だからこそ、日の光をとらえることができた語り手の「生」は「神的なもの」で満たされるのだ（同五二行目）。彼が日の所在をその登場前に知ることができたのは、雷光という神的な力の突発的な現れを耳でとらえることで、神的なものとの結びつきを回復していたからにほかならない。この結びつきこそが詩的能力の再活性化をもたらし、それを契機に盲目は癒えるのである。つまり盲目とは、神的なものとの結びつきが断たれたことにより、「私」の詩的能力が機能不全に陥ったことの顕れなのだと解されよう。

これまでみてきたように、『盲目の詩人』の「私」の根本状況は盲目であり、作品ではこの疾患が癒えるまでの過程が示される。ただし、そもそも詩人が盲目になった理由、つまり神的なものとの結びつきが失われた原因については作中では語られることがない。『盲目の詩人』の改作である『キロン』との大きな違いのひとつはまさにこの点にある。

二　『キロン』における「私」の根本状況

『盲目の詩人』は数年後に『キロン』という別の作品に改作される。改作の語り手として設定されている神話上の人物、ケンタウロスのキロンは盲目ではない。[6] 彼の疾患は毒をうけた足にある。このことは、主題がもはや盲目でもその快癒でもないこと、すなわち語り手が前作とは異なる状況におかれていることを示唆している。以下ではこの状況を明確にするために、キロンが過去にはどのような状況におかれていたのか、そして毒が誰によってもたらされ、またそれによってどのような問題が生じたのかを確認する。

毒に苦しむ前、キロンは自然と親密な関係にあり、大地からは草花や穀物などの贈り物を、また星空からは天文の知識をえるなどして暮らしていた。

かつての私はきっとそうだったのだ。そして大地はクロッカスと麝香草と／穀物の最初の束を私に与えた。／そして星々のもとで涼気につつまれながら私は学んだ、／ただし名づけうるものだけを。［…］（『キロン』一三―一六行目）

しかしあるとき彼のすみかを訪れた「半神」によってこの状況には終わりがもたらされる。「野生の野を、悲しげな野を、魔法から解放しながら、／かの半神、ゼウスの下僕、まっすぐな男が〔私のすみかに〕入ってきた」（同一七―一八行目）このあと、キロンは毒による痛みに苦しむようになる。

私は今静かに一人で座っている、刻々と／過ぎ去る時のなかで、そして私の思いはいまやさまざまな姿かたちを／／みずみずしい大地と愛の雲から創り出す、／私たちの間に毒があるために（『キロン』一九―二二行目）

「半神」の登場と「毒」との間にはいかなる関係があるのか。アポロドロスの伝えるところによれば、ヘラクレスがケンタウロスたちを退治した際に、彼の放った矢の一本が誤ってキロンの膝に刺さってしまった。

矢にはヒュドラの胆汁が染み込ませてあったため、この矢によって生じた傷は不治となった。キロンは死を望んだものの、不死であるためにそれもかなわず、洞穴の中に引き籠って過ごすようになったのだという。(7)この神話から、「私たちの間に」ある「毒」とはヘラクレスの矢の毒のことであり、「私たち」とはヘラクレスとキロンを指すのだと考えられる。つまりキロンは足の傷が痛むので、以前のように自然のなかを駆け巡ることも、ヘラクレスについて行くこともできず、ただ「刻々と過ぎ去る時のなかで」「静かに一人で座っている」ほかないのである。そのため彼は、かつて自然と親密に交流していたころの「みずみずしい大地」と「愛の雲」を思い出し、そこからさまざまな姿かたちを連想することで慰めをえているのだ。

このように改作前とは異なり、語り手の疾患は足の傷であり、またそれをもたらした原因はテクストから推測できるようになっている。そればかりではない。『キロン』においてもやはり身体的な疾患は語り手の内面に生じた危機的状況を暗示しているのだが、その中身が改作前とは異なるのだ。キロンは自身が抱える精神的な問題について次のように述べる。

日々はしかし変転する、そのときどきで好ましいものにも嫌なものにもなる、／そんな日々を誰かが眺めるとき、それは苦痛となる、／その者が二重の姿をしており、／そして誰一人として最善のものを知らない場合には(『キロン』三三—三六行目)

キロンが苦痛を感じるのは、日々が以前とは異なり、ときには好ましく、またときには疎ましく思えるからである。それは、彼が「最善のもの」が何であるかを知らないがゆえに、変転する日々のありように惑わされてしまうからにほかならない。

キロンはさらに「最善のもの」を知りえない原因を「二重の姿」に言及することで示唆している。半人半馬である彼の上半身は人間の知的能力を、また馬の姿をした下半身は彼が本来もつ自然との結びつきを暗示する。したがって、彼の苦痛は、この二つの要素が対立関係にあることに起因するのだと考えられるが、そのような対立はなぜ生じたのだろうか。

ヨッヘン・シュミットによれば、ヘラクレスが「野生の野を［…］魔法から解放しながら」キロンのすみかに入ってきた瞬間は、人類の発展段階のひとつを象徴的に表しているのだという。それは、脱魔術化する啓蒙的理性が自然の領域に力を及ぼしはじめ、野生の野が開墾の対象となる段階である。[8] この指摘をキロンの精神の発展史にあてはめると、次のように考えることができる。キロンはヘラクレスとの出会いを機に啓蒙的理性に目覚めたが、その代償として自然との根源的で直接的な結びつきを失ってしまった。この喪失は「毒」のように作用し、それがもたらす痛みゆえに、キロンはヘラクレスによって切り開かれた啓蒙の道を進もうとしても歩くことができないでいる。つまり現在のキロンは、全体としての自然を分節化し、事物をできるだけ細かく分類することで効率よく利用しようとする合理的な知と、一なる全体である自然への憧れとの間で引き裂かれているのだ。問題の解決は、彼がこの相反する志向を調和させることができるか否かにかかっている。[9]

次の詩連において、キロンは与えられた「苦痛」を「神の与えた棘」とみなす（同三七行目）。いいかえれば、彼は二つの相反する志向の調和という課題を神が与えた試練と解釈するのである。事態はこの発言の直後に急変する。彼は神が眼前の自然のうちにいることを理解するのである。「しかし神はこの時この土地の者として／眼前にいる、そして大地はその姿を変えている。」（同三九―四〇行目）つまりキロンは汎神論的な観点にたち、世界を神が内在する「一にして全（hen kai pan）」なるものとして理解するようになるのだ。[10] これにより彼をとりまく環境には劇的な変化が生じる。それまで世界は闇夜に覆われていたのだが、その状態に終わりがもたらされるのである。

日よ！　日よ！　私の小川の柳たちよ！　あなたがたはいまや再び正しく息づき　／眼の光を飲む、／
そして正しい足跡が続く、そして一人の／支配者として、拍車をつけて、あなた自身の／／定められた
場所に、昼の迷い星よ、あなたは出現する、（『キロン』四一—四五行目）

引用箇所の「眼の光（ein Augenlicht＝視力）」は改作途中の稿では「私の眼の光（mein Augenlicht）」と書かれていた[11]。したがってこの語は「小川の柳」を凝視するキロンの眼を指しており、彼が蒙を開かれ、世界を正しく認識できるようになったことを表しているのだと解すべきであろう。重要なのは、この認識の変化が「日」の到来を準備したという点だ。このことは、世界を覆う闇夜の原因が、ひとえに世界についての正しい認識の欠如にあったことを示唆している。彼は新しくえた「視力」によって、柳の側にある「足跡」が適切な場所へと人を導く「正しい」道であることを確認すると、今度は視点を空へとうつし、太陽が万有において占めている位置（「あなた自身の定められた場所」）を知る。つまりキロンは太陽が「迷い星（Irrstern）」すなわち惑星ではなく[12]、恒星であることをこのときはじめて理解するのである。太陽だけではない。彼は大地、そればかりか祖先たちの居住地の正確な位置さえも把握できるようになるのだ。

あなたもまた、おお大地よ、平和の揺籃よ、そしてあなた、／都市のならわしに服することなく野獣の
群れのなかを駆け抜けていった／私の祖先たちの家よ、あなたも〔あなた自身の定められた場所に出現する〕。
（『キロン』四六—四八行目）

この箇所で表されているのは、「一にして全」である神的自然において個々の事物が占める位置をキロン

が認識した瞬間であると考えられよう。彼はこのようにして、全体性を求める心情と全体を個々の部分に分けて考えようとする傾向とを調和させることに成功するのである。

重要なのは、『キロン』では語り手が抱える問題だけでなく、その解決の瞬間もまた歩行に関する暗喩によって表現されているという点である。そもそも、「毒」による痛みで歩くことができないという状況は、認識力が不足し「最善のもの」が何かわからないために、行動にうつることができないキロンの精神状態を暗示している。キロンがこの状況から脱した際に、それを示唆する暗喩として用いられているのが「正しい足跡」である。つまりキロンに十分な認識力が備わったということが、目的地に向けてはしる道の発見というかたちで表現されているのだ。さらに、「支配者」がつける「拍車」は、神がキロンに「正しい足跡」をたどらせるために与える刺激を形象化したものであり、それはわれわれに太陽神アポロンが半人半馬のキロンにまたがる姿を想像させる(同四四行目)。このように、改作前の盲目という中心的なモチーフが『キロン』では不治の足の傷に変わったことに対応して、歩行に関わる暗喩が詩全体で用いられるという表現上の変化が生じたのである。

三　盲目のモチーフの伝記的背景

『キロン』という詩は全体として人間精神の発展過程を表している。[13] 毒による痛みは、この発展に不可欠な人間と自然、主体と客体の分離がもたらす精神的苦痛の表現である。そもそも毒矢がキロンの足に刺さってしまったのも、ヘラクレスの意図によるものではなかった。このことは、自然と不可分に一体化している状態の終わりが他者によって意図的に引き起こされうるものではなく、自然の摂理にしたがって生じるものであることを示唆している。

『キロン』における疾患がすべての人を襲いうる否定的契機の暗示であるのに対して、[14]『盲目の詩人』における盲目は「私」の詩的能力の機能不全の顕れであり、それは詩を歌うことを業とする一個人が偶発的に陥った特殊な状態であるといえる。[15]そしてこの機能不全を引き起こした原因、すなわち神的なものとの結びつきの喪失がなぜ生じたのかについては不明である。それを知るための手がかりは哀歌『田園への逍遥』の最初の草稿にみつかる。その最上部には次のように記されている。

ディオティマを悼むメノンの嘆き／さすらい人と対をなす作品／盲目の詩人／エトナ山のエンペドクレス。[16]

フランクフルト版全集の編者であるディートリヒ・ザットラーの推察によれば、この覚書は実現には至らなかったヘルダーリンの詩集の計画を表している。そこに挙げられた作品のうち、『ディオティマを悼むメノンの嘆き』（以下『メノンの嘆き』と略記）[17]、『盲目の詩人』、そして『エトナ山のエンペドクレス』（未完の悲劇『エンペドクレス』の第三稿）の草稿断片は覚書が書かれた時点ですでに成立していた。『田園への逍遥』は、ここに挙げられた「さすらい人と対をなす作品」として構想されたのだとザットラーは推測している。[18]

ザットラーのこうした推論にどの程度の妥当性があるのかについては、本稿では論じられない。しかし、覚書で示された作品にある種の共通点がみられることは確かである。その共通点とは歩行と盲目のモチーフである。『田園への逍遥』と『さすらい人』では、歩くという行為を軸として詩想が展開するのだが、『メノンの嘆き』では、語り手がおかれたその都度の状況や彼の心的状態が歩行に関する表現によって暗示されている。また、盲目に関していえば、『メノンの嘆き』には語り手が自らを〈盲目の詩人〉として規定する箇所があるのだ。[19]

しかしすみかは私にとっていまや荒涼としたものとなり、そして彼らは私の眼を／私から奪った、私は彼女とともに自分自身をも失ってしまった。（『メノンの嘆き』五三―五四行目）

『メノンの嘆き』では、恋人の喪失に苦しむ「私」の嘆きと、彼がこの苦境を乗り越える過程が示される。この詩が書かれたころ、ヘルダーリンは恋人であったズゼッテ・ゴンタルトとの決定的な別れを経験しており、『メノンの嘆き』はこの出来事を契機として書かれた詩である。ヘルダーリンがズゼッテのことをディオティマと呼んでいたことからも、この出来事が『メノンの嘆き』の成立に大きな役割を果たしたことは明らかである。上記の引用箇所では、メノンがディオティマの喪失を自身の「眼」の喪失に喩えているが、この暗喩は『メノンの嘆き』の前稿『エレギー』にすでにみられるものである。[20]

ああ！　あなたはどこにいるのですか、私を愛してくれるひとよ、今は？　彼らは私の眼を／私から奪った、彼女とともに自分の心を私は失ってしまった。（『エレギー』五一―五二行目）[21]

「あなたはどこにいるのですか」という問いかけは『盲目の詩人』冒頭の一文と一致する。むろん、問いかけの対象は両テクストで異なっており、『盲目の詩人』の「私」の問いかけは「光」に向けて、『エレギー』の「私」の問いかけは別れた恋人に向けて発せられる。ただし、『エレギー』の改作『メノンの嘆き』には、メノンが別れた恋人を思い起こした際に、彼女を光に包まれた存在として知覚する場面があるのだ。

ただあなただけを、おお英雄のようなひとよ！　あなたの光はあなたを光のなかに保ち、／そしてあなたの忍耐は、おお慈悲深いひとよ、あなたの愛を保つ。（『メノンの嘆き』九五―九六行目）

さらにディオティマがメノンに授ける福音は「朗らかに思いをめぐらす額」から放たれた「光線」に喩えられる（同一〇三―一〇四行目）。なぜディオティマが光と結びつけられるのかといえば、彼女はメノンにとって「光線」を放つ太陽のような存在であるからだ。それゆえ、彼は彼女のいないこの世を光のない世界として把握し、それをあるときには盲目として、またあるときには闇夜として表現するのである。

そうだ！　それも役には立たないのだ、お前たち死を司る神々よ！　ひとたび／お前たちがこの打ち負かされた男をとらえ、つかんではなさないときには、／お前たち悪霊たちよ　お前たちが彼を身の毛もよだつ夜のなかに引きずり降ろしたときには、（『メノンの嘆き』一五―一七行目）

夜に関する同様のイメージが『盲目の詩人』の三―四行目と一一―一二行目にもみられることはすでに指摘した。さらに、光を奪われた状態が「私」の詩的能力の機能不全と結びついている点でも両詩は一致している。

私は今静かに一人で座っている、刻々と／過ぎ去る時のなかで　そして私の思いはいまやさまざまな姿かたちを／／もっと明るかった日々の愛と懊悩から創り出す／自分自身の喜びのために、（『盲目の詩人』一九―二二行目）

盲目の詩人は歌を歌えないがゆえに、静かに一人で座り、他者と喜びを分かち合うためではなく「自分自身の喜びのために」、過去の思い出からさまざまなイメージを創り出してはこれらと戯れるほかない。『メノンの嘆き』にはこれと正確に対応する表現がある。

祝いたいのだ　私は　しかし何のために？　そして他の人たちとともに歌いたい、／しかしこんなにも孤独な私には神的なものがいっさい欠けている。／これなのだ、これこそが私の疾患だ、私にはわかっている、ある呪いが／それゆえに私の腱を麻痺させ、私が歩き始めると、その場で私を転ばせる、／そのため私は何も感じることなく一日中座り、幼子たちのように沈黙している（『メノンの嘆き』五七―六一行目）

メノンもまた盲目の詩人と同様に「他の人たちとともに」歌うことができず、「孤独」で「何も感じることなく一日中座り［…］沈黙している」。このような境遇において、メノンは幸福であった過去の形象を呼び起こし、そこから慰めをえようとする。

愛の光よ！　あなたは死者たちにも輝くのか、あなた黄金の光よ！／もっと明るかった時代の形象たちよ　あなたがたは私のために夜の内側まで照らし出してくれるのか？（『メノンの嘆き』二九―三〇行目）

『盲目の詩人』と『メノンの嘆き』の語り手はいずれも闇にとらわれており、闇を照らし出す光を渇望している。たしかに、前者においては盲目の根本的な原因が作中で示されることはない。しかし、作品の成立時期や『エレギー』ならびに『メノンの嘆き』との表現上の一致を考慮するならば、『盲目の詩人』はこの二作品と共通の伝記的背景をもつと考えられる。つまり、「私」の盲目はおそらく、ズゼッテとの別れが作者にもたらした精神的状況を表しているのだ。しかも恋人を「眼」とする表現は『エレギー』と『メノンの嘆き』のみならず、やはりズゼッテとの別れを主題とする別のテクストにもみられる。それはこれら三つの作品とほぼ同時期に書かれた『別れ』の異文である。

問題となるのは、『別れ』の二五行目から二六行目にかけての箇所である。この箇所は最後の稿では「私は消え去りたいと思う。ひょっとしたら/長い時間が経ったあとで/ディオティマよ! 私はここであなたと会うかもしれない。[…]」となっている。[22] しかしこれより以前に書かれた異文では「私は消え去りたいと思う、ひょっとしたらそれから長い時間が経ったあとで/忠実なる眼よ! 私を[…]」となっており、この段階では目的語「私を」に続く部分、つまり主語と動詞は確定していなかった。[23] ただし、「私を」の直前にある「忠実なる眼よ!」が最終的に「ディオティマよ!」へと書き換えられていることから、異文で主語として想定されていたのは別れた恋人を表す単語あるいは二人称単数の代名詞「あなた」であったと考えられる。つまりここでは「忠実なる眼」が別れた恋人の換喩として用いられていると考えられるのだ。[24]

これらの詩がいつ成立したのかについては各全集版によって見解が分かれるが、たとえばフランクフルト版とドイツ古典叢書版では最初に『別れ』が成立し、次に『エレギー』ならびに『メノンの嘆き』が、そして最後に『盲目の詩人』が書かれたと目されている。[25] この説にしたがうならば事態は次のように進行したと考えられよう。まず、『別れ』執筆の際に眼が恋人の換喩として用いられ、そこから恋人の喪失を自らの眼の喪失に喩えるという発想が生まれた。そしてさらにこれが元となり、眼を奪われた詩人を中心的モチーフとする作品、すなわち『盲目の詩人』が書かれたのである。

四　固有名「キロン」がテクストの読解に及ぼす作用

『盲目の詩人』における「盲目」は『メノンの嘆き』の場合と同様に作者の私的かつ個人的な問題の表現として読むことができる。少なくとも『盲目の詩人』にはこのような解釈を許容する余地がある。[26] しかし『キロン』はそうではない。読者はむしろ作中の「私」の発言をキロンという神話上の人物に関する伝承に関連づけるようにうながされる。事実、従来の研究は『キロン』読解の鍵をしばしばギリシア神話やピンダロス、ホメロス、アイスキュロス、そしてソフォクレスなどの作品に求めてきた。[27]

『キロン』は『盲目の詩人』と比べると難解な詩である。『盲目の詩人』はテクスト内で提示される情報のみで全体的な文脈を把握することができるが、『キロン』には前提とすべき知識がなければ文意を把握し難い箇所がいくつもある。[28] たとえば、ヘラクレスとキロンの関係について知らなければ、「毒」が誰によってもたらされたものであるのかを知ることは難しい。そして毒矢がどこに刺さったのかを知らなければ、キロンが一人で座している具体的な理由もわからない。とりわけ最後の第一三連を理解するためには、キロンが英雄たちにさまざまな技術や知識を授けた教育者であったこと、[29] そして彼が言及する「預言」の内容をあらかじめ知っておく必要がある。

さあ馬を引いてこい、そして甲冑をまとい／軽い槍をとれ、おお　少年よ！　預言は／破棄されることはなく、それが現実のものとなるまで、／ヘラクレスの帰還〔の時〕はいたずらに待っていてはくれないのだ。（『キロン』四九—五二行目）

アイスキュロスの『縛られたプロメテウス』にはカウカソス山にはりつけにされたプロメテウスが自らの解放を預言する場面がある。それによればイオの「十とそのうえ三代目の孫」[30]、すなわちヘラクレスが彼を解放するのだという。しかし、ヘルメスは劇の最後の場面で、神々のうちの誰かがプロメテウスの代わりに苦難を背負い、自ら進んで黄泉へと赴くまでは、彼の苦難が終わることはないと告げる[31]。アポロドロスが伝えるところによれば、神々のうちで不死を放棄する「誰か」とはキロンのことであり、ヘラクレスはプロメテウスを解放した際に、その代わりとして彼をゼウスに差し出したのだという[32]。

以上のことから、『キロン』の最終連で言及される「預言」とはプロメテウスかヘルメス、あるいは両者の預言のことであり、キロンは自らの死がヘラクレスによってもたらされることをあらかじめ知っているのだと考えられよう。そして「ヘラクレスの帰還」とは、ヘラクレスがことの経過を報告するためにキロンのもとを再訪することを指しているのだ[33]。つまりキロンは訪れることが確定している死の瞬間までの時間を無為に過ごすことのないよう、「少年」——おそらくはアキレウス——に戦闘の稽古をつけようといっているのである[34]。

これ以外にも、キロンに関する予備知識を用いることで文脈や意味が明確になる箇所はいくつもある。『キロン』を読解する際に理解困難な箇所に出くわしたときには、この神話的人物についての逸話を調べること、そしてそのなかから、語の選択、文意や文脈の理解を助けてくれる記述を見つけ出すことが解釈の近道となるのだ。そして読者をこの近道へと誘導するものこそ、表題に掲げられたキロンという固有名にほかならない。つまり、キロンという名前は作品外の典拠、すなわち神話やピンダロスの頌歌をはじめとする古典文学の参照を指示する機能をもつのである。

かつてヴォルフガング・ビンダーはヘルダーリンにおける名前や名づけの象徴法について包括的な研究を行ったが、キロンという固有名がもつこうした機能は、ビンダーの体系のなかには位置づけることのできない性質をもつ。ここではビンダーが「象徴的名前」について論じる際に第一の具体例として挙げる固有名「メノン」との対比によって、キロンという固有名がもつ特殊な性質を浮き彫りにしてみよう。

ビンダーによれば、メノンという名前は「留まる者」「待つ者」「持ちこたえる者」「あとに残された者」といった複数の意味をもち、テクストで示されるメノンの状況やその都度の態度はこれらのいずれかの意味に対応しているのだという。つまりメノンという固有名は、テクストの各所が有する象徴的な意味を照らし出し、それを顕在化させる機能をもつというのだ[35]。キロンという固有名に欠けているのはまさにこうした機能、いわばテクスト自体がもつ自己言及的性質にほかならない。

キロンという名前は古典ギリシア語で「手」を意味する一般名詞 χείρ に由来するのだという[36]。しかしこの名前はその語源的な意味によって作中の「私」の状況や態度、行為を説明してはくれない。『キロン』の場合、固有名はテクストの意味内容に直接関わるのではなく、テクストの外部の情報源を指し示し、これによって読解を間接的に助けてくれるのだ。

『キロン』読解の決定的な鍵となるのは固有名が示唆する予備知識である。読者はこの予備知識によってテクストの断片的な情報を補い、全体の脈絡を把握するようにうながされる。そのため、従来の研究の多くは、神話や古典文学からキロンに関する情報を集めてこれらを組み合わせ、語り手の発言に一貫した脈絡をみいだすことで『キロン』を読解してきた。重要なのは、ここにみられるテクストを介した作者と読者の相互的な意味規定作用である。『キロン』を読むためには多かれ少なかれ、作中で暗示される事柄や文脈を読者自身の手でつきとめる必要がある。それには読者がギリシア神話や古典文学についての知識を作者と共有していることが前提となる。『キロン』の読者はその知識を用いて主体的に読解を行い、テクストの空白部分を自分で埋めることを要求されるのである。

むろんキロンに関する伝承を網羅的に収集すればテクストの〈唯一にして正しい理解〉に到達できるわけ

ではない。その一例として、第六連の「愛の雲（Wolken der Liebe）」（『キロン』二一行目）という語の解釈が挙げられよう。幾人かの研究者はこの語をケンタウロス誕生の神話――イクシオンが雲から造られたヘラの似姿と交わり、この雲からケンタウロスが生まれたという神話――と関連づけたが[37]、ホレ・ガンツァーはこの解釈が「根本的に不可能」であることを論証した[38]。ヨッヘン・シュミットもまたこの解釈を説得力に乏しいとして退け、当該箇所をプロメテウスの神話に基づいて読解し、さらにこの読解を自身の包括的な作品解釈と結びつけている[39]。これに対して、バルバラ・インドレコーファーにいたっては、「愛の雲」からイクシオンの神話の暗示を読み取る解釈を「まったくもって納得のいく」ものだと認めたうえで[40]、この箇所にはイクシオンだけでなく、同時にプロメテウスの神話が暗示されていると論じている。インドレコーファーがこのようないわば折衷案ともとれるような説を主張するのは、彼女が多義性を『キロン』というテクストの根本的な構成要素とみなしているからなのである。

この例が示すように、読者がテクストの空所を埋めるためにどんな典拠を用いようとも、その適用に際しては、キロンのきわめて暗示的な発言や読者自身の読解の枠組みに依拠せざるをえない。そのため空白部分に関する個々の解釈は相互主観的な検証の対象となり、究極的には不確定のままにとどまる。これはむろん文学テクスト一般に広くみられる性質である[41]。『キロン』の特徴は、この表題に掲げられた固有名が空白部分を埋めるためのヒントとしてすべての読者に明示されており、テクストを読解するうえでの共通の前提を構成するように読者たちに働きかけてくる点にある。

結論

『盲目の詩人』と『キロン』はテクストの構造において根本的に異なる性格をもつ。この差異は作中で取り扱われる問題の性質が変化したことに対応して生じたのだと考えられる。盲目という暗喩の伝記的背景が示すように、『盲目の詩人』において表現される苦悩は作者の個人的な体験に根ざしており、この意味において、作者は自分自身に関心を向けているのだといえる。こうした作者の心のありようは、語り手が常に自分自身に言及することによって正確に写し取られている。

たしかに『盲目の詩人』の「私」も他者について語りはする。第一二連においては「かつて私と出会った親愛なる者たち」に対する呼びかけがなされ（『盲目の詩人』四八行目）、最終連である第一三連では、自らの充溢した生を「親愛なる者たち」と分かち合いたいという、語り手の願望が語られる。

おお　来てください、この喜びがあなたがたのものになりますように、／あなたがたすべての者たちよ、この見る者があなたがたを祝福しますように！／おお　受け取ってください、私がそれに耐えていられるように、私からこの／生を、この神的なものを私の心から受け取ってください。（『盲目の詩人』四九―五二行目）

しかし、一見して明らかなように、「私」がここでもっぱら問題にしているのは自らの生、すなわち自己にほかならない。神的な生を「親愛なる者たち」と分かち合いたいという彼の願いは、どちらかといえば自己中心的かつ偶発的に動機づけられたものである。「私」がそれを望むのは、耐えられないほどの生の充溢を感じているからなのである。しかも「私」は自らの願望を自分自身の行為によって満たそうとはせず、受動的に、他者の働きかけを待っているにすぎない。他者と関わろうとする「私」の思いは脆弱で具体的な対象を欠いており、その関心はやはり自分自身の状態に向けられている。

これに対して、キロンの関心は明らかに事物や他者といった自己以外の対象に向けられている。たとえば『盲目の詩人』第一〇連の最終行では、「私」が自らの身に生じつつある変化について語るが、『キロン』の対応箇所で語られるのは世界の変容である。「しかし神はこの時この土地の者として／眼前にいる、そして大地はその姿を変えている。」(『キロン』三九―四〇行目) キロンはその後も変容した世界、そしてその世界で息づく個々の事物について語り、自分自身にはけっして言及しない。『盲目の詩人』においては一人称単数の「私」が最終連に至るまで継続的に登場するのに対して、『キロン』では第九連以降、一人称単数の「私」が用いられることはなく、せいぜいのところ一人称単数の所有冠詞が二度用いられるにとどまる。それは彼が渇望しているものが自己の変化ではなく世界の秩序の認識だからだ。

しかもこの認識は共同体の歴史への洞察と結びついている。すでにみたように、キロンは世界の神的変容を目の当たりにした際に、祖先たちの居住地に言及する。このことは、共同体の歴史における祖先たちと自分との関係をキロンが意識していることを示唆する。キロンはまさにこうした歴史的視座のもとで、自らの死に思いをめぐらせることなく、残された時間を共同体の未来の担い手(「少年」)の教育に捧げようとするのである。つまり、キロンの少年への呼びかけは私的に動機づけられたものではなく、自己と共同体との関係に関する自覚に基づいているのだ。

キロンが他者に寄せるこうした関心は、彼の抱える問題が万人に共通するものであることによって、いわば先取りされている。キロンは第九連で自身の苦痛について語る際に、不定代名詞「誰か(einer)」と形容詞の名詞化「誰一人として～ない(kein einziger)」を用いることで、個人的な体験を一般的な事例の一つとして抽象化している（同三三―三六行目）。これは彼が問題の普遍的な性格に気づいていることの証左である。[42] キロンはそもそも自分の抱える問題が彼に固有のものではなく、他の人々にも関わる一般的な性質のものであることを自覚しているのである。

改作を通じて、「私」が抱える問題は特殊かつ偶発的なもの、すなわち当事者によって一方的に伝達されるものから一般的なもの、つまり読者が当事者として関わるべきものへと変化した。『キロン』が有する多くの空白部分はこの変化がテクストの構造に反映されることで生じたものなのだと解されよう。

全体的な脈絡を比較的容易に追うことができる『盲目の詩人』の場合とは異なり、読者はいまやテクストの各所にもうけられた数多くの空白部分を自分で埋めることを要求される。ただし読者にはそのための手段、すなわち、作中の「私」の発言をギリシア神話や古典文学に基づき解釈するという手段が「キロン」という固有名によって示唆されている。これらの典拠はいずれも人類共有の財産であり、詩人の境遇や心情とは違って、原理的にはすべての読者にとって接近可能なものである。ヘルダーリンは『盲目の詩人』の改作に際して、作中で取り扱われる問題の変化に応じて、読者がテクストを主体的に解釈し、なおかつその読みを他者と分かち合うことができるような構造を『キロン』に与えたのではないだろうか。

注

（1） Friedrich Hölderlin: Der blinde Sänger / Chiron. In: Ders.: Sämtliche Werke und Briefe. Hg. von Michael Knaupp. 3 Bde. München / Wien (Carl Hanser) 1992f.〔以下、MAと略記〕、Bd. 1, S. 281–283 / 439f. 以下、『盲目の詩人』と『キロン』の引用に際しては表題と行数のみを記す。『愛と友情に捧げられた手帳』一八〇五年号は遅くとも一八〇四年の八月終わりまでには刊行されていたと考えられる。Vgl. Friedrich Hölderlin: Sämtliche Werke. ›Frankfurter Ausgabe‹. Historisch-kritische Ausgabe. Hg. von D. E. Sattler u.a. 20 Bde. Frankfurt am Main (Stroemfeld / Roter Stern) 1975–2008〔以下、FHAと略記〕、Bd. 20, S. 326. この号には『キロン』以外にもヘルダーリンの詩があと八篇掲載された。これら合計九つの詩群は詩人が同年刊の編集人ヴィルマンス宛の書簡で用いた概念に基づき「夜の歌」という総称で呼ばれる。Vgl. MA Bd. 2, S. 927.

（2）ヘルダーリンの盲目の暗喩法については以下を参照。Holle Ganzer: Hölderlins Ode 'Chiron'. Berlin 1976, S. 11–19; Anke Bennholdt-Thomsen / Alfredo Guzzoni: Das Spektrum der Blindheit. In: Dies.: Analecta Hölderliniana IV. Zur Dreidimensionalität der Natur. Würzburg (Königshausen & Neumann) 2017, S. 81–102.

（3）Vgl. Jochen Schmidt: Hölderlins später Widerruf in den Oden »Chiron«, »Blödigkeit« und »Ganymed«. Tübingen (Max Niemeyer) 1978, S. 24f.

（4）Friedrich Hölderlin: Wie wenn am Feiertage ... In: MA 1, S. 262–264., hier S. 263.『盲目の詩人』と『あたかも祝いの日の……』にみられる詩想上の親縁性については以下を参照。Dieter Burdorf: „...ein Schmerz, / Wenn einer zweigestalt ist“. Zu Hölderlins Ode ‘Chiron’. In: HJb, Bd. 36 (2008–2009), S, 139–150, hier S. 144; Lawrence Ryan: Hölderlins »tragische Ode« *Der blinde Sänger*. In: Wulf Segebrecht (Hg.): Gedichte und Interpretationen. Bd. 3 (Klassik und Romantik). Stuttgart (Philipp Reclam jun.) 1984, S. 370–379, hier S. 375–377.

（5）Vgl. Schmidt, a. a. O., S. 18, 28.

（6）ヘルダーリンの詩のキロンは元になった神話とは異なり盲目であるとする解釈もある。Vgl. Bennholdt-Thomsen / Guzzoni, a. a. O., S. 94–102; Uta Degner: Bilder im Wechsel der Töne. Hölderlins Elegien und ›Nachtgesänge‹. Heidelberg (Universitätsverlag WINTER) 2008, S. 196. これに対して筆者は、『盲目の詩人』から『キロン』への改作に際し、「私」の苦境を表すものが盲目から足の傷に変化したと考える。

（7）アポロドーロス『ギリシア神話』、高津春繁訳、岩波文庫、一九五三年、九一―九二頁を参照。

（8）Vgl. Schmidt, a. a. O., S. 52.

（9）詩学的文書『抒情的な、見かけによれば理想的な詩……』において、ヘルダーリンは「悲劇的な、その外見においては英雄的な詩」（MA 2, S. 104. 強調原文）の進行を全体の個への分裂とその再統合の過程としてとらえている。キロンが神の試練として受け入れるのはこの再統合の課題であると考えられる。

（10） ヘルダーリンにおける汎神論ならびにスピノザ受容の問題については以下を参照。Max L. Baeumer: Hölderlin und das Hen kai pan. In: Monatshefte, Vol. 59, No. 2 (1967), S. 131–147; Günter Mieth: Einige Thesen zu Hölderlins Spinoza-Rezeption. In: Weimarer Beiträge, Jg. 24 (1978), Heft 7, S. 175–180; Peter Reisinger: Hölderlin zwischen Fichte und Spinoza. Der Weg zu Hegel. In: Helmut Bachmaier / Thomas Rentsch (Hg.): Poetische Autonomie? Zur Wechselwirkung von Dichtung und Philosophie in der Epoche Goethes und Hölderlins. Stuttgart (Klett-Cotta) 1987, S. 15–69; Margarethe Wegenast: Hölderlins Spinoza-Rezeption und ihre Bedeutung für die Konzeption des »Hyperion«. Tübingen (Max Niemeyer) 1990; Dies.: Markstein Spinoza: Schönheit als „Nahme deß, das Eins ist und Alles". In: Uwe Beyer (Hg.): Neue Wege zu Hölderlin. Würzburg (Königshausen & Neumann) 1994, S. 361–385. 小野寺賢一「努力、コナトゥス、衝動――ヘルダーリン詩学におけるスピノザ存在論とフィヒテ意識哲学との総合の試み」『シェリング年報』、第二〇号（二〇一二年）、一〇六―一一九頁、久保陽一『生と認識――超越論的観念論の展開』、知泉書館、二〇一〇年、一一五―一七五頁。

（11） Vgl. FHA, Bd. 5, S. 820; Friedrich Hölderlin: Sämtliche Werke. Historisch-kritische Ausgabe. Begonnen durch Norbert v. Hellingrath. Fortgeführt durch Friedrich Seebaß und Ludwig v. Pigenot. 6 Bde. Zweite Auflage. Berlin (Propyläen) 1923, Bd. 4, S. 303f.; Barbara Indlekofer: Friedrich Hölderlin. Das Geschick des dichterischen Wortes. Vom poetologischen Wandel in den Oden „Blödigkeit", „Chiron" und „Ganymed". Tübingen / Basel (A. Francke) 2007, S. 158, Anm. 310. 所有冠詞 mein が不定冠詞 ein に書き換えられたのは、この語が暗示する高次の認識力がキロンのみならず、誰にでも獲得しうる普遍的な力であるからだと考えられる。なお、ein Augenlicht は「天の光」、すなわち太陽をも表すという説もある。Vgl. Ganzer, a. a. O., S. 189.

（12） 「迷い星（Irrstern）」は惑星の意である。Vgl. Jacob und Wilhelm Grimm: Deutsches Wörterbuch. 33 Bde. Leipzig (S. Hirzel) 1854–1961, Bd. 4, Abt. 2, Sp. 2175f.

（13） この解釈は大枠においてはヨッヘン・シュミットの説に依拠しているが、内容は大きく異なる。ヘーゲルやズィンクレーアの哲学も参照しつつ展開されるシュミットの議論は本稿の解釈に比べてはるかに複雑である。Vgl. Schmidt, a. a. O., S. 39–99.

（14） グルネルトはキロンの傷をむしろ個人的なものとみなし、太陽が出現してもキロンの傷は癒えないという点に、歴史的経験と個人的経験の不一致を読み取っている。Vgl. Mark Grunert: Die Poesie des Übergangs. Hölderlins späte Dichtung im Horizont von Friedrich Schlegels Konzept der »Transzendentalpoesie«. Tübingen (Max Niemeyer) 1995, S. 139–141.

（15） ローレンス・ライアンは『盲目の詩人』にみられるこうした側面をジャンル論的・詩学的観点から指摘している。Vgl. Ryan, a. a. O., S. 378.

（16） FHA 6, S. 208. 強調原文。

（17） Friedrich Hölderlin: Menons Klagen um Diotima. In: MA 1, S. 291–295. 以下同詩の引用に際しては表題と行数のみを示す。

（18） Vgl. FHA 20, S. 256.

（19）『盲目の詩人』と『エンペドクレス』との緊密な連関については以下を参照。Ganzer, a. a. O., S. 13–15; Schmidt, a. a. O., S. 51f., Anm. 42.

（20） Vgl. Friedrich Hölderlin: Sämtliche Werke. Große Stuttgarter Ausgabe. Hg. von Friedrich Beißner, Adolf Beck und Ute Oelmann. 8 Bde. in 15 Teilbänden. Stuttgart (Kohlhammer) 1943–85〔以下、StA と略記〕, Bd. 2, S. 559.

（21） Friedrich Hölderlin: Elegie. In: MA 1, S. 287–290. 以下同詩の引用に際しては表題と行数のみを示す。

（22） Friedrich Hölderlin: Der Abschied. In: MA 1, S. 325f., hier S. 326.

（23） Vgl. FHA 4, S. 213; FHA 5, S. 485.

（24） Vgl. Jürgen Söring: „Sie haben mein Auge mir genommen“. Vom Beweggrund des Dichtens in Hölderlins lyrischem Schaffen. In: Bad Homburger Hölderlin-Vorträge 1990. Hg. von Stadt Bad Homburg v. d. Höhe in Zusammenarbeit mit der Hölderlin-Gesellschaft. Bad Homburg (Stadt Bad Homburg v. d. Höhe) 1991, S. 33–50, hier S. 35.

（25） Vgl. FHA 20, S. 576–578; Friedrich Hölderlin: Sämtliche Werke und Briefe. 3 Bde. Hg. von Jochen Schmidt. Frankfurt am Main (Deutscher Klassiker Verlag) 1992–94, Bd. 1, S. 1128.

（26） ホレ・ガンツァーとテーオ・ペールはともに、『盲目の詩人』と〈ディオティマ体験〉との緊密な連関について論じ、『キロン』への改作の根拠を『悲劇的な頌歌は……』から導き出している。Vgl. Ganzer, a. a. O., S. 6–8, 54–58; Theo Pehl: Hölderlins ‘Chiron’. In: DVjs, Bd. 15 (1937), S. 488–509, hier S. 490–499. Vgl. dazu auch Bernhard Rang: Hölderlins Ode Chiron. In: Der Kunstwart, Bd. 41 (1927–1928) , S. 219–224, hier S. 223.

（27） Vgl. Burdorf, a. a. O.; Maria Cornelissen: Hölderlins Ode »Chiron«. Tübingen (Hopfer) 1958, S. 73–101; Degner, a. a. O., S. 192; Lawrence O. Frye: Hölderlins ‚Chiron‘. *Zur Bedeutung des Mythischen in „Nimm nun ein Roß ... o Knabe!“*. In: Zeitschrift für deutsche Philologie, Bd. 88 (1969), S. 597–609; Ganzer, a. a. O., S. 27–229; Grunert, a. a. O., S. 138f.; Indlekofer, a. a. O., S. 119–168; Pehl, a. a. O., S. 504–509; Rang, a. a. O.; Schmidt, a. a. O., S. 33–99; Emil Staiger: Hölderlin: Chiron. In: Trivium, Vol. 1 (1942–1943), Heft 4, S. 1–16.

（28） Vgl. Burdorf, a. a. O., S. 144; Ganzer, a. a. O., S. 6, 11; Staiger, a. a. O., S. 2. ウータ・デグナーによれば、『キロン』の難解さは積極的な読解を読者にうながすために意図されたものであるという。Vgl. Degner, a. a. O., S. 203. 筆者も基本的にこれと同じ立場を取るが、結論は異なる。デグナーはテクストの難解さを幻覚によるキロンの錯乱状態の表現とみなし、それが最高潮に達する最後の三連からは、もはやまとまりをもった意味を読み取ることはできないと考える。

（29） Vgl. Benjamin Hederich: Gründliches mythologisches Lexikon. Reprograph. Nachdr. d. Ausg. Leipzig (Gleditsch) 1770. Darmstadt (Wissenschaftliche Buchgesellschaft) 1986, Sp. 707f.

（30） アイスキュロス『縛られたプロメーテウス』、呉茂一訳、岩波文庫、一九七四年、六二頁。以下も参照。Karl Kerényi: Prometheus. In: Ders.: Werke in Einzelausgaben. Bd. 5 (Urbilder der griechischen Religion). Hg. von Magda Kerényi. Stuttgart (Klett-Cotta) 1998, S. 171-262, hier S. 243f. 邦訳：カール・ケレーニィ『プロメテウス――ギリシア人の解した人間存在』、辻村誠三訳、法政大学出版局、一九七二年、一七五―一七八頁。

（31） 以下を参照。アイスキュロス、前掲書、八〇頁。Kerényi, a. a. O., S. 255f. 邦訳：ケレーニィ、前掲書、二〇六―二〇八頁。

（32） アポロドーロス、前掲書、九二頁および一〇一頁を参照。

（33） Vgl. StA, Bd. 2, S. 513; Schmidt, a. a. O., S. 93.

（34） Vgl. Frye, a. a. O.; Ganzer, a. a. O., S. 208–227; Schmidt, a. a. O., S. 89–91.

（35） Vgl. Wolfgang Binder: Hölderlins Namenssymbolik. In: HJb, Bd. 12 (1961/62), S. 95–204, hier S. 99–102.

（36） Vgl. Hederich, a. a. O., Sp. 707.

（37） Vgl. Cornelissen, a. a. O., S. 91, 100; Ulrich Hötzer: Die Gestalt des Herakles in Hölderlins Dichtung. Stuttgart (Kohlhammer) 1956, S. 168, Anm. 95; Staiger, a. a. O., S. 12.

（38） Ganzer, a. a. O., S. 132, Anm. 83.

（39） Vgl. Schmidt, a. a. O., S. 57–61.

（40） Indlekofer, a. a. O., S. 135. なお、本稿では「愛の雲」を神話に依拠せず、テクストの内的連関から解釈した。

（41） Vgl. Wolfgang Iser: Der Akt des Lesens. Theorie ästhetischer Wirkung. 4. Auflage. Unveränderter Nachdruck der 2., durchgesehenen und verbesserten Auflage 1984. Stuttgart (W. Fink) 1994. 邦訳：ヴォルフガング・イーザー『行為としての読書——美的作用の理論』、轡田収訳、岩波モダンクラシックス、二〇〇五年。デグナーは、『キロン』」にみられる受容美学的な契機を「夜の歌」の各詩に共通する特性とみなし、ウンベルト・エーコの「開かれた作品」の概念と結びつけている。Vgl. Degner, a. a. O., S. 185f. 読者の概念に関していえば、本稿が提示する読者像はスタンリー・フィッシュのいう「解釈共同体」の成員としての「読者」に比較的近い。以下を参照。Stanley Fish: Is There a Text in This Class? The Authority of Interpretive Communities. Cambridge / Massachusetts / London / England (Harvard University Press) 1980. 邦訳：スタンリー・フィッシュ『このクラスにテクストはありますか——解釈共同体の権威3』、小林昌夫訳、みすず書房、一九九二年（原著全一六章のうち、一〇章から一六章にかけてのみを収録）。

（42） 本稿の註11を参照。

第七章　ジャン・パウル『自叙伝』における固有名「パウル」

江口大輔

序

ジャン・パウル『自叙伝（Selberlebensbeschreibung）』（作者の死後発表）は、少年期における「自意識の目覚め」の場面によって知られている。ここに現れる「私は一つの自我なのだ（Ich bin ein Ich）」（I/6, 1061）[1]という言葉は、自我（私）との対峙というモチーフを反復的に取り上げ続けた作家ジャン・パウルを考えるうえで極めて重要な意味をもつ。だからこそこの言葉は、一七九〇年一一月一五日の「死のヴィジョン」を語る日記とならんで、作家の死生観ならびに自我の概念の形成における決定的な出来事を語るものとして、常に参照されてきた。それゆえ、『自叙伝』という作品そのものが論ぜられる場合にもこの場面には中心的な意味付けがなされるのが常であり、本稿もその例に漏れない。ただし本稿では、この場面そのものよりも、この直後の語りにおいて生じるある変化に注目してみたい。それは語り手が、過去の自分を指すにあたって、それまでの「私」もしくは「彼」という代名詞に代えて「パウル」という固有名を用い始めるという変化である。この作品においては人称の交替が頻繁に生じるが、人称の交替に作品の本質的な特徴を認めるR・ジーモンも、その交替の仕方になんらかの秩序を見出すことはなく、固有名の使用に意味付けをしようともしていない。(2) これに対して本稿は、人称の変遷を地道に跡付けることを通じて、作品における固有名の機能を解明しようとするものである。

一　『自叙伝』の概要

この作品は、自分自身の歴史を講ずる「教授」を名乗る語り手が、三回にわたる講義を行うという体裁をとっている。各講義の区分けは、生誕の地であるヴンジーデル、十五歳までを過ごしたヨーディッツ、その後の転居先であるシュヴァルツェンバッハというように、ジャン・パウルとその一家の転居歴に対応している。ただし、第一講義の大半が父親の来歴で占められ、また第三講義はギムナジウムでの体験を語る途中で未完のまま終わっていることから、この作品の中心をなすのは第二講義、つまり少年期のジャン・パウルの叙述であると言ってよい。ジャン・パウルは、常に黄金時代として言及してきた少年時代の記憶を作品として形に留めようとしたのであり、おそらくはそれ以上を望まなかった。問題は、その記憶に対して作家がどう向き合っているかである。

時系列に沿った順で講義は行われるものの、各講義のなかで語られる出来事の順序は、時系列よりもむしろ語りの秩序にしたがっている。語られるのは、作者の過去の生そのものというより、「文学へと変形された生」(3) というべきものだ。これについて前述のジーモンは、いささか先鋭的に過ぎるが興味深い主張をしている。それによると、『自叙伝』において語られる生は語りによる「生産物」であり、テクストは伝記的事実からは切り離されている。そして、この「脱指示化（Entreferenzialisierung）」を明示するしるしが、名前の交替なのである。(4) ジーモンはこの概念について詳述していないが、おそらくはこういうことだろう。自伝の語り手が自身の過去を語る際、そこで用いられる代名詞「私」は、過ちようもなく過去の語り手を指示する。その意味で、代名詞「私」においてはテクストから伝記的事実への指示関係が保証されている。ところがここに一人称と三人称の交替、および固有名の使用という乱調が生じると、テクストから事実への指示機能が危うくなる。

以上のような主張に対しては、もし人称の交替が全く無秩序に生じているならば、妥当性を認めることができるだろう。しかし、人称の交替に何らかの秩序が認められるとすれば、この交替に対して「脱指示化」とは異なる解釈を与える可能性も生まれるはずだ。以下では、その点に留意しつつ『自叙伝』の構成を概観してみたい。

第一講義では、作家の父親がヴンジーデルに落ち着くまでの来歴が詳述されたのちに、作家自身の幼年期について語られる。とはいえ、この時期についての作家の唯一の記憶は、ある少年から優しい扱いを受けたことだけである。「残念なことに私はとうに彼の名前を忘れてしまった」（I/6, 1048）。こう語り手は述べ、このときの少年が存命ならば自分に連絡を取ってくれるよう切望する。あたかも、名前を忘れてしまったことが記憶における決定的な瑕疵であるかのように。

歴史講義の教授を名乗る語り手は、講義の対象たる自分自身を「我々の主人公」と呼び、その誕生を「彼の人生の始まり［強調筆者］」（I/6, 1039）と表現するなど、語られる対象としての自己を客体化するような構えを見せる。しかし、所有代名詞がすぐに三人称から一人称に移行している点に示されるように（「私の誕生」、「私の父」（I/6, 1040））、語りの主体と語りの対象を峻別する姿勢は、初めの段階においては貫徹されない。

第二講義に入ってもしばらくは、三人称と一人称の代名詞が混在した語りが続く。語り手は、自分が歴史講義を行っているというポーズを示す際に限り過去の自分を三人称で呼ぶが、すぐに一人称に戻っていく。語られるのは、家庭における父からの教育を通じて養われた、書籍や絵画、音楽を愛好する性向である。本稿では、便宜上この箇所を「教育パート」と呼ぶこととしたい。

この教育パートの最後で、幼年期の哲学的な素質について語られるに至って、自意識の目覚めが語られることになるのだが、この箇所でも、最初の一文を除いて（ここで語り手は講義のスタイルに一瞬立ち戻る）、一人称が使用されている。

自意識の目覚めが語られたその次の段落からは、「牧歌的一年まるごと」が「四つの牧歌」（I/6, 1061）へと分割され、順に語られていく。第二講義の残り全てを占めるこの箇所を、本稿では「牧歌パート」と呼ぶことにしよう。このパートの冒頭で語り手は、自伝の主人公を「ハンス・パウル」の名で呼ぶことにしたい、と断りをいれ、固有名詞「パウル」を用い始める。それでも冬の牧師館での生活を語りはじめる当初は一人称の使用が支配的であるのだが、季節が春に移行すると、一変して三人称が貫徹されるようになる。そして「パウル」という固有名の使用頻度は、夏、秋と進むにつれてあがってゆく。

第三講義に移ってからは、もはや家庭生活について語られることはなくなり、もっぱら学校における勉学が話題になる。学校長ヴェルナーによる古典語の授業、ドイツ文学への傾倒などが語られる間は、第二講義に引き続いて三人称が使用されるのだが、牧師補フェルケルの話題が出される段落において、突如として一人称への切り替えが起こる。以降は、全集版で補遺として追加された箇所も含め、語り手が自己を指して三人称を用いることはなくなる。

以上の内容的整理に従えば、『自叙伝』における人称の交替にはある程度の秩序を見いだすことができる。一人称が切り替わる際には一人称と三人称の混在する現象が見られる場合もあるが、そうした揺れも牧歌パート以降では生じず、人称の切り替えは明確な形で行われる。

二　四つの牧歌

『自叙伝』の中核部分をなす第二講義の牧歌パートの舞台は、「小さな村と牧師館のうちなる牧歌王国および牧人的小世界」(I/6, 1061)、すなわち小村ヨーディッツ、およびジャン・パウルの一家が暮らした牧師館である。この時期の一家の生活は、後に彼らが耐えねばならなかった悲惨な状態と比べれば例外的に恵まれた状態にあった。ただし父親の牧師職による収入は非常に限られたもので、村の領主たる貴族との関係も牧師にとっては気苦労の多いものだった。[5] しかし自伝の語り手は生活における暗い側面にほとんど目を向けず、牧師館およびそれを取り巻く村での生活が「パウル」少年にもたらした無尽蔵の喜びだけを語り続ける。[6] 閉じられた圏内における幸福へと焦点を当てる語り手は、『美学入門』で「制限の内部における完全な幸福の叙事的表現」(I/5, 258) と定義された牧歌のジャンルにまさしく適合した態度を取っている。

だが、『陽気なヴッツ先生』を知っている我々には、「牧歌」の枠内から出ようとしない語り手の態度は奇異なものに映る。確かに、局限化した視野において生じる小さな喜びを最大限に享受するという主人公ヴッツの処世術は、「牧歌」を生きるための方策といえる。しかし『ヴッツ先生』の語り手は、そうした処世術を称える一方で、ヴッツが耐えなければならない学校生活の過酷さを読者の前にさらし、視野の局限化が過酷さからの「内面性への逃走」[7] に等しいことを暴き出してしまう。副題に示される通り、『ヴッツ先生』はあくまで「一種の牧歌」であって牧歌そのものではないのだ。翻って『自叙伝』における語り手は、現実の過酷さを語ることなく、喜びだけに目を向ける「牧歌」的態度に徹する。その理由が問われなければならない。

ともあれまずは、『自叙伝』において語られる牧歌的幸福のありようを見ていくことにしよう。一例として、父親が旅に出たときに子どもたちに与えられた「行動の自由」は、次のように語られる。

パウルと弟たちは、忙しく働く母親の目をかすめて、裏庭に通じる呼び鈴つき扉から外へ抜け出し、村の境界猟区の獣を狩りに出ることができたのでした。それは例えば蝶や川ハゼだったり、白樺の樹液や、笛にする柳の皮を求めた狩りでした。あるいは新しい遊び仲間の、教師の息子フリッツを屋敷内に入れてやったり、あるいは正午に鐘撞きを手伝ったりしました。これはただ、鐘が大きく揺れるときに綱で体を高く引き上げてもらうためでした。(I/6, 1073)

パウル少年に対して喜びをもたらした事柄の細部、それだけを、語り手は列挙し続ける。そして、描写される種々の事柄について相互の時間的な前後関係や因果的な関係が示されることは稀であり、各エピソードは互いに独立して点描的に並べられている。

身のまわりの自然や家庭的な事物に喜びを感じるパウルの感性は、語り手が「家庭的なもの、静かな生活、精神的巣作りへの独特な傾向」(I/6, 1080)と呼ぶ性質において、さらに際立つことになる。「家庭感覚(Haussinn)」(I/6, 1081)ともいわれるこの性質は、例えば次のエピソードに示されている。少年パウルは、蠅を飼うための精巧なミニチュアの家を工作し、その内部に住まう蠅の視点に己を同化させる。

パウルはこうして、無数の蠅がこの広い離宮のなかで階段を昇り降りしながら、大きな部屋へ、それから小さな出窓へ歩いてゆくのを眺めました。そのとき彼は、彼らの家庭的な至福を想像し、また自らそのなかに入り歩き回りたいと願いました。そして彼はこの家の住民たちの立場に身を置いて、最高にかわいらしい小さな部屋や出窓へと広大な部屋から戻ってくる気分になってみるのでした。(I/6, 1081)

こうした小さなものの視点への同化は、後のジャン・パウル作品の人物たちを想起させる行いであり、語り手もそれを明言する。

しかし文筆家としても、彼〔パウル〕はこの家庭および片隅への感覚を後にヴッツおよびフィクスラインそしてフィーベルにおいて継続させました。(I/6, 1081f.)

表現に注意して読むならば、ここで言われるのは、少年期の感性のありようが後の牧歌的な主人公たちのモデルを提供したということである。少年期の感性が作家ジャン・パウルの基盤となった、と言われているわけではなく、したがって、少年パウルと現在の語り手の間の連続性に言及されているのではない、という点に留意しておきたい。[8]

遡って、牧歌パートの前に置かれた教育パートでは、少年期の自分と現在の自分とのあいだのつながりを語り手はたびたび強調している。例えば束ねた紙を切りそろえただけの本を展示したというエピソードを紹介したあと、語り手はこう述べる。

現在の当作家を、一つの小箱がすでに小さい規模で示しています。この小箱に彼は、自作の十六折版作品からなるケース入り蔵書を展示しました。父の説教の八つ折版原稿を本の幅に切り、その紙片を縫い合わせ、端をきれいに切り揃えて、彼はこれらの小作品を作ったのでした。(I/6, 1058)

このエピソードは紛れもなくヴッツを想起させるものだが、ここでヴッツへの言及はなされていない。その代わりに語り手は、当時の少年のうちに「現在の当作家」が示されていると述べることで、作家ジャン・パウルの資質の芽生えを指摘している。このように語り手が過去の自己と現在の自己に連続性を見出しているることが、教育パートにおける人称の混在を説明する一つの理由となるだろう。三人称の使用に表われているのは過去の自己を対象化しようとする語り手の構えだが、教育パートにおける語り手は過去の自己を現在の自己と峻別していないために、この構えを貫くことができないのだ。

対して、牧歌パートにおいて三人称が貫かれるとき、そこでは主人公を対象化する態度が遵守されていると見てよい。牧歌の主人公パウルに対して、語り手は自己とパウルとを峻別する態度を崩さない。生活の喜びだけに視野を局限する語り手の「牧歌」的な姿勢も加わって、牧歌パートは、自伝の中にあってあたかも独立した虚構の作品であるかのような装いをまとっている。

三　超越性の経験

以上の考察を下地として、『自叙伝』におけるハイライトといえる自意識の目覚めの場面に検討を加えていきたい。

私の中で起こった、まだ誰にも語ったことのない現象を、私は決して忘れません。そのとき私は、私の自意識の誕生に立ち合ったのです。その時間と場所を私は挙げることができます。ある午前中のこと、とても小さい子どもの私は、玄関の扉の前に立って、左の薪置き場のほうを見ていました。すると突然、「ぼくはひとつの自我なのだ」という内なる視覚が、稲妻の光のように天から私の前にやってきたのです。それは光ったまま留まりました。私の自我はそのときはじめて、そして永遠に、自分自身を見たのです。この出来事に関して、想起による錯覚があったとはほとんど考えられません。人間のなかの、幕で隠された至聖所でだけ起こった出来事は、その新鮮さによって、あれほど日常的な副次的状況を記憶に留めさせたのです。この出来事に、よそからの語りが余計なものといっしょに入り込むことはできなかったのです。(I/6, 1061)

ここで語られているのは、少年ジャン・パウルが自己を対象化するきっかけとなった過去の経験である。私はひとつの自我なのだという意識とともに、少年は自己を対象として見ることを学んだ。こうした経験を語った直後から語り手が主人公に対して三人称を用い、さらに「パウル」という固有名を使用するようになるという点は確認しておかねばならない。自己を対象化するようになった経験を語ることが、語りの中で自己を対象化するという語り手の変化を引き出しているのだ。あるいは、事情は反対にも捉えうる。自己を対象化した牧歌パートを語るために、語り手は自己を対象化するきっかけとなった経験を語らねばならなかった。すなわち、語りの構成上、自意識の目覚めは牧歌パートの直前に置かれなければならなかったのである。

次に確認すべきは、この出来事が天からの啓示として語られているという点だ。自意識の誕生は、自身の内部が超越的なものとのつながりを持つという経験でもある。そしてこのとき、「左の薪置き場のほうを見て」いたというような「日常的な副次的状況」が記憶に留められる。超越的なものと日常的なものとが、ここで結びついている。

超越性との関わりへの言及は牧歌パートに入ってからも見られ、そこでも、上で確認したのと同様の特徴を観察することができる。

彼はある夏の日をまだ覚えています。その日、帰路についている二時ごろ、陽の注ぐ丘陵と、麦穂の実る畑を渡っていく波、そして雲の走りゆく影を見つめていたとき、彼を、経験したことのない、対象を欠いた憧憬が襲ったのです。それは純然たる苦痛とかすかな喜びが混じり合ったもので、想起を伴わない願望でした。ああ、生における天上的な財宝に憧れたのは、全的な人間でした。その財宝は、まだ特徴をもたず色彩のないまま、心の深く広い闇に横たわっていました。そして、差し込んだ日の光によって束の間照らされたのです。憧れの対象がまだ名前をもっておらず、憧れが自分自身を名乗ることしかできない、そういう時間があるものです。(I/6, 1077)

「対象を欠いた憧憬」、対象がまだ名前を持っていない憧れは、その対象の所在を明確に突き止めることができない。それが憧れているのは、「天上的な財宝」であると同時に、「心の広く深い闇」に存在するものでもある。ここには、心の内部と超越的なものとのつながりが示唆されている。そして、こうしたつながりが経験される際の具体的な状況への言及も欠けてはいない。

牧歌のパートを締めくくるクリスマスのエピソードは、まさにここまで述べてきたこととの関連においてこそ意味を帯びてくる。語り手は牧歌的生活の四季を冬から順に語りはじめたにも関わらず、クリスマスのエピソードを最後に置き、再び冬へと戻る。しかしそれは、喜びに満ちた牧歌的生活のハイライトとして、クリスマスの体験に末尾を飾らせるためではない。語られるのは、少年パウルがクリスマスに感じる憂愁、父親が見せる不可解な悲しみ、そして、幼子イエスの存在を否認せざるを得なかったときの落胆である。

しかし当時は、喜びの子どもらしい蜜とワインでさえ、贈り物をくれる幼子イエスへの信仰というエーテル的付加物を必要としました。超自然的なものではなく、人間だけが、喜びの花と果実を持ってきて食卓のうえに置くのだというのを、偶然にも彼が目で確かめてしまったとき、これらの花と果実からはエデンの芳香とエデンの輝きは失われ、拭い去られて、日常的な花壇がそこに残ったのです。それにしても信じがたいのは、彼が全ての子どもたちと同様、天への信仰を否定する者にいかに抵抗してきたか、そしてどれほど長いあいだ、彼が超自然的な啓示に固執してきたかです。それは年齢相応の理解力に反していましたし、偶然によるあらゆる示唆に反してもいました。最終的に彼が目撃し、そして打ち勝つというよりは打ちのめされることになるまでは。(I/6, 1085f.)

幼子イエスの否定というこの出来事が実際にいつ起こったかは問題ではない。超越的なものへの信仰を失うことで「打ちのめされた」経験、これを語るためにクリスマスのエピソードはあり、そしてそれは第二講義の最後に置かれる必要があった。天からの啓示としての自意識の目覚めを語ることで始められた牧歌は、超自然的なものへの信仰の喪失によって閉じられなければならなかったのだ。

超越的な経験、あるいは超自然的なものへの信仰は、おそらくジャン・パウルにとって、地上的なものに対する牧歌的な喜びと本質的につながっている。牧歌とは、超越的なものとのつながりを持ちえたあいだにだけ実現する、人生における稀有な時間を指すのである。

四　固有名「ハンス・パウル」

『自叙伝』の準備中から、語り手が少年期の自分について三人称で、しかも固有名を用いて語るという方針は固まっていた。「各講義で別の名前：フリッツ、パウルなど」（VA 21）、「各章で自分に異なる名を与えよ」（Vita 151）、「私の物語を語る者から、私は三人称で『ハンス』と呼ばれる」（Vita 224）、など。(9) これらの名はどれも、ジャン・パウルの本名「ヨーハン・フリードリヒ・パウル・リヒター」に対する呼び名として理解できる。しかし、なぜ語り手は三人称で、そして名前によって自分自身を呼ぶ必要があったのか。これについて示唆を与えるのは次のメモである。

三人称がもっともよい。常にこう言おう：私たちの主人公。［…］自己記述者としての私は自分に特別な名を与える。私がJ・P〔ジャン・パウル〕に対峙できるように。（Vita 338a）

お前のことを一貫してよそなる名前で語れ：主人公ハンス・パウル。（Vita 423）

ハンス・パウルという名は、ジャン・パウルが自己に「対峙できるように」選ばれた、「特別な名」、「よそなる名」であった。語り手としてのジャン・パウルが自己を対象化する構えを取ることはすでに見たとおりだが、この名が「特別な」、「よそなる」名であるとはどういうことか。

ここで参照したいのは、ジャン・パウルが、ハンス・パウルという名を作中で用いている別のケースである。この名は、『ジャン・パウルの手紙、およびこれから先の人生の履歴』（一七九八年）に現れている。

「ジャン・パウル・Fr・リヒター」と署名された架空の書簡、および将来の人生の自伝からなるこの作品には、ジャン・パウルから未来の息子に宛てた手紙が載せられている。この息子は後にジャン・パウルがもうける長男とは無関係の架空の存在であるが、この息子にジャン・パウルは「ハンス・パウル」と呼びかけているのである。これが「哲学についての書簡」と名付けられている点も興味深い。なぜなら、『自叙伝』における自意識の目覚めも、少年期における哲学的な思索の才能への言及をきっかけとして語られるからだ。

虚構の存在である息子に向けてジャン・パウルが語るのは、哲学における「消極的な頭脳（negative[r] Kopf）」と「積極的な頭脳（positive[r] Kopf）」の対比である（I/4, 1016）。消極的頭脳もしくは「批判的頭脳」とは、例えば「ヴォルフ主義者」がそうするように、「魂の全体」を「表象力へと鍍金し、平板化し、透明なものとして呈示する」ような、あるいは「エルヴェシウス」のように「名誉心」や「倫理性」を「五感という五執政職」へと「あく抜きして変化させる」ような人物たち、つまりは唯物論者である（I/4, 1018）。対して積極的頭脳とは、「外部世界とともに作り出された内部世界の父親」であり、これはつまり、魂や精神といった「曖昧な（dunk[el]）観念」を、唯物論者のように「明晰な（klar）」観念へと解体することなく、「ある種の直観」によって捉える、そうした人物たちである（I/4, 1016）。ここで説かれるのはつまり心身問題であり、手紙の書き手リヒターは、唯物論者から距離を置き、魂や精神の実在を積極的に肯定する思想を支持せよと息子ハンスに諭すのである。同様の主題は『カンパンの谷』（一七九七年）や『美学入門』（一八〇四年）でも取り上げられており、魂や精神を物質へと還元させようとする当時の唯物論的思潮に対抗することは、ジャン・パウルにとって生涯の重要な課題であった。ただし、この課題を解決するための論拠はその都度異なるものが選ばれる。この問題は、一定の答えが与えられ得ないからこそ常に解決のための思索を要求する、という性質をもっているのである。魂の実在性の問題は、いわば解決不能な異物としてジャン・パウルにまとわりつづけた。固有名「ハンス・パウル」は、こうした異物的な問いに対処する際に呼び出される「よそなる名」である。

次に取り上げたいのは、ハンス・パウル同様にジャン・パウルという名の転用である「ヨハンナ・パウリーネ」のケースである。『ジーベンケース』の物語仕立ての序言に登場するこの女性は、作家ジャン・パウルのよき理解者として、大晦日の夜、作家自身による『ジーベンケース』の朗読を聞く。しかしこの行為がパウリーネの父親の機嫌を損ね、作家は外に追い出されてしまう。作家は、もう二度とパウリーネに会えることはないだろうという予感を抱きながら夜空の下を歩き、不意に、自我についての想念に捉われる。

しかし外で、ほのかに光る天の下、星を散らした広大な動かぬ平面に囲まれた雪山のうえに立つと、自我（das Ich）はその〔観察の〕対象から身をほどいた。そうした対象においては、自我は一つの特性でしかない。そして自我は一個の人格となり、私は、私自身を見た。時間の節目のすべて、あらゆる元日と誕生日は、人間を、その周囲の波よりも高くへと引き上げる。(I/2, 138)

ここでは、自分自身を見るという経験と、時間の節目に対する意識の先鋭化とが、共時的に現れている。そしてこの共時的現象にはさらに、死に関わる想念が随伴している。というのは、新年を告げる大晦日の鐘を聞きながら歩く語り手ジャン・パウルは、息子を戦争で失った男を見かけ、その男にこう胸のうちで語りかけるのだ。

「制限のうちにある、不安げな魂よ」と私は考えた、「どうして、傷を負った未来の死者たちや、四肢なきまま眠るお前の息子たちが、明るく静かな夜を越えて進んでいかねばならないのか。〔…〕背後に死と未来とが立つ形なき巨大な雲は、そのそばに我々が近づくと、それ自身が死と未来となるだろう。

(I/2, 139f.)

年を区切る境界である大晦日に死の想念が襲う、という構図は、『ジーベンケース』本編第九章における主人公の体験を正確に予示している。魂の不死性の観念を核として『ジーベンケース』本編に繰り返し現れる死の想念は、上記の引用のような疑問形の文を常に伴いつつ、答えは決して与えられないままに、主人公の心を陰鬱に苦しめる。魂の不死性は、精神の実在性とともに、ジャン・パウル作品において繰り返し主題化される観念である。固有名ヨハンナ・パウリーネは、ハンス・パウルと同様に、そうしたいわば異物的な観念に作家が向き合うための名前なのであり、その意味でこの名は「特別な名」、「よそなる名」である。

以上の考察を『自叙伝』に適用するなら、牧歌パートにおいて固有名ハンス・パウルが用いられるときにもまた、そこには、ジャン・パウルに常に謎をなげかける問いを含んだなにか、すなわち異物的なものが、現れているはずだ。そうした異物的なものとは、超越的なものと地上的な喜びがつながりを持つ類まれな時間、すなわち「牧歌」そのものを措いて他にはないだろう。

幼年期の思い出が詩的想像力の源泉であるとはジャン・パウルが飽かず説き続けるところだが、その理由を解き明かそうとするとき、ジャン・パウルの筆致は及び腰である。たとえば、詩的想像力を主題としたエッセイ「想像力の自然的魔術について」の一節を見てみよう。

幼年期の思い出が我々を元気づけることができるのは、どの年齢についても残っているような思い出としてではない。幼年期が我々を元気づける理由は、幼年期の思い出の魔術的な暗さや、無限の享受を当時子どもらしく期待していたことへの追憶が、［…］無限定なものへの我々の感覚をくすぐるという点にあるに違いない。(I/4, 202)

幼年期がポエジーの源泉であることの理由は、「魔術的な暗さ」や「無限定なものへの我々の感覚」といった、明瞭さを欠いた言葉をもって、推察として語られるほかはなかった。ジャン・パウルにとって幼年期の記憶は、心身問題や魂の不死性の観念と同様、解決しえない謎を抱えた異物なのだ。

五　そして一人称へ

先述したように、牧歌の終了と同時に第二講義は閉じられ、一二歳以降を過ごした町シュヴァルツェンバッハに舞台は移る。ここでもはじめのうちパウルという呼称が維持されるが、若い牧師補フェルケルとの出会いが語られると同時に、三人称の語りは一人称へと明確に切り替わる。すなわち、フェルケルへの言及が始まる段落から、それまでは現在の語り手を指していた「私」という代名詞は少年ジャン・パウルを、パウルのことを指していた「彼」という代名詞はフェルケルを指すようになる。この交替は唐突ではあるが目立たない形で行われ、そこから先は一人称が貫徹される。

語り手が好意にあふれた筆致で述べるところによれば、フェルケルの教育は、ジャン・パウルにとって極めて有益なものだった。フェルケルの担当科目は哲学と地理学だったが、おそらく少年ジャン・パウルにとって何よりも重要だったのは、神の存在を哲学的に証明する理神論を教授されたことだった。

それだけにますます、私はこの善良な牧師補に、ドイツ語の文体への手ほどきを与えてくれたことを感謝するのです。この手ほどきは、いわゆる［自然］[10]神学への手ほどきにほかならないものでした。すなわち彼は、神が存在する、もしくは摂理が存在する等のことを、聖書なしで証明するよう私に課したのです。（I/6, 1093）

超越的なものに対する素朴な信仰を失った少年期のジャン・パウルは、フェルケルの手ほどきを受けて、神の存在を理性的に証明する術を手に入れた。ジャン・パウルが理神論に大きな影響を受けたことは確認された事実であるが、(11) その最初の影響はフェルケルよりもたらされた。三人称から一人称への切り替えが生じる理由は、ここに求められるだろう。すなわち、教育パートで語られる文字や書籍への愛好と同様に、第三講義でのフェルケルを通じた理神論は現在の語り手の基礎を形成するものであり、それゆえに、両箇所において少年ジャン・パウルは語り手の現在との連続性のうちに置かれ、一人称により指示される対象となるのだ。

しかしジャン・パウルは、一人称で語られる過去の自己に関して、もはや自伝を書き続けることはできなかった。一八一八年から一九年にかけての冬に『自叙伝』に集中して取り組んだのち、ジャン・パウルは執筆を中断する。(12) そして、自伝用ノート（Vita-Buch）への書き込みを継続する以上にはほとんどなにもせぬまま、死を迎える。この中断の理由はおそらく、準備ノートに繰り返し書き記された、自伝執筆への抵抗感に求められるだろう。

私が私の人生を書き留め始めたとき、どれほど自分自身に対して冷淡な気持ちだったか、人が知ったとしたら。［…］（VA 41）

私には、私がなしてきたことと比して、労力をかける価値などない。（VA 44）

私は世界中のどんなことについても喜んで真面目に語りたい、私について以外ならば。(VA 45)

ジャン・パウルは、自伝の対象としての自己に価値を認めることができなかった。さりとて自伝には創作を交えることもできず、「記憶に奴隷のごとくしたがって書く」(VA 63) よう求められる。一人称の「私」について書くことは苦痛でしかない。

これは、「私」自身への忌避として理解されるべきではない。なぜなら、教育パートやフェルケルとの出会いにおける「私」について、語り手は否定的感情を一切示していないからだ。忌避されているのは、現在の自己との連続性のうちにある過去の自己について語るという行為そのものである。

翻って、ヨーディッツでの幼年期が三人称によって語られるのはなぜか。ここまで述べてきたことに従えば、この問いに対しては次のような答えが導かれるだろう。幼年期は、詩的想像力の源泉として、現在の語り手にとって異質性を帯びているがゆえに、三人称で語られるのである。しかしこう結論づける前に、我々に残されたもう一つ別の問いに立ち返らなければならない。すなわち、なぜ語り手は幼年期を描く牧歌パートにおいて生活の暗い側面を排除しようとするのかという、第二節で提示した問いである。

多少の推察も交えざるを得ないが、この問いに対する回答を試みよう。第四節で見たように、詩的想像力の源泉としての幼年期がジャン・パウルにとって異物性を伴った一つの謎であったことは確かである。しかし幼年期の記憶であっても、窮乏した生活に由来する暗い記憶は、異物的であるよりむしろ、痛みを生々しく感じさせることによって現在と過去の連続性を強調する作用をもたらしたはずだ。だから語り手は、幼年期の異質性を際立たせるために、暗い記憶を排除して、想像力の源泉としての幼年期のみに焦点を合わせるという「牧歌」的な手段を用いた。

このように考えるなら、三人称で語り、固有名を自己に関して用いるという語りの方法もまた、幼年期を異質なものとして描き出そうという意図に導かれたものと解することができる。一人称の「私」において保証されていた語る自己と語られる自己との同一性が三人称の使用によって断ち切られ、さらに固有名「パウル」が用いられることで、語られる自己はより一層、現在の語り手から断絶された位置に置かれる。

本書序論で前田が述べるように、固有名には、ある意味で必然的な不確かさがつきまとっている。代名詞の「私」がもつ確実な指示性に代わって、固有名には、指示に失敗する可能性が潜在しているのだ。ならば、固有名パウルを用いる語り手は、指示作用の不確かさを逆手にとってパウルを語り手自身から切り離し、牧歌の主人公として自立させようとしていた、と考えることもできよう。超越的なものとのつながりを持っていた幼年期を現在の自己とは隔絶したものと捉え、これを一つの虚構的な牧歌に仕立て上げる。これがジャン・パウルによる自伝の方法なのであり、固有名「パウル」は、こうした方法を象徴的に示している。

注

（1） ジャン・パウル作品からの引用は次の版により、括弧内に巻数とページ数を記す。Jean Paul: Sämtliche Werke. Hg.von Norbert Miller. München (Hanser) 1970.

（2） Ralf Simon: Zwei Studien über Autobiographik. II: Jean Pauls inszenierte Autobiographik. In: Jahrbuch der Jean-Paul-Gesellschaft, Jg. 29 (1994), S. 131–143.

（3） Helmut Pfotenhauer: Jean Paul. Das Leben als Schreiben. München (Hanser) 2013, S. 23.

（4） Simon, a. a. O., S. 138.

（5） Vgl. Günter de Bruyn: Das Leben des Jean Paul Richter. Eine Biographie. Frankfurt am Main (Fischer) 1991, S.17f., Michael

Zaremba: Jean Paul. Dichter und Philosoph. Eine Biographie. Wien Köln Weimar (Böhlau) 2012, S. 39.

（6）牧歌的語りのうちにも「少年期に体験された不安やプレッシャーについての意識下の苦痛」が隠しきれていないとするツァレンバの主張は、語り手による隠蔽の意志を前提しているという点において、本稿の主張と重なる。Vgl. Zaremba, a. a. O., S. 267.

（7）Werner Wilhelm Schnabel: Erzählerische Willkür oder säkularisiertes Strukturmodell? Jean Pauls „Leben des vergnügten Schulmeisterlein Maria Wutz in Auenthal“ und die biographische Form. In: Athenäum. Jahrbuch für Romantik 11, 2001, S. 139–158, hier: S. 141.

（8）ここで述べられているのは、語り手の言葉遣いを忠実に受け止めた場合の解釈である。オルトリープは後述する本作りのエピソードとともに、「家庭および片隅への感覚」をも作家ジャン・パウルの本質的特徴をなすものとして描き出しており、論者もこれを支持する。しかしここでの問題は、語り手ジャン・パウルが、「家庭および片隅への感覚」を現在の自分が受け継いだのだ、とはあえて書いていないという点である。Cornelia Ortlieb: »Papierne Geniste«. Jean Pauls Materialien des Schreibens und Büchermachens. In: Jean Paul, der Fremde. Hg. von Gunner Och und Georg Seiderer, Würzburg (Königshausen & Neumann) 2014, S. 27–49, hier: S. 44ff.

（9）自叙伝の準備ノートおよび自伝用のメモノート（Vita-Buch）からの引用は次の文献に拠る。Jean Paul: Lebenserschreibung. Hg. von Helmut Pfotenhauer, München (Hanser) 2004. 準備ノートからの引用はVA, Vita-Buchからの引用はVitaとカッコ内に表記したうえで番号を記す。なお、この番号は歴史批判版全集に依拠したものである。

（10）この追加の文言は歴史批判版全集の編者ベーレントによるものである。

（11）Götz Müller: Jean Pauls „Rede des toten Christus vom Weltgebäude herab, daß kein Gott sei“. In: Ders: Jean Paul im Kontext. Würzburg (Königshausen und Neumann) 1996, S. 104–124.

（12）『自叙伝』の執筆過程における紆余曲折については次の論考一二〇頁以下を参照。藤瀬久美子「ジャン・パウルの『自叙伝』について」、『四日市大学論集』第十五巻第一号、二〇〇二年、一一一頁―一二六頁。

第八章　ホフマンとディドロ

――継承と呼応

宮田眞治

ホフマン（一七七六―一八二二）とディドロ（一七一三―一七八四）、二つのよく知られた固有名が並置されるとき、そこから先に展開される論のいくつものパターンが喚起される。二人の人間の生涯が対比されるのか、それぞれの作品が対比されるのか、影響関係が存在するか、一方が他方の作品を読んだ時の反応などが残されているのか、等々。

〈実在の人物の名が作品中でどのような役割を演じるか〉に注目する以下の叙述でも、そうしたパターンのいくつかがなぞられることになるだろう。まず、直接的な影響関係が確認される作品のペアを取り上げる。つづいて、そのような影響関係は存在しえず、しかし不思議な呼応関係が見出せるように思われる作品のペアへと進みたい。

一　〈継承〉——『ラモーの甥』と『騎士グルック』

ディドロの『ラモーの甥（*Le Neveu de Rameau*）』（一七六一—一七六二年、一七七三—一七七四年、一七七八—一七八二年）は、ゲーテによる翻訳として一八〇五年に初めて世に知られた。[1] ホフマンが愛読したのも、この版である。[2] 大作曲家ラモーの甥と〈私〉の対話のなかで、寄食していた金持ちの家を追い出され、行き場を失ったばかりである〈甥〉の饒舌を通して、アンシャン・レジームの社会と人間を強烈な光のなかに浮かび上がらせ、「最後に笑うものが大いに笑うでしょうよ」[3] という最後の台詞が一種の予言性をも帯びるに至ったこの作品は、ヘーゲルが『精神現象学』で徹底的な分析を施したことでも有名になった。[4]

まず素朴な確認をしておく必要がある。〈ラモーの甥〉という呼称は固有名ではない。実在の人物としてはジャン゠フランソワ・ラモーという名を持ち、「ラモー」は自らの名でもあるのだが、「ラモーの甥」と呼ばれるときには、「あの」ラモー、すなわち大作曲家ジャン゠フィリップ・ラモーの甥という存在となってしまう。そのとき、この固有名「ラモー」は、いわば伯父に奪われてしまっている。

一方で、この作品には固有名が頻出する。それらは、ある集団の代表者たちの名である。ベルタンやブーレ（ブルジョワの代表）、パリソ（寄食者）、ユス（役者）、タンサン侯爵夫人やポンパドール侯爵夫人（サロン人）、フォントネル、ヴォルテール、ダランベール（哲学者）。「ラモー」という名も、もちろん音楽家を代表している。しかし、「ラモーの甥」がそうした人間たちに「ラモー！」と呼ばれるとき、この名は何も代表していない。「あのラモーではないこと」を示すその名は、むしろ〈何ものでもないこと〉を体現している。

その彼にとって、「ラモー」という名は、あまりにも大きく、呪いでもある。彼はこう語る。

それから、わしのもってる名前は？　ラモー！　このラモーと呼ばれることが、じゃまっけでね。［…］親父の名声だけでも手に入れるには、父親よりか有能でなくちゃならないんです。父親の繊維《フィーブル》をうけついでいなくちゃなりません。だが、その繊維《フィーブル》がわしには欠けていたってわけです。(5)

〈名の重さ〉につぶされた無名の、〈何ものでもない〉人間は、何をするか。彼は膨大な名を挙げながら、その人物を論評し、嘲笑し、自嘲し、さまざまなパントマイムを演じて見せる。(6)そのパントマイムをきっかけに「私」が、国王も、大臣も、修道院長も、みな同じようにパントマイムを演じるのだ、などと話しているあいだも、「私」の挙げた名に反応して、すかさずその人物をパントマイムで表現して見せるのである。

　ものにならなかった音楽家である彼にとって、自らも共有している名が体現する芸術は、手の届かないものだ。崇拝の対象でありながら、現実には生み出すことのできない音楽を、彼は全身で——語りや身振りや口真似で——奏でて見せる。(7)そこには空想の音楽、〈虚〉の音楽が現出する。それは「あのラモーならざるラモー」という、欠如存在にふさわしい振る舞いなのである。

　ホフマンの『騎士グルック』でも、天候の描写にはじまり、群衆が描写され、つづいて〈私〉が導入される——『ラモーの甥』ときわめて似たセッティングで作品は始まる。

　「ラモーの甥」が語り手にとって周知の人物だったのとはことなり、ホフマンのテクストにおいて〈私〉が出会った未知の人物は、最後まで未知の人物であり続ける。ティアーガルテンでの初めての出会い、それから数時間後、ブランデンブルク門の近くでの再会、そして数か月後、この人物の自宅でのクライマックスと、その邂逅は、場所を変えながら繰り返される。その分散性は、カフェ・ド・ラ・レジャンスで「ある日の午後」〈私〉が話しかけられ、「五時半」にこの人物がオペラ座へ行くというので会話を切り上げるまでに時間と空間を限定された、まるで一幕物の芝居の様な『ラモーの甥』の集中性と対照的である。そのような限定された場で、当時のパリのさまざまな階層の人間たちを標的にしつつ、学問・芸術・政治・経済・道徳など多種多様な領域に踏み込んでいく『ラモーの甥』とまたしても対照的に、『騎士グルック』ではひたすら音楽が問題とされる。この未知の人物は、演奏されているグルックの曲に独自のヴァリエーションを加えながら、いわばいっそう本物の作品を作り出す――その描写は『ラモーの甥』に非常に似ている――かと思えば、語り手を自宅に招き、ピアノを前にグルックの全集を開き、語り手に楽譜をめくる作業を命じつつ――そしてこの楽譜に音譜は書かれていない――新たな作品を創造して見せる。そして本文最後はこうである。

［…］私は我を忘れた。演奏を終えたとき、私はその腕に飛び込んで、押し殺した声で叫んだ。「これはどうしたことです？　あなたは誰ですか？」――

男は立ち上がり、厳粛な、貫くようなまなざしで私をじっとみつめた。さらに尋ねようとすると、明かりをもってドアから姿を消した。私は暗闇に置き去りにされた。十五分は過ぎたろうか、男にまた会えるとは思えなくなり、ドアを開けるため、ピアノの場所を手掛かりにそこまで行こうとした。と、そのとき、刺繍入りの大礼服姿に、たっぷりとしたヴェストを身につけ、腰には剣を帯び、明かりを手に彼が入ってきた。

私は驚愕した。厳粛な態度で私のところへ来ると、やさしく手を握り、奇妙な微笑を浮かべ、男はこう言った。「私が騎士グルックなのだよ！」(8)

初めて読む読者も、タイトルからこの人物が「騎士グルック」であると推定しながら読み進めるのが普通だろうが、それでもこの名乗りは不思議な効果を持っている。〈騎士グルックであると名乗るこの男が本当は何者であると読めるか〉、について、幽霊、狂人、語り手の空想、〈作者〉の創造性を体現するものなど、多くの説が出されてきた。[9]それらの議論はすべて、このラストの名乗りを前提にしている。しかしこの名乗りが持つ効果は、この名乗りで作品が終わるという事実と切り離すことはできない。〈この男の正体〉について論じることと、〈名乗りの効果〉について論じることは同じことではないのだ。問題とされるべきは、〈狂人／幽霊／空想〉といった選択肢の間での判断を迫られる前に読者を襲う軽いショック効果であり、それは判断を下すことへのためらい・宙づりとしての〈幻想〉[10]と同一視することはできない。

この効果をねらうように、「名前」へ読者の注意を喚起しつつ、いくつも布石が打たれている。最初の出会いではこの人物が「お互い、名など訊ねないこととしましょう。ときには名など厄介なものですからな」[11]――〈名の厄介さ〉という言葉は、先に引用した『ラモーの甥』における甥ラモーの科白を想起させる――と先回りして問いを封じる。二度目の出会いでは、モーツァルトの作品は確かにないがしろにされているが、グルックの作品はそれにふさわしく上演されている、と語る語り手に対し、この男はこう返答する。

そうお思いですか？――かつて『タウリスのイフィゲーニア（Iphigenia in Tauris）』を聴こうと思ったことがありましてな。[12]劇場へ入ってみると『アウリスのイフィゲーニア（Iphigenia in Auris）』の序曲が聞こえてきたんです。おや、まちがったな、こちらのイフィゲーニアをやるのか！と思ったものの、『タウリスのイフィゲーニア』冒頭のアンダンテが始まって、そこに嵐が続いたのにはたまげてしまう。この二つの間には二十年の時があるのです！　この悲劇の効果のすべて、うまく計算された提示部の全体がだいなしだ［…］。[13]

ここでは一文字の違いと二十年という時の流れが強調されている。そんなに隔たった作品をごちゃまぜにしてしまう乱暴な上演が批判されると同時に、このエピソードによって〈名〉そのものがきわだたせられている。

そして、定冠詞の効果がある。「あなたは誰なのですか」という問いかけに対する、男の返答は Ich bin der Ritter Gluck! というものだ。さきほどは「私が騎士グルックなのだよ！」と訳しておいたが、虚構内現実のレベルに定位したとき、たった今投げかけられた質問に対する返答として、この格助詞「が」には若干の不自然さがある。といって、「私は騎士グルックなのだよ」とすると、これももの足りない。これには理由がある。本文を閉じるこの名乗りは、無冠詞でタイトルとなっていた『騎士グルック（Ritter Gluck）』を反復するものなのである。この名乗りによって、虚構内現実の水準で自らに名を与えるとともに、男はパラテクストであるタイトルに自らを結び付けていることになる。この定冠詞が、日本語の〈が〉に相当していると言えるだろう。

この「騎士グルック」という称号はホフマンによるものではない。一七五六年にベネディクト十四世に勲章を授与されて以来、彼はそう呼ばれていたし、一七七六年の『トイッチェ・メルクーア』に掲載された『アウリスのイフィゲーニア』の批評でも「騎士グルック氏による（von Herrn Ritter Gluck）」と書かれ[14]、一七九一年の『新トイッチェ・メルクーア』にはこのタイトルのグルック論が掲載されている[15]。彼は、この名乗りによって、パラテクスト的な連関だけではなく、インターテクスト的な連関も作り出していることになる。レフェランないしは象徴性のレベルにおいて〈何者であるか〉ということより、彼が何よりも言語的存在であるということが、定冠詞・パラテクスト・インターテクストによって強調されているのである。「私が騎士グルックなのだよ」という宣言を読むときに読者の覚える軽いショックは、〈人間〉としてのアイデンティティをめぐる問いの水準から、言語による存在としての自己という水準へ登場人物が歩み出た瞬間に作品が閉じられる、という事実に由来しているのかもしれない。

そもそもこの作品は、音楽論・エッセイとして構想されたようだ。この作品が最初に掲載された（一八〇九年二月十五日）『音楽新報（Allgemeine Musikalische Zeitung）』の発行人ロホリッツの記事「癲狂院を訪れて」という一八〇四年の記事に登場する、ある精神病患者のピアノ演奏の描写がヒントになったと、ホフマン自身がロホリッツへの手紙で――記事のタイトルなど詳細は省略して――打ち明けている。[16] この人物を造形する出発点には、やはり妄想があったことになる。そこに、一人の特異なキャラクターの口から、現代の音楽状況への批判を語らせるという『ラモーの甥』に触発された仕掛けを組み込むことで作品の骨格は成立した。しかしそれは独自の「小説」となった。

その際、ホフマンはディドロの作品世界を、いわば決定的に〈狭め〉ている。すでに述べたように、「甥」の空想上の演奏は、さまざまなブルジョワや貴族や寄食者のパントマイムの一環をなすものだったのに対し、『騎士グルック』は徹頭徹尾音楽に捧げられている。また、「何者でもない」ラモーの甥の舌鋒は社会のあらゆる階層へ向けられるのに対し、『騎士グルック』における謎の男の語りには、音楽の精髄とでも言うべきものへの接近と、そこからの追放、そして再上昇への渇望という、いわば神話化された垂直的運動が賦与されている。「ラモーと呼ばれる、何者でもない男」に代えて、「グルックと名乗る、何者とも知れない男」が導入され、ディドロの作品が持つ〈終わりらしくない終わり〉は、命名の儀式による〈これ以上はないきっぱりとした終わり〉に置き換えられた。その際、パラテクストと呼応させることにより〈閉じ〉られた作品は、インターテクスチュアルな連関のなかへ〈開かれ〉ることとなった。

「私が騎士グルックなのだよ」という名乗りが、ある一つの空間を開いたとは言えないだろうか。ホフマンは、ある時から、この空間を自らの文学の営みを展開する空間と見定めていたようである。

二 〈呼応〉――『蚤の親方』と『ダランベールの夢』

ひとつの名乗りによって開かれた空間で展開された文学の営みの、ほぼ最後に書かれた長編小説『蚤の親方（Meister Floh）』（一八二二年）は、全編名乗りに満ちたテクストである。[17] ひょんなことから主人公ペレグリヌス・テュスのもとに滞在することとなった知恵ある「蚤の親方」をめぐって、色仕掛けでせまる美女や因縁のライバルである学者たちが争奪戦を繰り広げ、そこに二組のカップルの恋物語が絡む――一方は「市民的な」家庭を築き、他方は恋の成就と翌朝の死という「愛と死」のトポスにかなった結末を迎える――という物語にあって、幻想の世界ファマグスタと、虚構世界としてのフランクフルトが、作品を構成する二つの世界であり、登場人物はこの二つの世界それぞれにアイデンティティを有している。その対応関係は次のようになる。

〈虚構世界としてのフランクフルト〉	〈ファマグスタ〉	〈虚構外の現実〉
ペレグリヌス・テュス	↓セカキス王	
デルティエ・エルファーディング	↓ガマヘー王女	
ゲオルク・ペプシュ	↓薊のツェヘリト	
レジェニ（バレエ監督）	↓守護神テーテル	
エーゲル（税関吏）	↓蛭王子	
老アリーヌ	↓（ゴルコンダ女王）	
レーウェンフック（蚤の曲芸師）	↓賢者	↓レーウェンフック

スワンメルダム
↓賢者
↓スワンメルダム

プロットは、ほとんどが〈名乗り〉と〈隠されていたアイデンティティの暴露〉をめぐって進行していく。その中には、「私こそ薊のツェヘリト、ガマヘー王女が横になられたその場に植わっていたものです」と名乗るペプシュに対し、蚤の曲芸師が「ペプシュ君、気は確かかね。薊のツェヘリトは、遠くインドの、それも高い山々に囲まれた美しい谷に咲くのだぞ。この世の最も賢明なる魔術師たちが時に集う谷だ。それについてなら、文書管理官リントホルストが一番よく教えてくれるはずだ(18)」と返答するような場面もある。登場人物に茶々を入れさせながら、別の自作――『黄金の壺』――への目配せが仕掛けられていることになる。こうした細部は、饒舌な語り手の導入と相まって、これがさまざまな約束事と意識的に戯れてみせる作品であることを印象付ける。語り手は、「昔々（Es war einmal –）」と作品を始めながら、「出来事の渦中での《メディアース・イン・レース》」始まりを期待する読者の不満を即座にシミュレートしてみせたうえで、「この始まり方こそ、どんな物語においても最良のもの」だと言い張ったかと思えば、「この蚤の親方のメルヒェンの編纂者（Herausgeber）」と自己紹介した直後に「作者は（すなわち編纂者は、ということだが）」という挿入句によって近代小説の大きな型の一つである〈編纂者という虚構（Herausgeberfiktion）〉をあっけらかんと演じてみせたりするのである(19)。

さまざまな約束事に対するくすぐりが投入される中、二つの世界の対応関係が次第に明らかとなるという形で話は進行するのだが、この律義な対応関係に収まりきれない人物が二人いる。レーウェンフックとスワンメルダムである。彼らも素性を自身で暴露する。

レーウェンフック：ペプシュ君、君こそわが真の友だ。なぜなら、このフランクフルトの町全体で知っているのは君だけだからな――私が一七二五年以来デルフトの古い教会墓地に葬られているということを。［…］——時にはわしにも、自分がデルフトに埋葬されたあのアントン・ファン・レーウェンフック本人であることがどうしても得心いかんこともある。それでも、自分の仕事を眺め、わが生涯を顧みるに、やはりそう信じないわけにはいかん。それゆえ、世間がそれを話題にしないことはまったくもってありがたいことだよ。[20]

スワンメルダム：このこと〔レーウェンフックが本人であること〕をまず御信じください。でないと、まだお疑いになられるでしょうからな、私が、［…］じつのところかの有名なスワンメルダムその人であることをね。私は一六八〇年に死んだとみな言いますが、ご覧のように、テュスさん、私は生きて健康な姿であなたの前に立っておりますぞ。そして私が本当に私であるということを、どんな単細胞に対してだってわが『自然の書』をもって証明して見せましょう。さあ、お信じいただけましょうな。[21]

このように、一方は自らの「死」をひとまずは承認し、もう一方はそれを正面切って否定するわけだが、いずれにせよ、虚構内現実の水準で彼らの生に整合性が与えることはないまま、彼らは、自分や相手を「あのレーウェンフック、かの有名なスワンメルダム」と呼ぶ。生物学史上に名高いアントーニ・ファン・レーウェンフック（Antonie van Leeuwenhoek 一六三二—一七二三）とヤン・スワンメルダム（Jan Swammerdam 一六三七—一六八〇）当人だと主張するのだ（ただし、レーウェンフクの綴りは Anton von Leuwenhöck とドイツ語化され、スワンメルダムはこの虚構のフランクフルトでは「スワンメル」と自称しているのだが）。

それでは、この作品世界の中でこの二人はどのように振舞うか。彼らは、その名にふさわしい——というのは、その名で連想されること、という意味だが——道具を用い、自らの名がまとっているものを、誇張するように改めて自分にまとって見せる。いわば、ラモーの甥が演じたパントマイムを、自分自身を対象として演じているようなのである。

例えば、レーウェンフックは蚤のサーカスの団長として登場するのだが、以下の場面は、ちょうど満場の客をグロテスクなイメージを用いて追い出したところである。

広間を覗くと、人々が恐怖に駆られ逃げ出した原因がペプシュ君にはすぐにわかった。すべてが生きていた。なんともおぞましい生き物が群がりあって空間を埋め尽くし、吐き気を起させるほどだ。とんでもない大きさにまで拡大されたアブラムシ、甲虫、蜘蛛、泥蟲の族が吻管を突き出した。〔…〕その間を埋めるように、線虫や、糊虫や無数の触手を持ったポリプが絡み合い、隙間という隙間から、滴虫がゆがんだ人間じみた顔をのぞかせていた。(22)〔…〕

ここで光学機械によるファンタスマゴリーとして(23)投影されているのは、拡大された微生物や動物の器官といった博物学的図像である。

そもそも彼らはファマグスタでガマヘー王女の蘇生に共に携わり、いわば成功したその実験のパテントをめぐって争っているのだが、その対決は次のように描かれる。

レーウェンフックは敵スワンメルダムの姿を見ると、最後の力を振り絞りペレグリヌスの手から逃れ、美女の囚われた不吉なる部屋のドアのところまで駆け戻ると、そこに立ちはだかった。／スワンメルダムはこれを見て、懐から小さな望遠鏡を取り出し、長く伸ばすと、大音声で呼ばわりながら敵のもとへ歩み寄った。「抜け！　おまえに勇気があるならば！」／すぐにレーウェンフックも似た道具をその手に握り、同じように長く伸ばして叫んだ。「来い！　わが力、思い知らせてやるわ！」――両者は望遠鏡を目に当てると、互いに一撃必殺の技を繰り出していった。武器を押し込んだり、引っ張り出したりして、伸ばしたり、縮めたりするのが、その技だった。[24]

この二つの名前が当時喚起したもの、それは顕微鏡であり、顕微鏡が開いたミクロの世界である。未知なるミクロの世界へ探求のまなざしを向ける学者同士の争いが、光学機械――ここでは望遠鏡[25]に置き換えられている――によって強化されたまなざしを武器としての戦いへカリカチュアライズされている。このライバル関係は、発生をめぐる学説史に対応してもいる。現実のレーウェンフックとスワンメルダムは前成説の主導者として知られたが、生命体は縮小した形で精子に内包されていると考えるか、卵子に内包されると考えるかで対立してもいたのだった[26]。このように、いわば彼らの名に関して、読者が持っていると想定される知識が、彼らの持つ道具や、振る舞いや、人間関係の基本となっているのである。彼らは、あくまで〈通念・図像的記憶・学説史に由来する知識とイメージの束〉として存在させられている。

当時は、〈ある自然現象と、それを中核とする一つの自然像ないしそれにもとづいた実践が、人名とセットになる形で命名される〉ことがよくあった。ガルヴァニズム、メスメリズム、ブラウニズムなどである。この作品のなかでのレーウェンフックとスワンメルダムのあり様は、いわばガルヴァーニ、メスマー、ブラウンをガルヴァニズム的、メスメリズム的、ブラウニズム的存在に変換したようなものと言えるだろう。

実在の学者を作品に登場させるにあたり、これと対照的な方法を取っているのが、ディドロの『ダランベールの夢（*Le Rêve de d'Alembert*）』（一七六九）、正確には「ダランベールとディドロとの対談」、「ダランベールの夢」、「対談の続き」という三部からなる作品である[27]。最初の「対談」では、ディドロの基本的観念の一つである「感性」をめぐって対話は展開するが、ダランベールはディドロの議論に対しては終止懐疑的である。そのダランベールに向けて、去り際にディドロは、今晩この対話のことを夢に見るだろうと予言する。「ダランベールの夢」の冒頭から、ダランベールは眠っている。その譫言を聴き、書き留めて置いた女友達のレスピナッス嬢と、彼女に呼ばれた医師のボルドゥー——ちなみにこの二人も実在の人物である——の対話で第二部は始まり、さらにダランベールの譫言と、それを受けた二人の対話、最後に目覚めたダランベールと二人の対話と続く。その主題は、登場人物によって、こう要約されている。

レスピナッス嬢：何を重大な題目とお呼びになりますの？

ボルドゥー：そりゃあ、感性一般、〔すべての生物に具わる〕感覚を持つ存在の形成、それの統一性、動物の起源、その存続期間や、それに関連するすべての問題のことです。[28]

これらについて、主として生物の領域から採られたさまざまなイメージに満ちた語りが展開される。科学の領域で自らの名が喚起するものをオーヴァーアクト気味に演じさせられるレーウェンフックとスワンメルダムに対し、ダランベールがどのような意味で〈対照的〉な存在となっているのか。彼は、自らが体現する学の領域とはまったく異なった領域——それは図らずもレーウェンフックとスワンメルダムにとっての本来の活動領域でもあるのだが——へ移しこまれるのである。『百科全書』序論に展開されるような、整然とした知の体系化を志向するこの数学者に、ディドロはメタモルフォーゼに満ち満ちた生のヴィジョンを、夢の譫言として語らせる。彼が語り、目撃するものは、ミツバチの群れであり、ポリプであり、そして顕微鏡の中の微生物である。それは身振りも伴っている（「右手で顕微鏡の筒の形を真似し、わたくし〔レスピナッス嬢〕の考えでは左手で何か壺の口の形をされました。それからその筒を通して壺のなかをのぞきこんでこうおいいになりました。「〔…〕見える、見える。ずいぶんいるな！」」）。[29] さらにそこから、「発酵」[30]を経由して「無生気の状態から感性ある状態への移行と自然発生」[31]をめぐっての語りが続く。

この夢は、第一の対話におけるディドロの予言が成就したような形で登場している。これを、ダランベールという人物が、先ほどのディドロとの対話を自己の内部で反復し、さらに独自に発展させたもの、と読めば、登場人物の前意識などを前提とした一種の心理学的な読みとなるだろう。[32]第一の対話では物質に感性を認めるディドロと、あくまで物質には延長と不可入性しか認めようとしないダランベールが対立していたわけだが、[33]この独白にはこの対立が織り込まれている。いわばダランベールは、自分自身の分裂という形で、対立を演じさせられていることになる。レーウェンフックとスワンメルダムが、一つの学の中での争いを二人の人物として体現しているのと対照的である。

ダランベールという存在の心理に注目した読みが可能であるとしても、その〈心理〉が彼の名を伴って書かれている言葉から再構成されるものであることは言うまでもない。言葉と人間の関係、という観点から注意すべきは、むしろここでのダランベールは何重にも言葉を奪われた存在だ、ということである。譫言の内容が彼自身の哲学的立場に即したものでないことはすでに述べたが、その発話の多くは、彼自身によって直接語られるものではなく、あらかじめレスピナッス嬢によって書き留められ、医師ボルドゥーに対して朗読されるものなのだ。[34]自ら語る場面では、名前に続いて、コロンを挟みすぐに台詞という戯曲仕立てが、〈名〉と、それにつづく言説の対比を際立たせている。ここに生まれているのは、ダランベールという名と、その名を起源として結びつくはずもない言説が強引に結びつけられた、一種の言語的キメラなのである。

この作品におけるダランベールの扱いは、ある意味ではきわめて残酷なものだ。第一の対話では、生命の端緒をめぐる会話の中で、彼の私生児としての出自が露骨なまでにほのめかされる。レスピナッス嬢と医師ボルドゥーが、時にはきわめてエロチックな方向に進もうとする言葉を交わす第二の対話では、ダランベールが夢うつつのままオナニー[35]をし、人間も魚のように繁殖できればいいのに、とつぶやくさまが報告される。そして、網目の様なイメージに絡みとられた夢想のなかで、〈自分とは何だろう〉と自問するに至るのだが、その名から実質——科学・思想の領域における——を奪い、言葉そのものも奪ってしまうというやり方こそが、最も残酷だとも言えるかもしれない。

『ラモーの甥』と対比することで、『蚤の親方』と『ダランベールの夢』のコントラストを際立たせることもできるだろう。〈あのラモー〉ならざる者、〈誰でもないもの〉としてのラモーは次から次へと他人のパントマイムをしてみせていたのに対し、レーウェンフックとスワンメルダムは自らの名を体現するパントマイムに勤しむ。一方、ダランベールは、〈あのダランベール〉ならざるダランベール、本来の活動領域と言葉を奪われた存在として、自らの名にそぐわない存在へ変容させられてしまっているのである。

　そうした変容の場であるテクストは、この当人に対して様々な形で働きかけるものとしても構想されていただろう。このテクストは、一七五八年にダランベールが『百科全書』の編集責任者という立場を降り、二人の友情が終わったのち[36]に書かれている。現実の二人の関係の変化がここには刻印されていると共に、その関係を更新しよう——どのような形で、という点についてはさまざまな解釈が可能だろう——という意図も読み込むことができるかもしれない。ダランベールはこのテクストの宛名人でもあるのだ[37]。

　学者の扱いに関しては、まったく対照的なありかたをみせる二つの作品だが、それ以外の要素に関しては、多くの共通性を持っている。どちらにおいてもミクロの世界と微生物、そして生命の誕生が大きな主題となっているのはすでに確認した通りだが、それだけではない。

　たとえば、身体の変形という主題がある。『蚤の親方』には、その身体像を変形させていく登場人物も複数存在する。歪んだ鏡に映された像の様な、いわばアナモルフォーズ的変形がホフマンの想像力において大きな位置を占めていたということについてはゲルハルト・ノイマンの研究[38]があるが、『ダランベールの夢』における動物発生論・畸形論にはまさにそうしたアナモルフォーズ的要素が明確に見出せる[39]。また、『蚤の親方』においては登場人物たちの二重のアイデンティティという形で、ダランベールにあっては自問という形で、〈現実〉におけるアイデンティティが唯一の、確定したものであるわけではないことが強調される。

さらに、ひときわ目につく共通性として、クモの巣のメタファーないしイメージがある。『ダランベールの夢』にはこうある。

レスピナッス嬢：先生、もっと近くへお寄り下さいまし。巣のまんなかに一匹の蜘蛛を想像してごらんなさい。［…］さてそこで、その昆虫が、好きなときに腸から引っ張り出したり、たぐりいれたりする糸が、その虫自身の感性ある一部分をなしているとしたら？……

ボルドゥー：分かりました。あなたはご自分のなかのどこか頭の片隅に、例えば脳膜と呼ばれている片隅に、糸の全長にわたってひき起こされたすべての感覚が回帰する一点或いは数点を想像しておいでになるのですね。

レスピナッス嬢：その通りです。(40)

この蜘蛛の糸のイメージは、『蚤の親方』における〈夢の思考〉を思わせる。

いつものように、ペレグリヌスには目の角膜の奥に神経と血管が奇妙な網目をなし、脳の奥まで伸びているのが見えた。この網目に、今回は明るく輝く銀色の糸が絡んでいた。最も細い蜘蛛の糸の百分の一になるかならないかという細さだった。この糸は、脳から蔓のように伸び、顕微鏡のような目ですらその内部を明らかにすることのできない何かに入りこんで、始まりも終わりもないように見えたのだが、そのせいで思考は混乱してしまっていた。それは、普通より崇高な種類の思考かもしれず、別の、もっと簡単に把握できそうな類のものかもしれなかった。ペレグリヌスは目もあやに咲き乱れ、全体が人間の形をなしている花々を見た。また、人間たちが大地に流れ込んで、石や金属となってこちらを見上げているのを見た。その間にもさまざまな奇妙な動物たちが動き回っていた。それは幾度となく姿を変えて、奇妙な言葉を語っていた。［…］

「混乱しないように」と蚤の親方がささやいた。(41)「混乱してはいけない。ペレグリヌス君、君が目にしているのは夢の思考なのだ」

一方、目覚めたダランベールが「そんなわけで、［細糸から根源へと］昇ってゆく夢もあれば、［根源から細糸へと］降りてゆく夢もあるのですね。昨夜わたしもそうした夢を一つ見ましたよ。どっちのだったか、知りませんがね」(42)と言うのを受けて、ボルドゥーは「覚醒時には、網は外界の物象の刺戟に従います。睡眠中には網のなかで起こることはすべてその網自身の感性の働きから発するのです。［…］夢のなかでは、網の根源はかわるがわる無限に能動的であったり受動的であったりします。そのために夢の無秩序さが生じるのです。［…］」(43)と語るのである。

ホフマンがこのテクストを読んだ可能性はない。そもそもレスピナッス嬢の意向もあり、彼女の生前は未発表で、その死後一七八二年にフリードリヒ・メルキオール・グリムの『文芸通信（*Correspondance littéraire*）』に掲載されはしたものの、(44)これはコピーも禁じられ、購読者もきわめて限定された手書きの通信だった。それではなぜ共通するイメージが出現するのか。当時、神経とそのネットワークが、一方では観念連合といった哲学説と結びつき、もう一方では解剖図譜における図像化を通して、〈人間〉のイメージを大きく規定していたことは、バーバラ・スタフォードの『ボディ・クリティシズム』などで説得的に論じられているとおりである。(45)こうした共通の文化的基盤に基づいてディドロとホフマンが想像力を発動させたことに、その理由を見いだすこともできるかもしれない。

三 〈現実〉への対処

レーウェンフックとスワンメルダムが、作品を構成する二つの世界の対応関係に組み込まれつつも、〈通念・図像的記憶・学説史に由来する知識とイメージの束〉という自らの在り方のうちに現実世界との接点を有していたとすれば、この対応関係とは無関係なままに現実世界との接点となる人物がいる。主人公を女性誘拐犯として逮捕しようとするクナルパンティである。登場人物たちの名乗りが勝手きわまりない恣意という印象を与え、それが反復されることでユーモラスな効果を与えていたとすれば、ここでは、その恣意性は権力による「犯人は誰々だ」という名ざしとなっている。主人公が女性誘拐犯である証拠として、押収した日記から引用されるのだが、それは『後宮からの誘拐』と『ヴィルヘルム・マイスターの修業時代』に言及したものであり、その名は虚構の登場人物の名なのである。

> 彼ら（すなわち法に通じた者たち）の言うには、ここには犯罪の実質的内容たる罪体《コルプス・デリクティ》が完全に欠けているのだった。賢明なるクナルパンティ顧問官は自説を曲げず、身体《コルプス》をこの手に収めれば、処刑人が犯罪《デリクトゥム》に心煩わすいわれがあろうか、そしてこの身体こそ、危険な誘拐者にして殺人者たるペレグリヌス・テュス氏である、というのである。(46)

その無知を笑い飛ばして済まされるような存在に思えたクナルパンティが「身体をこの手に収めれば、処刑人が犯罪に心煩わすいわれがあろうか」と語る時、それは戦慄すべきものとなる。作中では、このクナルパンティはさんざん嘲笑された挙句作品から消えるが、現実世界は逆襲を企てた。クナルパンティと自己を同一視した当時の警察長官カンプッツは——「クナルパンティ」はNarrKampz（あほのカンプッツ）のアナグラムともとれる[47]——国王及び上司への不忠、守秘義務違反、名誉棄損の罪でホフマンを起訴しようとしたのである[48]。カンプッツが内務大臣に送った覚書にあるように、そこではまさに名指しと同定が問題となっている。

カンプッツ〔警察庁長官〕よりシュックマン〔内務大臣〕へ

［…］

高等法院顧問官ホフマンが出版用にヴィルマンス書店に提供せし小説『蚤の親方』は、関連を持ち完結した出来事の叙述というより、様々な対象を提示し揶揄せんがための糖衣のごときものであります。

［…］

［…］直属調査委員会は、参事会代理人という形で、そして内閣委員会は——あるいは少なくともその責任者は〔カンプッツ自身を指す〕——宮廷枢密顧問官クナルパンティという形で、前者は、ホフマン氏自らが審問者となり、極めて有利に描かれており、後者はそれに比して不利な光をあて、描き出されております。［…］

かくしてホフマンの責を問われるべきは

一、国王陛下と自らの上席官吏に払うべき忠誠と畏敬の念を損壊したこと

二、公務上の守秘義務に違反したこと

三、公務の執行の故をもって、ある国家官吏を公然と甚だしく冒瀆したことであります[49]。

それに対し、すでに重い病いの床に就いていたホフマンは口頭で弁明し、その筆記されたものが残されて

いる。まず彼は全体の一貫性と個々の要素の内的必然性を強調する（「かの訴訟を含む、いわゆる「奇態なる出来事」の全体は、物語の骨格全体から、そして全体の構成要素の一部をなす、そこに登場する人物たちの性格から、おのずと生み出されてきたものであり、全体の性格をいっそうはっきりと照らし出すために役立たない言葉は、そこには一語たりとも含まれてはおりません」[50]）。そして〈外部〉とのかかわりを一切否定し（「［…］私は、このメルヒェンの諸条件と、そこに現れるいくつもの状況や性格によって点火された空想の飛翔に自由に従ったのであり、メルヒェンが動いている空想の領域［ヘッカーの筆記では「心情」］の外にある、別の事物のことなど何一つ考えてはおりませんでした」[51]）、〈フモールによるミメーシス〉という独自の文学論を打ち出す（「ここで話題になっておりますのは当代の世事や出来事を題材とする諷刺的作品ではなく、現実生活の形象をフモールという抽象のうちに映し取る——あたかも鏡に映し取るように——フモール的な作家による空想の産物なのであります」[52]）。

こうして、作品をフランクフルト——ファマグスタの連関に完全に封じ込め、現実への参照を否定するという戦略に出たのだが、このロジックが法廷でも通用したかどうかは、わからない。ホフマンの病状の悪化のため審理は停止され、そのまま彼は亡くなったからである。

内的一貫性への依拠を、単なる遁辞とみなすことはできないだろう。実際、彼の作品に一貫性の志向はきわめて強い。それはいわば、作品の方法における一貫性である。例えば、『騎士グルック』において、この男を狂人として読んでも、幽霊として、語り手の幻想として読んでも、そこには明確な読み筋を立てることができる。それを可能にするだけの、緻密なモチーフや言葉のネットワークが形成されているわけである。しかし、そうであればあるだけ、〈名乗り〉の瞬間は、そうしたネットワークに回収されない特異なものとして残り続ける。『蚤の親方』においても、転生とメタモルフォーゼによる二つの世界の対応が律義すぎるまでに確保されているのに対し、二人の科学者の名の指示性——この名が、作品中では〈通念・図像的記憶・学説史に由来する知識とイメージの束〉を喚起するという機能を与えられているとしても、そもそも現実の個体を指示した名であったという事実は変わらない——と、クナルパンティ・エピソードにおける虚構と現実の取り違えは、そうした対応に回収しきれない異物感を際立たせる。この特異性、この異物感は、いわばテクストの〈外〉を指し示している。

それに対しディドロのテクストは、はじめから〈外〉に現存する人物を名指し、取り込み、それを通して当の人物に働きかけ、当の人物との関係を更新しようとしている。現存する人間たちを、名指すことはもとより、登場人物として作品世界に直接引き込むことも辞さないディドロにとっても、〈現実〉の逆襲は予想されてしかるべきものだった。実際、『ダランベールの夢』に関してはダランベールに目の前で原稿を火に投じるよう言われ、それに従った、という。[53]『盲人書簡』を端に発する入獄（一七四九年）を経験してのちのディドロは、現実の圧力に対し、テクストの流通をきわめて限定するか、あるいはサロンでの噂話のようなやりとりのなかにテクストを紛れ込ませるという形で対抗した。その結果、多くのテクストが、作者と、そのテクストに関わる当事者の没後、はじめて広く読まれることとなった。そうした、読まれ方の歴史も踏まえながら、ホフマンのテクストとディドロのテクストを並べ、読み進めていくとき、継承と呼応のなかでみえてくるその違いが何に由来するものなのか、それが〈外〉の在り方——具体的に言えば、十八世紀アンシャン・レジームにおけるパリと、十九世紀、ポスト・ナポレオン期のベルリンということになる——の違いとどうかかわっているのか、それは改めて問われねばならない問題である。

注

（１）『ラモーの甥』の原典は次のテクストによる：Denis Diderot, *Contes et romans*. Édition publiée sous la direction de Michel Delon avec la collaboration de Jean-Christophe Abramovici, Henri Lafon et Stéphane Pujol, Paris, Gallimard, 2004. ゲーテによる翻訳は：« Rameaus Neffe » in : Johann Wolfgang Goethe: Sämtliche Werke nach Epochen seines Schaffens, Band 7: Leben des Benvenuto Cellini / Diderot-Schriften, hrsg. von Norbert Miller und John Neubauer, München (Hanser) 1991, S. 567–655.

（２）これはペテルブルクのエルミタージュ博物館に所蔵された草稿に基づく翻訳であり、原作そのものが刊行されるのは一八二三年になってからである。ドイツにおけるディドロの受容史については：鷲見洋一「ディドロとドイツ——ゲーテのディドロ読解を中心に」（『モルフォロギア』第二十五号、二八—四九頁、ゲーテ自然科学の集い、ナカニシヤ出版、二〇〇三年）。Roland Mortier: Diderot in Deutschland 1750–1850. Stuttgart (Metzler) 1972. ホフマンの『ラモーの甥』受容については、Mortier, a. a. O., S. 249–257. 本論考では、細部の比較に基づく直接的な影響関係の考察が目指されているわけではないため、引用はフランス語の原典の翻訳による。

（３）引用は岩波文庫版（『ラモーの甥』、本田喜代治・平岡昇訳、岩波書店、一九九一年）による（一五九頁）。以下、岩波文庫版とプレイヤード叢書版のページ数を併記する。

（４）ヘーゲルによる解釈については大橋完太郎『ディドロの唯物論——群れと変容の哲学』（法政大学出版局、二〇一一年）第一部第一章「分裂と抵抗——ヘーゲルによる『ラモーの甥』解釈」に緻密な分析がある。

（５）邦訳一四三頁。Diderot, *Contes et romans*, op. cit., pp. 653–654.

（６）大橋は『ディドロの唯物論』第一部第三章「悪しきパントマイム——止揚されえない身体の位相」において、ヘーゲルの分析ではこのパントマイムに言及されないことに注目し、このパントマイムに体現される甥ラモーの身体性に、ヘーゲルの弁証法に解消されない独自性を見いだしている（五一—七九頁）。また、田口卓臣『ディドロ——限界の思考』（風間書房、二〇〇九年）は、甥ラモーが「酵母」に例えられていることに注目し、「いかなる物質にも運動が内在する」というディドロの物質観との関連を指摘しつつ、通念にのっとった人間関係を揺さぶる逸脱者としてのラモーの在り方のなかに、そのパントマイムも位置付けている（二三七—二四〇頁）。

（７）その一例として、架空のクラヴサンに腰かけての演奏の描写は、次のとおりである：「そこで彼はたちまちクラヴサンに向って腰をかける。両脚を曲げ、頭は天井のほうに向けて、そこに音譜を見ているような恰好をしながら、アルベルティかガルッピか、どっちだか知らないが、そのうちの一人の曲を歌い、前奏し、演奏した。その声は風のように通り、その指は鍵《キイ》の上を飛び廻った。時には高音部を離れて低音部に移るかと思えば、また伴奏部をやめて高音部に帰ることもあった。様々な情熱が彼の顔に次々と現れた。愛情と憤怒と快楽と苦痛が顔色に読みとれた。ピアーノやフォルテが感ぜられた。だからわたしなどよりもっと熟練した人なら、その動きや表情や彼の顔つきや、時折口からもれたいくつかの歌のさわりから、それが何の曲だかをきっと聞き分けたことだろうと思う。だが一つ奇妙だったことは、時々彼が手探りをし、あたかもやりそこなったかのようにやり直し、もう指先が譜を辿れなくなったのを口惜しがったことである。」（邦訳四〇—四一頁、Ibid., pp. 602–603.）

（8）E.T.A. Hoffmann: Fantasiestücke in Callot's Manier. Werke 1814. Hg. von Hartmut Steinecke, u.a., Frankfurt am Main (Deutscher Klassiker Verlag) 2006, S. 31.

（9）この作品の受容史と、〈騎士グルックの正体〉をめぐる議論については：E.T.A. Hoffmann Handbuch. Leben – Werk – Wirkung. Hg. von Christine Lubkoll und Harald Neumeyer, Stuttgart (Metzler) 2015, S. 15. また、ザフランスキーはそのホフマン伝でこの作品に一章を費やし、詳細に分析している（リューディガー・ザフランスキー：『E・T・A・ホフマン——ある懐疑的な夢想家の生涯』、識名章喜訳、法政大学出版局、一九九四年、第十二章「デビューを飾る」Rüdiger Safranski: E.T.A. Hoffmann. Das Leben eines skeptischen Phantasten. Frankfurt am Main (Fischer Taschenbuch) 2014, S. 197–214.）

（10）ツヴェタン・トドロフ：『幻想文学論序説』、三好郁朗訳、東京創元社、一九九九年。

（11）Hoffmann: Fantasiestücke, a. a. O., S. 23.

（12）一八〇七年に『タウリスのイフィゲーニア』は二度（九月二十九日と十一月二日）上演されている（Ebd., S. 624.）。

（13）Ebd., S. 27.

（14）Der Teutsche Merkur vom Jahr 1776. Erstes Vierteljahr. S. 260.

（15）Der neue Teutsche Merkur. 12. Stück. December 1791. S. 337ff.

（16）An Friedrich Rochlitz (Bamberg, 12. Januar 1809). In: E.T.A.Hoffmann. Sämtliche Werke. Bd.1. Frühe Prosa, Briefe, Tagebücher, Libretti, Juristische Schrift und Werke 1794 –1813. Hg. von Gerhard Allroggen, Friedhelm Auhuber, Hartmut Mangold, Jörg Petzel und Hartmut Steinecke. Frankfurt am Main (Deutscher Klassiker Verlag) 2003, S. 204.

（17）そもそもこのテクストは自己言及と過去の作品の反復に満ちている。例えば現実の都会とファンタジーの世界による作品世界の多重化は『黄金の壺』や『ブランビラ王女』に通じるものがあるし、遠い過去の人間が現在の都会に現れるという設定は『嫁選び（Brautwahl）』にもみられる（これはザフランスキーの指摘による。邦訳二一四—二一五頁。Safranski, a. a. O., S. 204）、それを考えると、この名乗りの反復に、処女作『騎士グルック』で決定的な意味を持った手法の意識的反復をみることも可能かもしれない。

（18）E.T.A. Hoffmann: Sämtliche Werke. Bd.6, Hg.von Gerhard Allroggen, u. a., Frankfurt am Main (Deutscher Klassiker Verlag) 2004, S.339. 翻訳は筆者による。

（19）Ebd., S. 303.

（20）Ebd., S. 333.

（21）Ebd., S. 369

（22）Ebd., S. 330.

（23）ホフマンにおけるファンタスマゴリーについては、マックス・ミルネール『ファンタスマゴリア——光学と幻想文学』川口顕弘、森永徹、篠田知和基訳、一九九四年、ありな書房。第一章で見世物としての《ファンタスマゴリア》について概括的に論じられ、第二章ではホフマンの作品における様々な光学機械の取り扱いが主題とされている。

（24）Hoffmann: Sämtliche Werke. Bd.6, a. a. O., S. 385f.

（25）ホフマンにおける望遠鏡については：平野嘉彦『ホフマンと乱歩——人形と光学器械のエロス』みすず書房、二〇〇七年。

（26）E.T.A. Hoffmann Handbuch. a. a. O., S. 169.

（27）以下、岩波文庫版の邦訳（『ダランベールの夢　他4篇』、新村猛訳、岩波書店、一九五八年）より引用する。なお、原文に合わせ、名と台詞のあいだにコロンを補った。さらに次のテクストのページ数を付す：Denis Diderot, *Œuvres philosophiques*. Édition publiée sous la direction de Michel Delon avec la collaboration de Barbara de Negroni, Paris, Gallimard, 2010.

（28）邦訳四八頁。Ibd., p. 368.

（29）同書四三頁。Ibd., p. 365.

（30）同書四六頁。Ibd., p. 366.

（31）同書四七頁。Ibd., p. 367.

（32）例えばプレイヤード版の解説において執筆者 Barabara de Negroni は――この解説は極めて多面的で周到なものであり、ここに挙げる論点に限定されるものではないが――「このヨーロッパ随一の幾何学者は、自らが受けた反論を忘れることができず、一晩中そのことを夢みる。眠りつつ、目覚めた状態では受け入れがたく思えた仮説を口にするのだ。まるでディドロの思考がダランベールの中に忍び込み、本人の意思にかかわらずその帰結を追い続けてでもいるように」(Ibd., p. 1210.) と書く。また、『『ダランベールの夢』百科事典』の「ダランベール」の項目では、文字通り「無意識に (inconsciemment)」という言葉が用いられている（Sophie Audidière, Jean-Claude Bourdin, Colas Duflo (sous la direction de), *L'Encyclopédie du Rêve de d'Alembert de Diderot*, Paris, CRNS ÉDITIONS, 2006, p. 41.）。

（33）Duflo は『哲学者ディドロ』の『ダランベールの夢』を分析する章の一節「ダランベールとディドロ――形而上学的対話（« D'Alembert et Diderot : un dialogue métaphysique »）」において明快に論じている（Colas Duflo, *Diderot philosophe*, Paris, Honoré Champion, 2013, pp. 197–211.）。

（34）この点も de Negroni は「混じりあう声たち」«Des voix brouillées» という節で詳細に論じている（Diderot, *Œuvres philosophiques*, op. cit., pp. 1209–1211.）。

（35）前出の『『ダランベールの夢』百科事典』には「単独行為（自慰）（« Actions Solitaires »）」の項目があり、ディドロの行為の他、第三の対話における医師ボルドゥーの自慰論について論じられている（*L'Encyclopédie du Rêve de d'Alembert de Diderot*, op. cit., pp. 33–36.）。また、中川久定は、論文「『ダランベールの夢』三部作の言外の主題」の「付論」において「ダランベール周辺の人たちの間では、ド・レスピナスが、彼の名目的な愛人に過ぎなかったことは周知の事実だったのであろう。この前提のもとに作品を読むならば、看病している対話者ド・レスピナス嬢の傍ら、ベッドの毛布の下で、単独の性行為にふける対話者ダランベールを作中に登場させるということが、ディドロの皮肉と悪意以外のなにものでもないことは明らかであろう」（二六〇頁）として、以下「ディドロの内部に鬱積していったダランベールに対する忿懣」（同）を詳細に論じている（中川久定『啓蒙の世紀の光のもとで』、岩波書店、一九九四年、二五八―二七三頁）。

（36）中川、前掲書、二五八―二六八頁。

(37) 中川は上記の論文の本論において、「同時代の自らの論敵たちが、自らの哲学によって説得され、最後には彼らが、自らの哲学を受け入れること。ディドロのこの根強い願望は、ついにディドロ学説の前に屈服し、ディドロ的生成の夢を見る作品第二部のダランベールを通して隠喩的に実現されている」と論じている（中川、前掲書、二五四頁）。この〈隠喩的〉実現はダランベール本人に対する働きかけを完全に排除するものなのかがあらためて問題とされねばならないだろう。

(38) Gerhard Neumann: Anamorphose. E.T.A. Hoffmanns Poetik der Defiguration. In: Andreas Kablitz u.a. (Hg.): Mimesis und Simulation. Freiburg 1998, S. 377–417.

(39) ボルドゥーは、動物の原初の形態である〈束〉を想像し、その要素の位置変換によってさまざまな〈怪物〉が生まれるであろうという思考実験を行う（邦訳六四頁。Diderot, *Œuvres philosophiques*, op. cit., pp. 377–378.）。ディドロにおける〈怪物〉の主題については、田口卓臣『怪物的思考――近代思想の転覆者ディドロ』（講談社、二〇一六年）、第三章「偏差、怪物、夢想」がまず参照されねばならない。

(40) 邦訳五四―五五頁。Ibd., p. 372.

(41) Hoffmann: Sämtliche Werke. Bd.6, a. a. O., S. 389.

(42) 同書九五頁。Diderot, *Œuvres philosophiques*, op. cit., p. 396.

(43) 同書九五頁。Ibid., pp. 396–397.

(44) Ibid., p. 1224.

(45) バーバラ・M・スタフォード：『ボディ・クリティシズム――啓蒙時代のアートと医学における見えざるもののイメージ化』高山宏訳、国書刊行会、二〇〇六年。この文脈では同書の五二〇、五二七頁、五三八―五三九頁でディドロに言及されている。

(46) Hoffmann: Sämtliche Werke. Bd.6., a. a. O., S. 394.

(47) ザフランスキー、前掲、五三三頁（邦訳者による割注）。

(48) ホフマン往復書簡集第三巻（E.T.A. Hoffmanns Briefwechsel. Gesammelt und erläutert von Hans von Müller und Friedrich Schnapp. Hg. von Friedrich Schnapp. München (Winkler) 1969. 3. Band.）の第五章は「『蚤の親方』事件」と題され、この一件に関する資料が集成されている。

（49） Briefwechsel, a. a. O., S. 235f.

（50） Ebd., S. 257f.

（51） Ebd., S. 262.

（52） Ebd.

（53） 「ネジョン〔ジャック＝アンドレ・ネジョン（Jacques-André Naigeon）、ディドロの年少の友人で、その自筆原稿と写稿を多く保存しており、一七九八年に最初の著作集：*Œuvres publiées sur les manuscrits de l'auteur par Jacques-André Naigeon*, Paris, Desray, Deterville, 15 vol. を編集刊行した。〕によれば、ダランベールは書きあがったばかりの『ダランベールの夢』を、自分の目の前で渦中に投じるよう強く促し、ディドロは実際そうした。それから六年か七年たって、ロシアから戻ると、〔フリードリヒ・メルキオール・〕グリムとマイスターによって保存されていた原稿の写しと再会したが、それは一八三〇年まで刊行されることはなかった」（*L'Encyclopédie du Rêve de d'Alembert de Diderot*, op. cit., p. 39.）。

第九章　トーマス・マン『すげ替えられた首』における「体を表す名」と「神話の名」

木戸繭子

本稿においては[1]トーマス・マンの後期の短編作品『すげ替えられた首』（一九四〇年）[2]における名前の問題を議論する。この作品は様々な点から興味深い作品であるが[3]、とりわけ作品中の名前に着目したとき文学における名前という問題に大きな示唆を与えるものである。しかしこの作品はこれまでこの観点からは、ほとんど論じられてこなかった。「あるインドの伝説」という副題を持つこの小説において「名前」はいくつかの点から繰り返し読者の注意を喚起する。まずは多数の固有名詞、すなわち人名、神の名および地名が登場することが目をひく。それらはインド起源のものであり、これらがふんだんに使用されることで、物語をインド風に飾り上げる、いわば装飾のような役割を持つ。さらに作中では時にその名の意味するところが語り手によって意味深げに強調され、それらが「体を表す名（Redende Namen）」であることが明示される。また名前そのものも物語において比較的早い段階でテーマとして取り上げられる。主人公は沐浴する美しい女性を見初めるが、友人から彼女の名を聞いたとき、名は人の本質を表すという主旨の論を展開する。名前は結婚、そして官能とも結び付く。結婚は、はじめて名を呼ぶことによって成就し、また、妻が夫に性的に満足せず夫の友人に欲情していることは、妻が夫の名の代わりにその友人の名を呼ぶことで示される。さらにはこのことが主人公に、もはや自分自身ではいたくないと思うほどの苦痛を与え、これが物語のカタストロフィの契機となる。そしてその後のグロテスクな展開はさらに、名をめぐる次のような問題を提起する。人間はその頭部と胴体以下のどちらの部分によって、その名を、すなわちアイデンティティを規定されるのか。ある意味でこの小説は「名前」そのものを主題化したものであるとすら言えるのである。

しかし、そもそも小説中のこれらの大量の固有名詞はどのような意図をもって作者によって名付けられているのか。これらの固有名詞が作者によってこの作品に登場するものとして選び出され、そして時にその意味を強調されているとき、これらの名の名付けの背後にはどのような作者の意図が隠れているのか。たとえば、この小説の主人公はなぜ「シュリーダマン」と名付けられたのか。このような単純な問いにすらこれまでの研究は満足な答えを用意してこなかった。この作品をインドとの関連から論じた先行研究はいくつか存在するが、たとえばケアウサムリトは作中の名前の成り立ちについて触れていない。[4] シュルツは主要な三人の登場人物の名の神話的起源は論ずるものの、名前の意味についてはシーターについて取り上げるにとどまる。[5] クルカルニーは主要な三人の登場人物の名の意味について簡単に言及しているが、後述するようにその解釈には疑問が多い。[6] カルベもインド神話との比較は試みるものの、シュリーダマンやナンダという名前の「意味」には言及していない。[7]

本稿ではこの固有名の名付けをめぐる問いに対して、二つの鍵を用いて答えることを試みる。一つ目の鍵は名前の「意味」である。ある文学作品中である名前が何らかの意味を持つとき、それは「体を表す名」として機能する。この小説中ではこのような意味が強調される名前がいくつか存在する。したがって、作中では特にその意味の語られることのない名前についても、その名前の意味を追うことによって、作者による名付けの意図を跡付けることが可能であろう。もう一つの鍵は神話との関係性である。この作品の登場人物の名はほとんどすべてが神話からの借用である。これらの神話からの借用は、テクストに別のテクストを導入し多層性を生起させる。これらの名の借用元であるところの神話との関連からも、名付けの意図を見ることができるだろう。

これら二つの鍵、すなわちそれぞれの名前の「体を表す名」と「神話の名」という二つの側面から読み解いていくとき、これらの名が『トニオ・クレーガー』（一九〇三年）を、そしてさらにその背後にある自伝的なものを指し示す符牒となっていることが明らかになる。これらの符牒は、その解読の困難性ゆえに、多くの読者にとっては隠蔽、まやかし、作中の言葉を借りれば「マーヤー」[8]のヴェールとして機能する。これらの名はこの作品の背後に自伝的なものが存在するということを一方で多数の読み手に対しては隠しながら、他方で入念な読み手にはこれを明らかにするという、「仮面／符牒」として機能しているのである。本稿では、「意味」と「神話」をめぐって極めて緻密に構成されたこの小説の固有名の名付けについて詳論する。

一　自伝と名前――『トニオ・クレーガー』と『すげ替えられた首』

トーマス・マンの作品においては、自分自身について語りたいという欲求と自らについて沈黙・隠蔽したいという欲求がアンビバレントに並存するということがしばしば指摘されてきた。[9]このことは作品に自伝的な要素と、それを覆い隠す語りの戦略がともに導入されることを意味する。[10]この、自らについて語りつつそれを隠すという文学的営為が「名前」との関連で行われたのが、第三章で扱ったように、この作家の初期の代表的短編作品『トニオ・クレーガー』であった。この小説の主人公の名は、「体を表す名（Redende Namen）」の代表的な例としてしばしば言及される。このトニオが「愛する」級友ハンス・ハンゼン、そしてその後恋におちる少女インゲボルク・ホルムは、ともに北方的・市民的世界の代表者であり、トニオは彼らに憧れ、そして拒絶されることになるが、これらの名は当時の典型的な北ドイツの名であり、これらも「体を表す名」として機能している。また、この小説は全体として「ある名前で名付けられ、呼ばれ、名乗る」ことを通じて主体が形成されていく過程を主題にしている。[11] トニオ・クレーガーは級友に自分の名を馬鹿にされ、ダンス教室では「クレーガーお嬢さん」[12]と揶揄され、芸術家には「道に迷った市民」[13]と呼ばれ、果ては故郷の町で怪しげな名前の詐欺師に間違われる。トニオは常に否定的な呼びかけにさらされ、同時にそれに対して反応する中で自らについて語り、主体を確立していく。さらにこの小説は様々な自伝的な要素を素材にしている自伝的な小説であることを踏まえると、[14]「トニオ・クレーガー」という名前はトーマス・マンという作者にかけられた「仮面」[15]として機能しているといえる。この物語の語りにおいては、作者が自らの体験に仮面をかけ、文学作品として人前に出し、そしてこのことによって自分自身をパフォーマティブに形成していくという行為が行われている。[16]

このような名前についての問題意識は、マンのその後の作品においてどのように展開、発展していったのか。晩年に至ったマンが書いた短編小説『すげ替えられた首』はその答えを与えるものである。『すげ替えられた首』について、マンは「そう、トニオ、ハンス、インゲは今や炎の墓の中で一つになったのだ」[17]と書いている。これを額面どおり受け取るのであれば、この「インドの神話」という副題の付いた短編小説は四〇年以上後に書かれた、インドの衣をまとった『トニオ・クレーガー』であるといえる。[18] そして『トニオ・クレーガー』が自伝的小説であるならば、同時に、インドの神話に素材をとったこの小説もまた自伝的な小説として読まれうる。[19] 自伝的なるものに、トニオ・クレーガーという仮面がかけられ、そしてさらにインドの神話という仮面がかけられるという、二重の変装が行われているということになる。

二　インドの伝説とマンの小説

インドの神話に取材した小説『すげ替えられた首』は、『ワイマールのロッテ』（一九三九年）と『ヨゼフとその兄弟』第四部（一九四三年）の間に執筆された。マンは若いころからショーペンハウアーを通してインド思想に触れていたが、その影響に加えて、この作品は特にドイツ人インド学者ハインリヒ・ツィマーの著作から着想を得ている。日記によればマンは一九三八年八月十八日にスイスのシルス・バゼリアで、ツィマーとその妻クリスティアーネに会い、プリンストンでの再会を約束している。[20] 一九三九年十月七日の日記ではツィマーの論文「インドの世界母」[21]について触れられている。[22] その後十一月十二日の日記では、さらにツィマーの主著『マーヤー　インド神話』[23]についての記述があり、これらの読書によってインドの小説を執筆するアイディアが生まれたとされる。[24]『すげ替えられた首』は一九三九年の年末から執筆が開始され、一九四〇年七月には完成し、同年十月に出版された。この小説のあらすじはツィマーの「インドの世界母」で紹介された伝説を元にしているが、それ以外にも様々な形でふんだんにインド神話が取り入れられており、それらは特に『マーヤー』から大きな影響を受けていると考えられる。では、ツィマーの著作で語られたインドの伝説とマンの小説にはどのような異同があるのだろうか。マンの作品は十二章から成り、あらすじは以下のようなものである。

第一章：語り手により主要な三人の登場人物、すなわちシーター Sita（父は戦士の血をひく牛飼いスマントラ Sumantra）、ナンダ Nanda（十八歳、鍛冶かつ牛飼いであり、父はガルガ Garga。クリシュナのような姿、浅黒い肌、たくましい体を持つ）、シュリーダマン Schridaman（二十一歳の商人で父はバヴァブーティ Bhavabhûti、バラモンの血をひき学問を修める。優美な顔と貧弱な体を持つ）が紹介される。第二章：仕事の旅の途上、シュリーダマンとナンダは女神カーリーの沐浴場で沐浴し仲睦まじく食事をし、会話する。第三章：シュリーダマンとナンダは女神カーリーの沐浴場で沐浴するシーターを覗き見する。第四章：ナンダの手引きによってシュリーダマンとシーターが結婚する。第五章：三人はシーターの親元へ旅をすることになる。女神カーリーの聖所でシュリーダマンは自分の首を切り落とす。第六章：神殿に入りシュリーダマンの変わり果てた姿を見たナンダは、自分の首も切り落とす。第七章：神殿に入り、二人の死体を見たシーターは首を吊ろうとする。第八章：女神カーリーとシーターが会話する。シーターは二人の男の自死が自分のせいであると語る。シュリーダマンは結婚生活においてシーターを性的に満足させられず、シーターはナンダを欲望し、シュリーダマンの腕の中でナンダの名を呼んでしまう。こののちシュリーダマンはふさぎ込み自死に至り、その経緯を察したナンダも死を選んだのである。この話を聞き、女神はシーターに二人の体と首をつなぎ合わせる許可を与える。第九章：シーターはナンダとシュリーダマンの首と体を逆に付ける。どちらの男も自分がシーターの夫であると主張する。第十章：三人は森の行者カーマダマナ Kamadamana に答えを求める。その答えは「夫の頭が付いた方が夫である」というものであった。ナンダ（の頭・シュリーダマンの体）は、森の隠者になる。第十一章：シーターとシュリーダマン（の頭とナンダの体）は官能の喜びにふけるが、やがてシュリーダマンの体は頭の影響を受けてたくましさを失い、また顔も体の影響を受けて粗野になっていく。第十二章：シーターは子を産む。息子（サマーディ Samadhi／アンダカ Andhaka）とともにナンダを探す旅に出て、ナンダのもとにたどり着き結ばれる。一日後シュリーダマンも到着する。三人は話し合い、ナンダとシュリーダマンが互いを刺し殺し、シーターは二人とともに身を焼き殉死することとなる。息子は長じて学問を修めバラモンの朗読係となる。

一方ツィマーの『インドの世界母』において紹介されているインドの伝説はどうか。[25] この物語はソーマデーヴァの『ヴェーターラパンチャヴィンシャティカー』[26]の中の一話に基づく。この伝説は全体として枠物語の構造をとっており、若い王が屍鬼の語る物語を聞き、それについての謎かけに答えるという問答が繰り返されるがその物語のうちの一つがこの「すげ替えられた首」の物語である。しかし、元の伝説では二人の青年の首を妻が付け間違えてしまったところで物語が終わっており、小説の第十章以降に相当する部分の筋書きはマンによる創作である。また主要な登場人物、特にシュリーダマンとナンダがその対照的な性格および身体によって特徴づけられているという点も大きな変更点である。元の伝説ではこの二人の青年に関して、その性格や身体的特徴については何も述べられていない。この二人の人物造形はマンの従来の問題意識であるところの精神（Geist）と自然（Natur）の二元論を示しているとされる。[27] このような対比、そして二元論が存在するとき、この二人の人物像は『トニオ・クレーガー』におけるハンスとトニオの関係性に類比的であると考えられる。するとシュリーダマンはトニオ、ナンダはハンス、そしてシーターはインゲにそれぞれ対応し、『トニオ・クレーガー』と同様の三角関係を形成していることがわかる。そしてマンの作品では二人の青年の自死の理由も付け加えられている。ツィマーが述べているように、[28] 元の伝説では青年の自死の理由は語られない。それに対して、マンの小説では、シーターの主張によれば、不幸な性生活と彼女のナンダへの欲望がシュリーダマンの自死の原因となったとされる。二人の青年の身体の対照的なあり方がシーターという女性との官能的な関係性にも大きな影響を与え、この物語のカタストロフィへの起点となるのである。

さらに、ツィマーのバージョンとの比較は、「名前」をめぐる問題を明らかにする。ツィマーによる伝説再話においては女神カーリーを除いて、登場人物は一人も名指されていない。[29] 一方マンの『すげ替えられた首』には過剰なほど多数の名前が現れる。これらの名前はインド風のものであるが、実のところすべてマンによって選び出され名付けられたものである。これらの名前はいったいどのような意図をもって作者によって名付けられたのだろうか、そしてどのような意味と文学的機能を持つのだろうか。

三　『すげ替えられた首』における名前――「意味」と「神話」からの解読

この小説において現れる固有名詞はいくつかのグループに分類することができる。まずはこの小説の登場人物の名前（シーター、シュリーダマン、ナンダなど）、ついで神の名など神話に起源を持つ名（クリシュナ、カーリー、ドゥルガー、インドラなど）、そして地名である。人物の名および神話的名については基本的にサンスクリット語の名が示され、場合によってはその名の意味がドイツ語で語られる。一方地名については、サンスクリット語で示されるものとドイツ語によってのみ示されるものが混在する。前者の例としてはKurukshetra、Indraprastha、Djamna、Ganga、後者の例としてはWohlfahrt der Kühe、Goldfliege、Buntgipfel、Buckelstierheim、Kuhflußが挙げられる。前者は実在の地名であるが、後者については、サンスクリット語の地名をドイツ語に訳したものであると考えられる。たとえば、Wohlfahrt der KüheはGovardhanaを指すと考えられる。ここで特筆すべきは「ダンカカの森（Dankakawald）」という地名である。これは『ラーマーヤナ』でラーマ王子とシーターらが入っていく「ダンダカの森（Dandakawald）」をもじったもの（もしくは誤記）と考えられる。[30]『ラーマーヤナ』のこのエピソードと『すげ替えられた首』の関係は本稿で後述するように、森の行者カーマダマナの元々の名グハ、およびシーターの父の名スマントラによっても示されている。

人物名については、サンスクリット語の名が示されるが、その名の意味するところが強調され、「体を表す名」として明示的に示されるものもいくつか存在する。同時に、人物の名はほとんどの場合、神話に登場する名でもあるのだが、この点については多くの場合作中では言及されない。これらの事実はこの小説の解釈にどのような影響を及ぼすのか。神話の名が小説中で使われるとき、その名前はいやおうなく別の文脈をその小説中に持ち込むことになる。神話の名は文学的テクストに多層的な構造を持ち込むのである。ギリシア神話についてマンはすでにしばしばこのような戦略をとっており、特に『ヴェニスに死す』(一九一二年)においてそれは明らかであるが、『すげ替えられた首』では、この戦略のためにインド神話が使われている。名前の意味と同様に、これらの名の神話的起源についても考慮されなければならない。

以下、登場人物の名について、それらの名の「意味」と「神話」に着目して分析する際前提となるのは、これらの名付けにあたってマンが参照したとされるツィマーの二点の著作である。すでに述べたように、この小説はツィマーの論文「インドの世界母」で取り上げられた伝説の再話を元に書かれているが、それ以外の作中のインド神話にまつわる要素は多くを『マーヤー』に拠っている。前者は論文であり、後者はより一般的な読者を対象に広範な神話を取り上げたものである。その結果サンスクリット語の表記にも差異がある。サンスクリット語では母音の長短が区別される。そのためラテンアルファベットで表記される場合もこの長短の区別の表記が重要になり、多くの場合、母音に長音記号を付す場合は長母音、付さない場合は短母音を示す。「インドの世界母」においてはこのような表記方法がとられている一方、『マーヤー』においては長音記号が省かれている。マンの作品中でも本来長母音である母音に長音記号が付いているものと付いていないものが混在しているが、これはマンがどちらの著作から名をとったかに依存していると考えられる。作中で長音記号を付して表記されている名はすべて「インドの世界母」に登場するものである。一方、本来長母音であるにもかかわらず長音記号を付されていない母音を含む名は、「インドの世界母」には登場せず、『マーヤー』にのみ見出される。

そして、作中で意味の強調される名は、ツィマーの著作にもその名の意味が記されている。しかしそれ以外の名についてはツィマーの著作で取り上げられているものの、その「意味」については書かれていないものがほとんどである。これらの「意味」について語られない名についてもその「意味」が命名において考慮されたとするなら、マンはその「意味」をどのようにして知ったのか。ツィマーの上記二点の著作以外にマンが何を参照したのか、またどの程度サンスクリット語の知識を持っていたのかを確定することは難しい。しかしこの作品の執筆が『ヨゼフとその兄弟』という大著の執筆に取り組む間の「間奏曲」あるいは「即興の産物」[31]として書かれ、マンが本格的にサンスクリット語を学んだ形跡がないこと、そしてこの小説においてサンスクリット語由来の固有名の表記方法に揺れがあることなどから、サンスクリット語に精通していたという可能性は低い。一方で、作中に原作にはない多数の固有名を導入しそのうちいくつかの名の意味を強調していること、またそもそもマンがこれまで作中の登場人物の名付けを意識的に行なってきたことなどから、この作品でも固有名の名付けにあたってサンスクリット語についてある程度の調査を行なったものと推測することができる。本稿ではこの推測を元に、上記二点のツィマーの著作の他に、マンがサンスクリット語の辞書を参照した可能性を考慮する。このとき、どの辞書をマンが参照したか確定することは現在の段階ではできないが、以下の論考においては、代表的な梵独辞典のベートリンク／ロートおよび梵英辞典のモニアー・ウィリアムズ[33]を参照する。いずれも当時マンは容易に参照できたと考えられる[32]。以下、これらの資料と突き合わせることで、この作品における固有名の名付けの謎を追っていく。

三・一　意味を強調される名前

まずこの物語の中で、それぞれの名の持つ意味が明示的に語られる名前について考えたい。作中で「体を表す名」として強調される名には、以下のようなものがある。

まず、シュリーダマンの妻となるシーターであるが、この名が「畝間（Furche）」という意味であるということが二度にわたって語り手によって言及される（739, 753）。シーターという名が「畝間」という名であることはツィマーの『マーヤー』でもたびたび指摘されておりマンもそこから着想を得たと考えられる。[34] この「畝間」という意味の名は、シーターが三人の奇異な関係性の中から一人の子供を産む、いわば土壌として機能することを先取りして示すという、典型的な「体を表す名」の機能を持つ。また神話の名としては、この名は『ラーマーヤナ』の主人公ラーマ王子の妻の名として有名である。このラーマ王子とシーターの物語については、ツィマーの『マーヤー』においても詳細に語られている。『ラーマーヤナ』においてラーマ王子の妻シーターは羅刹王にさらわれラーマによって救出されるが、貞潔を疑われる。シーターが貞潔を証明したとき、大地が割れ、シーターは大地の女神のもとへと消えていく。[35] このような極めて有名な人物の名がこの小説の主人公の一人の名として選ばれていることによって、この物語のサブテクストとして『ラーマーヤナ』が導入されることになる。この物語と『ラーマーヤナ』、とりわけラーマ王子とシーターらの森への追放のエピソードは他の数か所においても示唆される。

次に森の行者であるカーマダマナの名である。マンの小説において、彼は、元々は単にグハ（Guha）[36] という名であったが、自らこの「禁欲的な名（der asketische Name）」（774）で呼ばれることを望んだ、とされる。『マーヤー』においてはこの名が「願望の克服者もしくは欲望の克服者」[37] という意味であると明記されている。神話の名としては、『マーヤー』の冒頭に登場する。

そしてさらに印象的に語られるのが、シュリーダマンとシーターの間に生まれる息子の名である。この息子は当初「集中／三昧（Sammlung）」（795）を意味するサマーディと名付けられるが、強度の近視であったため、次第に「盲人（Blindling）」（795）を意味するアンダカという名で呼ばれるようになったとされる。前者の意味については『マーヤー』に、[38] 後者の意味については『インドの世界母』[39] にそれぞれ記載がある。息子のこの二つの名と神話との関係については後述する。

三・二　意味について語られない名前

一方小説中において、主人公のシュリーダマンとその友人ナンダの名前の意味については記述がない。また三人の主要登場人物のそれぞれの父もこれらの人物が物語の展開に関与しないにもかかわらずわざわざ名前が挙げられるのだが、これらの名が持つ意味についても作中では語られることがない。ある名前の意味が強調される一方で、別の重要な登場人物の名前の意味が沈黙されるとき、読者の興味はむしろこれらの沈黙された名の意味に向かう。これらの登場人物の名付けにおいて名前の意味は何らかの機能を持つのか。あるいはまたその背後に神話は存在するのか。

まずナンダという名はどうか。このナンダという名は神話に登場する名であり、ツィマーの『マーヤー』にも登場する。(40) この名は神話においてヴィシュヌ神の化身の一つであるクリシュナの、育ての親の名として現れる。一方マンの小説におけるナンダは繰り返しクリシュナにたとえられる。この名はそれ自体で小説中のナンダという人物と神話におけるクリシュナの関係を示唆するものである。

では、ナンダという名、それ自体の意味はどうか。このナンダという言葉は、「喜び」や「快楽」(Lust)を表す。(41) ナンダはマンの小説においてシーターに性的な快楽を与える存在であり、この名もまた実のところ「体を表す名」となっている。またクリシュナという神の名自体も、神話においてそもそも「体を表す名」である。この言葉は「黒」あるいは「暗い色」を表すが、インド神話においてクリシュナは肌の黒い神であるとされる。肌の浅黒さを強調されるナンダはこの点においてもこの神とのつながりを示されている。クリシュナは性的な魅力にあふれた神であり、この神のありようが小説のナンダの造形にも反映されている。シーターという名が『ラーマーヤナ』の登場人物として有名であるのと同様に、ナンダという人物はクリシュナ神話の中で大きな役割を担う比較的重要な登場人物である。したがってインド神話に親しんだ読者にとっては、この人物の神話との関係を読み取ることはそれほど難しくない。

三・三　「シュリーダマン」という名の謎——名前の意味からの考察

この小説における登場人物の名付けにおいて、最大の謎となるのが主人公の名、「シュリーダマン」である。この名前はシーターのように作中でその意味が明記されておらず、また、シーター、ナンダのように神話中の有名な人物でもない。この名はいかにしてこの小説の中心人物に与えられたのか。前述のとおりこれまでこの問題に研究は取り組んでこなかった。

まず確実な手がかりになるのはこの場合も神話における名である。ナンダほど重要ではないがクリシュナにまつわる神話にはシュリーダマンという人物も確かに登場する。[42] 子供時代のクリシュナは友人のバララーマとともに魔族プラランバを成敗するが、この時の仲間の子供の一人の名がシュリーダマンである。マンの小説においてクリシュナになぞらえられるナンダという人物の友人の名としてクリシュナの友人の名が名付けられることは不自然なことではない。しかしナンダやシーターと違い、この登場人物はいわば脇役のうちの一人であり神話の中で重要性を持っているとは言えない。なぜこのようなインド神話では目立たない登場人物の名がこの小説では主人公の名として選ばれたのか。この疑問に答えるには、神話における名だけではなく、サンスクリット語の意味も考慮する必要がある。この名はツィマーの著作のうち『マーヤー』に登場するため、マンの小説中では長音記号を付されずに Schridaman と表記される。一方神話におけるこの人物は、IAST（International Alphabet of Sanskrit Transliteration）の表記では śrīdāman となり、第一、第二音節が長母音である。したがって本来的に適切な日本語表記は「シュリーダーマン」である。

さてこの śrīdāman という人物名については、梵英・梵独辞典においても「クリシュナの遊び友達の名」と書かれている。ここでまず注目すべきであると同時にマンの作品との関連において最も重要であるのは、これらの辞書において、この項に続いて śrīdāmānandadātrī という名が挙げられていることである。これはクリシュナの最愛の愛人である牛飼いの女ラーダーの別名の一つである。ここで注目したいのは、この名が śrīdāman と ānanda の結合を含んでいるということである。ānanda は nanda に接頭辞 ā- が付いたものであるが、nanda と同様に「喜び」や「快楽」という意味を表す。そして dātrī は「与える者（女性）」という意味であるから、これは「シュリーダマンにアーナンダ（喜び）を与える女性」という意味になる。この名を目にしたとき、小説におけるシュリーダマンとナンダ、そしてシーターの一体性が明らかになる。すなわち、シュリーダマンとナンダは一つに結び付き、その合一体がクリシュナの愛人の名となる。マンの小説においてクリシュナに比されたナンダと結ばれるのはシーターであるから、シーターはこのラーダーに相当することとなり（クリシュナとラーダーの関係と同様、ナンダとシーターも婚姻関係にない）、シュリーダマンとナンダを結び付ける存在ということになる。さらにこの名はシュリーダマンからナンダへの同性愛的欲望を示すものともなる。シュリーダマンはある女性（シーター＝ラーダー）を媒介としてナンダを得て、彼と結合することになる。この物語の主人公の名を探していたマンは、シュリーダマンの名の由来を調べる中でこの名を目にし、この物語の構想、すなわちシュリーダマン・ナンダ・シーターによって形成される三角関係の着想を得たのではないか。なぜこの小説の主人公の名に「シュリーダマン」という名が選ばれたかという問いへの一つ目の答えはここにあると考えられる。

さらにこの śrīdāman という名の意味についてさらに検討してみたい。この名は śrī と dāman の二つの部分から成り立っている。śrī についてはベートリンク／ロートの梵独辞典によればいくつかの意味がある。まず動詞としては、「混ぜる」「料理する」など、また女性名詞としては「光」「美」「栄光」「富」などの意味を持ち、さらに尊称として神などの名の前に付けられることもある。さらにそれ自体で女神ラクシュミー（ヴィシュヌの妻）の別名でもある。この女神の名 Schri-Lakschmi は「幸運の女主人（Herrin des Glückes）」という説明とともに小説中にも登場する（798）。一方 dāman であるが、これは語根 dā からの派生形であり、「与える者」「分け前」「ロープ」などの意味を持つ名詞である。

このような本来的なサンスクリット語の意味とは別に、この小説の文脈においてこのシュリーダマンという名前を検討するとき、この名の名付けにおける別の可能性が明らかになる。そこで手がかりとなるのは、サンスクリット語表記の問題である。マンの小説ではシュリーダマンは Schridaman という表記になる。このときこの名前の後半部分、本来は長母音を伴う dāman である部分が、短母音のみの daman である可能性も見かけ上は排除できなくなる。この名を、同様に意図的にインドの神話から選び出され、この小説の登場人物に名付けられたある別の名前と並べると、見かけ上の類似性が現れる。それは作品中においてその名の意味が強調される「カーマダマナ」という森の行者の名である。すでに述べたようにこの名は「欲望の克服者」という意味で、この名は kāma と damana の複合語である。kāma は「望み」、「欲望」、「愛」、「性欲」などの意味の男性名詞であるが、同時に「愛の神」の名でもある。Kama が愛の神を指すということは、マンの小説の中でも指摘されている（798）。damana は語根 dam（馴らす、英 tame、独 zähmen）からの派生語であり、「馴らすこと」「打ち負かすこと」などの意味になる。さらには「自己節制」という意味もある。

Kamadamana と Schridaman という小説中の名を並べると、共通点が浮かんでくる。第一にこれらの名は、二つの語の複合語である。そしてともに前半部が「愛の神」もしくは女神の名である。Kama すなわち「愛の神」と Schri-Lakschmi すなわち「幸運の女主人」はマンの小説において一対のものとして登場する。彼らはダンカカの森を通ってナンダのもとに向かうシーターを守っていたとされるのである（798）。この対比の明白性からも、シュリーダマンとカーマダマナという二つの名前の類似性は小説中においてより強調されることとなる。そしてこの名の後半に damana と daman という極めて類似した語が現れることになる。もちろんこの類似性は、本来は正しくない。というのも前者は語根 dam の、後者は語根 dā からの派生形であり関係性はないからである。しかし、マンの小説においてはこの名について長母音と短母音の区別をする記号が省かれているため、それらの区別が付かなくなり、見かけ上の親縁性が生まれるのである。特に前者の名が「欲望の克服者」という意味を作中で強調されていることから、サンスクリット語に詳しくない読者の目には、Schridaman の名もこの名と同様に、「シュリーの克服者」という意味であるかのように見えてくる。実際ヴァジェは『トーマス・マン短編集への注釈』においてこの名について「シュリーの克服者」(der Bezwinger der Sri) という意味であるとのごく単純な注釈を付けている。[43] またクルカルニーも同様にこの名を Schridamana と解釈し、「シュリーの克服者もしくは夫」との訳を当てている。[44] しかし神話の名が śrīdāman である以上、これらの解釈はいずれも不十分なものである。このように daman と damana の間に見かけ上の関連性が読み取られるとき、シュリーダマンという名に、新たな意味が照射される。それは dama もしくは damana という語が表すところの「自己節制」という意味であり、まさにこの小説を通じて、この主人公の「体を表す名」となるものである。

三・四　トニオ・クレーガーとしてのシュリーダマン

このように見るとき、そしてこの小説をトニオ・クレーガーとの相似関係の中で観察するとき、このシュリーダマンという名が、トニオ・クレーガーという名と大きな関連を持つことが明らかになる。

第一にナンダとシーターの名との比較（またこの二つの名は、シュリーダマンという名に比べて、インド神話においてメジャーなものである。これは、『トニオ・クレーガー』において、ハンスとインゲという名が典型的なドイツ的名として使われていたことを想起させる)[45]から明らかになることだが、これらの名と違い、シュリーダマンという名は二つの部分からなっている。この二分性はトニオ・クレーガーという名を指し示す。『トニオ・クレーガー』という名は、その前半部と後半部が対極を示し、その二つの世界のはざまにあるこの人物のアウトサイダー性を示すものだった。「シュリーダマン」という名においては、前半部はシュリーという「光」などのポジティブな意味、もしくは女神の名を持ち、[46]後半部は「自己節制」という原理を示す。このシュリーが、尊称を示す接頭辞であると解釈すれば、この名前は、「自己節制する者」という意味を示すことになる。このとき、自己節制という原理は、ナンダという名の持つ「快楽」と極めて明確な対照、両極をなすことになる。

第二にこの名前が、シュリーという女神の名を持つことによって、女性性をそこに保持しているということである。トニオ・クレーガーはその男性性に疑問を突き付けられる存在であったが、[47]シュリーダマンという名前に女神の名が入っているということは示唆的である。シュリーダマンは「男らしさ」の欠如が際立つ登場人物であるが、この名においてもその特性が示されているのである。

三・五　トニオ・クレーガーとしてのサマーディ＝アンダカ――「道に迷った市民」／「拡散・増殖する魔族」

これらの三人の登場人物シュリーダマン、ナンダ、シーターの関係性のもつれの中で誕生する息子の名は、すでに述べたように、語り手によってその名と、その名の持つ意味への注意を繰り返し喚起される。この名についても詳しくその成り立ちを追っていくと、トニオ・クレーガーとの親縁性が明らかになっていく。

まずシーターとシュリーダマンが名付けたのはサマーディという名であり、作中でその意味が明示される。一方神話とのかかわりはどうだろうか。この名前を持つ人物もまたツィマーの『マーヤー』に登場するが、その登場の仕方はこの小説をインドの衣をかぶったトニオ・クレーガーの語り直しとして読む読者にとって大変興味深い。このサマーディという人物は、次のような物語に登場する。自分の国と都を奪われた王、スラタは「自我感情と所有感情（Ich- und Mein-Gefühl）」[48]について考えながら森を歩いているとき平民（Bürger）であるところのサマーディに出会う。サマーディは次のように自己紹介する。「私はサマーディという名の平民です。これは集中という意味です」[49]。サマーディも良家の出身だが、王と同じように財産を奪われ家から追われた身である。こののち二人はある聖人から女神マーヤーの話を聞く。

このエピソードは、トニオ・クレーガーとの対応関係をはっきりと示すものである。すなわちサマーディは森の中をさまよう「道に迷った市民」なのであり、トニオ・クレーガーが女性画家のリザヴェータ・イヴァノーヴナに「あなたは道に迷った市民です（Sie sind ein Bürger auf Irrwegen）」[50]と言われることを容易に連想させる。これは市民の世界になじめず芸術家たろうとし、その直前まで芸術論議を展開していたトニオ・クレーガーにとって判決のように響く否定的な名付けの一つである。この「道に迷った市民」としてのトニオ・クレーガーの本質はこの小説の主題である。サマーディという人物は、神話におけるエピソードと突き合わせたとき、それが、トニオ・クレーガーという人物にインド神話の仮面がかぶせられたものであるということが明らかになるのである。

シュリーダマンの息子であるこのサマーディは、父と同じく二つの対立する要素の間で引き裂かれている。父の名がそれ自身のうちに分裂を含んでいたのに対し、息子は二つ目の名がもたらされることによって分裂する。二つ目の要素を示すのは、彼が成長するにつれて呼ばれるようになった名前、アンダカである。このアンダカという名前の意味「盲人」[51]も小説中で強調されている。しかしながら、この「体を表す名」は作中の他の名と同じく、神話の名でもある。サマーディが平民の名であったのに対し、アンダカという名は、ある魔族（アスラ）の名である。この魔族は大きな力を持ち、黒く、そして不死性を獲得している。このアンダカはあるときシヴァと闘う。シヴァはアンダカを傷付けることはできるが、その傷口から流れる血しぶきの一つ一つがアンダカの小さな分身となり、それが何百、何千とシヴァに襲い掛かり、シヴァを苦しめる。シヴァが彼らを攻撃するとまたその血から、あらたに分身が生まれシヴァに襲い掛かる。(52)

このアンダカの物語を踏まえると、サマーディ・アンダカという一見、統一性のない名付けが、これもまたトニオ・クレーガーと同様に二つの対照的な原理を示していることが明らかになる。サマーディという名は集中を表し、アンダカという名はその神話の物語から、拡散していくありようを示す。またサマーディはごくありふれた平民であるのに対し、アンダカは神にも匹敵する力を持つ存在である。さらにはその肌の黒さは、クリシュナ（＝ナンダ）を想起させ、この子供とナンダの間の関連性を示唆する。この子供は首の交換前に孕まれてはいたものの、「アンダカ」と呼ばれることによってナンダの子でもあるということが暗示されているのである。このサマーディ・アンダカという名付けの意図は、このように神話の名も考慮することによってはじめて解読可能になるのである。

三・六　父たちの名――トーマス・マンとしてのバヴァブーティ

『トニオ・クレーガー』において、トニオの芸術を愛する芸術家としてのありよう、そしてクレーガーという名の示す規範的な市民としてのありようはそれぞれ母と父から受け継がれたとされていた。このように親から子にその特徴が受け継がれるというパターンがこの小説にも存在する。サマーディ・アンダカはシュリーダマンからその二重性を受け継ぎ、さらに発展させている。では、シュリーダマンらの前の世代はどうか。ここで興味深いのは、シュリーダマン、ナンダ、シーターの父親たちがそれぞれ名指されているという点である。これらの名は、それぞれの父親の職業、社会階層の描写とともに描かれる。

まずシーターは戦士の血をひき、その父は、スマントラ（Sumantra）という名であるとされ、これは「良き助言者」という意味の語である。また神話の名でもあり、『ラーマーヤナ』に登場するコーサラ国の忠臣の名である。この忠臣は、ラーマ王子とシーターおよびラーマの弟ラクシュマナ王子がダンダカの森に追放されるときに馬車の御者を務める。(53) まずこの名はシーターという名が『ラーマーヤナ』神話と関係していることを示すという機能を持つ。次にこの、二人の男と一人の女が森の中に馬車で入っていくというシーンを示唆することによって、小説の転機となる重大な出来事の起こる場面をすでに暗示している。

次に牛飼いであり鍛冶であるナンダの父はガルガ（Garga）という名であるとされる。この語は場合によっては「牡牛」を意味することもあり、聖なる動物である牛とナンダとのつながりはこの小説の中で繰り返し示されるが、(54) ここでもそのつながりが暗示されている。そして神話の登場人物としてのガルガはクリシュナの名付け親の名である。ここでもまたクリシュナとナンダのつながりが示唆される。

最後に、ブラフマンの血をひくシュリーダマンの父の名、バヴァブーティ(55) が挙げられる。この名 Bhavabhūti は辞書によれば「幸福な存在」や「富」を示す名詞であるとされる。しかしツィマーの著作を見ると、この名が小説中の他の名前と種類が異なることがわかる。この名前は神話の登場人物ではなく、実在の八世紀の劇作家・詩人の名前である。彼の代表作の一つは『マーラティーマーダヴァ（Mālatī-mādhava）』という戯曲であり、この十幕の劇は次のようなあらすじの物語である。宰相の娘マーラティーとマーダヴァという青年が恋仲にあるが、マーラティーは国王によってナンダナという青年と結婚させられそうになる。様々な障害を乗り越えて、マーラティーとマーダヴァは結ばれる。ツィマーの著作ではこの戯曲の第五幕を取り上げており、この戯曲の作者の名としてバヴァブーティの名が取り上げられる。(56) ここで興味深いのはこの戯曲が、『すげ替えられた首』と同様に男女三人の三角関係を扱ったものであること、そして登場人物の一人がナンダナという名であることである。nandana という名は nanda と同じく語根 nand からの派生形であり「喜ばせること」という意味を持つ。この二つの名前にははっきりとした関連性が見られる。

すなわちシュリーダマンの父として、小説中でこのバヴァブーティが名指されることは次のようなことを示しているといえる。バヴァブーティという名が神話ではなく実在の文学者を示しているということは、シュリーダマンが文学者としての系譜に属することを示す。さらに、バヴァブーティが三角関係を扱った文学作品の作者であるということ、さらにその三角関係に nandana という男性の登場人物が存在していることを考慮に入れると、このバヴァブーティという名は、同じく三角関係、それも nanda という男性登場人物が関係する三角関係を扱ったこの小説を執筆している作者自身、すなわちトーマス・マンを示唆する。そしてこのバヴァブーティの系譜につらなるシュリーダマン、さらにはその息子サマーディィ・アンダカにもまた、マン自身が投影されることになる。

以上のように、この小説の名をサンスクリット語の意味と神話における名前の引用の二つの観点から精査することによって、この『すげ替えられた首』という小説の自伝性が明らかになっていく。そもそもこの小説と初期の自伝的小説『トニオ・クレーガー』の関連については、マン自身は簡単な言及をしたのみであったが、この作品の登場人物の命名を精査していくと、それぞれが『トニオ・クレーガー』を指し示すものとして精緻に構想されたものであることが明らかになった。これらの名によって、『すげ替えられた首』が『トニオ・クレーガー』を、そしてその背後にある自伝的なものを指し示すことが明らかになるのである。さらには登場人物に与えられたもののうち唯一の歴史的人物に起源を持つ名は、『トニオ・クレーガー』という媒体すら介さず、直接作者本人を指し示していたのである。

四　名前の循環的機能

ここまでの議論をまとめると、この小説における名前の機能とは以下のようなものである。名前は意味との関連においては、「体を表す名」としてその登場人物の特性を表すが、作中でその意味の明示されない名は特に、その背後にある『トニオ・クレーガー』とその登場人物を隠しながら示していた。神話の名との関連においては、神々の名はインド的な世界観を構築するある種の装飾として使われていた。それだけにとどまらず、登場人物の名が神話から借用されることによって、これらの名は引用元の神話を指し示す機能をも持ち、この小説にメタテクストを導入すると同時に自伝的なものを普遍的な物語へと変容させる。ナンダと彼にまつわるいくつかの名はクリシュナ神話を、シーターと彼女にまつわるいくつかの名は『ラーマーヤナ』をこの小説に導入する。またサマーディ・アンダカについては、それぞれの名の背後の物語がトニオ・クレーガー的二項対立との類似性を強調していた。そして、さらに実在の文学者の名前が使われ、その借用によって『トニオ・クレーガー』という媒介的テクストを通さずに、直接トーマス・マンという作者を指し示している。

これらの機能からは、この作品における名付けには隠蔽と暴露の二つの機能があることがわかる。まずインド風の名前と神話の名前を導入することで、自伝的なものを虚構化し別のものに見せ、あるいは普遍化するということが行われるが、この隠蔽のヴェールは多層的で複雑なものである。一方でそれらの名前は丁寧に読み解き、またトニオ・クレーガーという別のテクストを鍵として用いることで、テクストの自伝性を暴くものとしても機能する。このような本作品の名前の複雑なあり方と機能は「名前の魔術師」たるトーマス・マンの一つの極致であると同時に、文学作品における名前というテーマに大きな示唆を与えうるものである。文学における名前は、個別化と普遍化、虚構化と現実化の間をめぐる循環的機能を有しているのである。

　このような名前の機能に着目するとき、マンが早くから取り組んできた、フィクションの中で自分自身を、すなわち自伝的なものを表現しようという試みが、この小説においては神話との関連で洗練を見せているということが明らかになる。一般的に、自伝的な文章に神話的な名が導入されるとき、それは個人的・個別的な体験をより普遍的なものへと変化させるという機能を持つ。自伝的なものを神話の名を借りて語る語りは、その語りの背後にいる作者個人の体験を覆い隠し、それをより高次の普遍的な物語へと変容させるものである。一方で名前そのものはそもそも個別化の機能を持っている。『すげ替えられた首』においてはインド神話・哲学における「マーヤー」が主題の一つであったが、ショーペンハウアーはこの「マーヤー」を「個別化の原理」と呼んだ。本来の全体性が、まやかし・幻であるところの「マーヤー」によって隠され、個別の姿で現れる。名付けというのもまさにこのような個別化の原理と似た働きを持っており、それは普遍から個別への流れとして理解されうる。ある名で名付けられた瞬間、人は「個人」となるのである。『すげ替えられた首』において興味深いのは、これらの名前の、普遍から個別へ、あるいは個別から普遍へという両方の機能が意識的に描かれているという点である。特に後者については神話の名を用いるということによってだけではなく、作中でウパニシャッドの一節「これはそれなり（Etad vai tad.）」（713）という言葉が引用されることによっても強調されている。これは二人の青年の関係を表す際に引用される言葉であるが、「これ」、すなわち個別の事象は、まさにすべて「それ」、すなわち全体性であるというこの言葉は、ラッセルの、指示語こそが真の固有名であるという議論[57]とも関連しており大変興味深い。いずれにせよ、自伝的な文章における神話的な名の機能は、このような個別・普遍の位相の変化に着目して分析されなければならない。

　さらに注目すべきは、この小説においてマンが「マーヤー」に繰り返し注意を喚起していることである。

そしてそれがショーペンハウアーにおける表象としてのマーヤーにはとどまらず、インド神話に立ち戻っての再考が行なわれていることも指摘されるべきである。この小説において、マーヤーはまやかしであり、そしてそれゆえ小説の虚構性を立ち上げるものでもあるのである。ツィマーはその著作の中で「名前と姿はマーヤーである」(58)と述べている。このとき、名前の持つ、まやかしを産む力、すなわち虚構性を作り出す作用が明らかになる。インド神話におけるマーヤーは、神の持つ偉大な力でもあり、マンの作品においては、マーヤーが単なるまやかしのヴェールとしてではなく、物語をダイナミックに産出する魔力としても描かれている。このように見るとき、このマーヤーは、『トニオ・クレーガー』の海の混沌につながるものでもある。漠としたもの、混沌とした全体性に対峙し、そこへ向けて名を呼びかけることによって、個別の姿が立ち上がる。名付けることによって、フィクションが、そして自らを語ることが可能にされ、その呼びかけに振り向くことで語る主体が生まれるという行為／経験の根幹にあるところの名前の存在が明らかになるのである。

注

（1）本稿のサンスクリット語の名前の解釈については、東京大学文学部インド語インド文学研究室助教の河崎豊氏および大学院生の小林史明氏にご確認・ご助言をいただいた。この場を借りて心よりお礼申し上げたい。

（2）作品からの引用は Thomas Mann: Gesammelte Werke in dreizehn Bänden. Frankfurt am Main (Fischer) 1974, Bd. 8 に拠る。以下同書からの引用は本文中に頁数のみを示す。

（3）マン自身がこの小説を「形而上学的な冗談」(Hans Wysling und Marianne Fischer (Hg.): Dichter über ihre Dichtungen. Thomas Mann. Bd. 2. Zürich u. a. (Heimeran / Fischer) 1979〔以下 DüD II と略記〕S. 585) と自己言及していることもあり

哲学的な文脈、とりわけショーペンハウアーの思想との関連から論じられることも多い。Vgl. Dieter Borchmeyer: Die vertauschten Köpfe. Eine indische Legende. Thomas Manns „metaphysical joke". In: Jahrbuch der Deutschen Schillergesellschaft. 54 (2010), S. 378–397. 作中で主題化される「マーヤー」の概念についても、マンは若いころにショーペンハウアーを通して受容したとされる。しかしこの作品における「マーヤー」の概念はよりインド哲学および神話の影響を強く受けたものになっている。

（4） Aratee Kaewsumrit: Asienbild und Asienmotiv bei Thomas Mann. Frankfurt am Main (Peter Lang) 2007, S. 165–211.

（5） Siegfried A. Schulz: Hindu Mythology in Mann's Indian Legend. In: Comparative Literature, 14 (1962), S. 129–142.

（6） Baburao Bhimrao Kulkarni: Darstellung des Eigenen im Kostüm des Fremden. Variationen eines indischen Märchenmotivs in Goethes Paria-Trilogie und Thomas Manns Die vertauschten Köpfe. In: Eijiro Iwasaki (Hg.): Begegnung mit dem „Fremden". München (iudicum) 1991, S. 64–70.

（7） Monika Carbe: Thomas Mann: Die vertauschten Köpfe. Eine Interpretation der Erzählung. Marburg (Görich & Weiershäuser) 1970.

（8） 名前は人の本質、官能をあらわし、また魔術的な力を持つ。一方、この小説において主題となっているマーヤーもまたこれらの力を持っている。シュリーダマンが述べるようにマーヤーとポエジーの間に本質的な関連があるのならば（721）、まさに名前というものが文学の出発点にあるということになるのだが、この複雑な問題については紙幅の都合上、別の論考で詳しく取り上げることとする。

（9） Helmut Koopmann: Mann's "Autobiographical" Stories. In: Herbert Lehnert and Eva Wessell (eds.): A Companion to the Works of Thomas Mann, New York (Camden House) 2004, S. 147–158. Hier S. 148 f.

（10） Vgl. Mayuko Kido: Masken und Spiegel. Die Erzählstrategie in Thomas Manns Essay *Im Spiegel*. In: Neue Beiträge zur Germanistik. Bd. 15, Heft 1 (2016), S. 29–42.

（11） GKFA Bd. 2.1, S. 245.

（12） 本書第三章を参照。

（13） GKFA Bd. 2.1, S. 259.

（14） GKFA Bd. 2.1, S. 281.

（15） Vgl. GKFA Bd. 2.2, S. 126 ff.

（16） マンは一八九七年四月および七月の書簡で、『小男フリーデマン氏』（一八九七年）以降、自らの体験とともに人前に出ていくことを可能にする「秘密の形式と仮面」を見つけることができるようになったと述べている。Thomas Mann: Große kommentierte Frankfurter Ausgabe. Hg. von Heinrich Detering u.a. Frankfurt am Main (Fischer) 2002 ff.〔以下 GKFA と略記〕Bd. 21, S. 89 und S. 95 f.

（17） DüD II, S. 590.

（18） Vgl. Helmut Koopmann: Die vertauschten Köpfe. Verwandlungszauber und das erlöste Ich. In: Liebe und Tod - in Venedig und anderswo. Frankfurt am Main (Vittorio Klostermann) 2005, S. 209–225.

（19） Vgl. Michael Maar: Im Schatten des Calamus. Autobiographisches in Thomas Manns indischer Novelle Die vertauschten Köpfe. In: Merkur. 55 (2001), Heft 8, S. 678–685. またマールは Schridaman という名の語尾が Man であることから、マンの作品における自伝的人物像の名として Johannes Friedemann や Paolo Hoffmann などの名の系譜に連なるものであることを示唆している。Vgl. Ders: Das Blaubartzimmer. Frankfurt am Main (Suhrkamp) 2000, S. 44 und S. 74.

（20） Thomas Mann: Tagebücher. 1937–1939. Hg. von Peter de Mendelssohn. Frankfurt am Main (Fischer) 1980〔以下 Tb. と略記〕S. 271 f.

（21） Heinrich Zimmer: Die indische Weltmutter. Aufsätze herausgegeben und eigeleitet von Friedrich Wilhelm. Frankfurt am Main (Insel) 1980 (erst 1934).

（22） Tb., S. 484.

（23） Heinrich Zimmer: Maya. Der indische Mythos. Frankfurt am Main (Insel) 1978. Der Erstdruck: Stuttgart u.a. (Rascher) 1936.

（24） Tb., S. 500. またツィマーのほかに、ゲーテの『パーリア』三部作の影響もみられる。Vgl. Mathias Mayer: Opfer waltender Gerechtigkeit. In: Ders.: Natur und Reflexion. Frankfurt am Main (Vittorio Klostermann) 2009, S. 311–328.

（25） Zimmer, Die indische Weltmutter, S. 19 f.

（26） 邦訳はソーマデーヴァ『屍鬼二十五話』、上村勝彦訳、平凡社、一九七八年。

（27） Hans Rudolf Vaget: Thomas Mann-Kommentar zu sämtlichen Erzählungen. München (Winkler) 1984, S. 255f.

（28） Zimmer, Die indische Weltmutter, S. 20.

(29) インドの伝説では名前が挙げられているものもあるが、マンの命名したものとは全く別のものであり作中の名は完全にマンの創作である。

(30) ヴァジェはこの作品へのコメンタールにおいて、「ダンカカの森」を、ラーマーヤナに登場する場所であると書いている（Vaget, a. a. O., S. 252）が、したがってこれは間違いである。

(31) DüD II, S. 583.

(32) Otto Böhtlingk und Rudolph Roth: Sanskrit Wörterbuch, hg. von der kaiserlichen Akademie der Wissenschaften, bearbeitet von Otto Böhtlingk und Rudolph Roth. St-Petersburg (Eggers) 1855–75.

(33) Monier Monier-Williams: A Sanskrit-English Dictionary. Etymologically and Philologically Arranged with Special Reference to Cognate Indo-european Languages. Oxford (W.H. Allen and Co.) 1899.

(34) Zimmer, Maya, S. 234 他多数の箇所で言及される。

(35) Zimmer, Maya, S. 234 ff.

(36) Guha は『ラーマーヤナ』においてはシーターらとともに森へと追放されたラーマ王子に従い彼らを助ける部族の首領の名である（Zimmer, *Maya*, S. 258 ff.）。この名もまた森への追放のエピソードを暗示するものである。

(37) Zimmer, Maya, S. 45.

(38) Zimmer, Maya, S. 476.

(39) Zimmer, Die indische Weltmutter, S. 28.

(40) Zimmer, Maya, S. 328ff.

(41) クルカルニーはナンダの名の意味を「友人」であるとしている（Kulkarni, a. a. O. S. 69）。これはサンスクリット語の意味からではなく、中高ドイツ語で「友人」を示す friunt の本来的な意味が「愛人」であるからというアクロバティックな解釈によるもので説得力があるとは到底言えない。

(42) Zimmer, Maya, S. 343.

(43) Vaget, a. a. O., S. 250.

(44) Kulkarni, a. a. O., S. 69

(45) Debus, a. a. O., S. 3.

(46) また、シュリーに「混ぜること」という意味があると、ベートリンク／ロートの事典に記載されていたことも看過できない。二つの原理を「混ぜる」ことはまさに「トニオ・クレーガー」という名において行われていたことであった。

(47) 『トニオ・クレーガー』における男性性への不安と同性愛との関連についてはしばしば論考の対象となってきている。特に、ダンス教室においてトニオが間違って女性の踊りを踊ってしまい、「クレーガーお嬢さん」(GKFA Bd. 2.1, S. 259) と嘲笑される場面および、女性画家リザヴェータ・イヴァノーブナに向かって、「我々芸術家は一体男であると言えるのでしょうか」(GKFA Bd. 2.1, S. 271) と問い、芸術家をカストラートになぞらえる箇所がこの問題を際立たせている。

(48) この Ich- und Mein-Gefühl は『すげ替えられた首』において繰り返し取り上げられる (713, 715, 769 und 792)。とりわけシュリーダマンとナンダの関係性について描写するときにこの言葉が使われるのが特徴的である。ツィマーの著作におけるこのエピソードの、マンの作品への影響を示す証拠の一つである。

(49) Zimmer, Maya, S. 476.

(50) GKFA Bd. 2.1, S. 281.

(51) この名には不幸な結婚から生まれた子は盲目になるという伝説も影響していると考えられる (Zimmer, Maya, S. 51)。

(52) Zimmer, Die indische Weltmutter, S. 28 ff.

(53) Zimmer, Maya, S. 255 f.

(54) Zimmer, Maya, S. 332.

(55) この名はマンの小説において例外的に長音記号が付されているものの一つである。その理由はこの名が『マーヤー』ではなく『インドの世界母』からとられたことにあると考えられる。

(56) Zimmer, Die indische Weltmutter, S. 23.

(57) 本書序論九―十二頁参照。

(58) Zimmer, Maya, S., 221.

第十章　ウィーンの（脱）魔術化

――ハイミート・フォン・ドーデラーとインゲボルク・バッハマンのウィーン

前田佳一

一　魔術的地図と「オーストリア」

本稿では、戦後オーストリアの二人の作家、ハイミート・フォン・ドーデラー（一八九六―一九六六）とインゲボルク・バッハマン（一九二六―一九七三）の長編における「ウィーン」という場所をめぐる地名群を通じた錯覚形成の問題を、ハプスブルク帝国崩壊以後のオーストリア文学全体を覆う「ハプスブルク神話」という潮流をもふまえつつ、検討する。そしてそこから、文学的固有名の〈虚構性〉が〈否定性〉へと必然的に転換してゆく契機の萌芽を、最終的に認めることになる。

バッハマンが一九六〇年にフランクフルト大学で行なった講演『名前との付き合い』[1]を序論に引き続き、本稿でも立論の出発点としたい。講演の序盤において現実の世界地図とは一致せず文学作品においてのみ存在するものとしての「魔術的地図（Zauberatlas）」なるものが言及されていることからわかるように、バッハマンにとっては人名のみならず、地名もまた自らの詩作にとってきわめて重要であった。作家が現実に存在する地名を虚構の物語構築において用いるとき、虚構の物語空間の地平に現実という地平が重ね合わされることによって、それらの地名は現実と虚構との閾となる。現実に存在する地名がちりばめられた作品において構築される虚構世界は現実ならびにそこで流通する地名群というある種のサブテクストを写しとったものであるが、虚構テクスト内で固有名を通じて参照される現実もまた、まさにこのことによって虚構世界からの浸透を許し、その有りようを変容させる契機を得る。すなわち実在の地名が用いられる虚構世界を受容した読者にとって、「現実」のその場所をそれ以前のかたちで認識することはもはや不可能なのである。バッハマンの言う作家による「魔術」とは、さしあたりこのような現実と虚構との閾として機能する固有名によって引き起こされる虚構と現実との間の相互浸透を言い表したものとして理解することができるだろう。

　このような意味での「魔術的地図」の例としてバッハマンが挙げるのは、ゴルドーニ、ニーチェ、ホーフマンスタール、トーマス・マンらがその作品の舞台とし、それによって特殊なアウラを帯びるようになった「ヴェニス」、シェイクスピアの『お気に召すまま』の舞台となった「イリュリア」、バルザック『人間喜劇』のパリにおける「カルーゼル橋」、アポリネールの詩における「ミラボー橋」、ジョイスの「ダブリン」、ゲーテ『ファウスト』のヴァルプルギスの夜における「ブロッケン山」等々であるが、これらを列挙したのち、具体例の最後にローベルト・ムージル『特性のない男』に登場する「カカーニエン」を挙げている。[2]

　バッハマンが「魔術的地図」の様々な具体例の最後に、自らと同じオーストリアのケルンテン州の州都クラーゲンフルトに生まれたムージルが在りし日のハプスブルク帝国を指すために用いた造語を挙げていることは、意味深長である。「カカーニエン（Kakanien）」とは「帝王室の（kaiserlich-königlich）」、略して「カー・カー（k.k.）」あるいは「帝室にして王室の（kaiserlich und königlich）」、略して「カー・ウント・カー（k. und k.）」という類似した略語が並存していたオーストリア・ハンガリー二重帝国の、政治的にも文化的にも矛盾に満ちた状態を名指すためにムージルが用いた文学的形象である[3]。第二次世界大戦後、イタリア人ゲルマニストのクラウディオ・マグリスは一九六三年の単著『オーストリア文学とハプスブルク神話[4]』において、第一次世界大戦後の一連のオーストリア文学にみられる、多民族・多言語が共存していた古き良きハプスブルク帝国時代を理想化しノスタルジックに追想する傾向に「ハプスブルク神話」という名を与えている。ムージルはこの流れの一端に位置付けられる作家であると同時に、そのようなオーストリア人たちのハプスブルク帝国の神話化への最も早い批判者の一人でもあった。だが現在ではこの「カカーニエン」という名は「ムージルの文脈を離れ、現在ではかつてのハプスブルク帝国の記憶をともなったオーストリア文化の独自性ないしは中央ヨーロッパの文化的多様性を示す名称[5]」として様々な場面で用いられている。ともあれ、本稿が扱うドーデラーとバッハマン、この両者もまぎれもなく、このような過去の「オーストリア」の神話化とそれに対する批判をめぐる第二次世界大戦後のオーストリア文学の流れの後裔に位置づけられるべき作家たちであり、このことが本稿の立論の出発点ともなる。

二　名の分裂

「オーストリア」あるいは「ウィーン」という固有名がなぜ問題なのか、これについては多少の説明を要する。現在「オーストリア」と呼ばれている国、それは言うまでもなくかつてのハプスブルク帝国の後継国家である。そのハプスブルク帝国、すなわちオーストリア・ハンガリー二重帝国が一九一八年に崩壊し、いわゆる第一共和国オーストリアが成立するに際し、旧帝国の領内に居住していた諸民族がそれぞれ独立することによってオーストリアは現在そうであるような一つの小国になった。ここで「オーストリア」という固有名をめぐる第一の断絶、すなわちその指示対象の分裂が起こる。それまで「オーストリア」の一部であったいくつかの地域がもはや「オーストリア」ではなくなったにもかかわらず、そして現在の狭い意味でのオーストリアの世界における位置づけも変化したにもかかわらず、帝国時代の多民族・多文化の共生する国としての「オーストリア」の理念を放棄することは依然として当時のオーストリア人たちにとって困難なことであった。こうして「オーストリア」という名は第一次世界大戦後、単なる小国としてのオーストリア共和国と、かつてオーストリアであったがもはやそうではなく、にもかかわらず文化的アイデンティティにおいては小国としてのオーストリアにとって依然として重要であり続ける諸地域（チェコ、スロバキア、ハンガリー、スロヴェニア等）の両方を、あるいはその分裂を意味するものとなってしまったというわけである。そして実際、アントン・ヴィルトガンスやフーゴー・フォン・ホーフマンスタールらをはじめとする戦間期オーストリア文学の作家たちにとって「オーストリア的なるもの」あるいは「オーストリア人」なるものの定義や、失われたかつての「オーストリア」への多分にノスタルジックな想起が、一つの巨大な関心事となったのだった。ついでに述べるならば現在のオーストリアにおいてもまた、一九〇〇年前後の世紀転換期をはじめとするハプスブルク帝国時代の文化的遺産がいまだに主要な観光資源として用いられているという状況を考慮に入れるならば、この固有名の指示対象の分裂という事態はいまだ存続しているのであると、みなすことができよう。

「オーストリア」という固有名をめぐる名と指示対象との不一致という状況は第一共和国以降も続く。すなわち一九三八年のナチス・ドイツとの合邦以後、オーストリアはドイツ第三帝国の一部として「オストマルク」と呼ばれていた。そして一九四五年の終戦後、連合国側による分割統治が始まると、特にウィーンはアメリカ、ソ連、イギリス、フランスの四カ国によって統治され、それぞれの区域がどの国に統治されているかによって法や文化政策が異なるという複雑怪奇な状況に置かれることとなった。一九五五年に独立が回復され、第二共和国が成立するまでの十年間は、いわばアメリカとソ連との間の冷戦初期の政治的・文化的な意味での代理戦争の場ともなり、この政治的状況は戦後のオーストリア文学・文化に大きな影を落とすこととなる。

三　ドーデラーの魔術

この時期、すなわち「ウィーン」という固有名の指示対象もまた四つに分裂し、もはやこの名によっては十全な形ではこの街を名指すことが不可能だった分割統治期にあたる一九五一年に、本稿が扱うハイミート・フォン・ドーデラーの長編『シュトゥルードゥルホーフ階段あるいはメルツァーと年月の深層』[6]が出版された。一九四二年から一九四八年にかけて執筆され、一九一〇年、一九一一年ならびに一九二五年頃のウィーンを主たる舞台とするこの作品はウィーンの実在の地名がふんだんに言及される中で様々な階層の人物のエピソードが絡み合いながら進行する一大群像劇であるが、そのことによってアウストロ・ファシズム期やそれに先立つ内戦、ナチス・ドイツによる併合、第二次世界大戦、そして分割統治によって失われたかに思われた在りし日のウィーンのアウラを現代に甦らせた作品として直ちに好評を得ることとなった。[7]タイトルで言及される「シュトゥルードゥルホーフ階段」とはウィーン第九区アルザーグルントに現在も存在するユーゲント様式の階段であり、実際に作品内においてもこの場所は重要な意味を帯びる。ここについて、一九九二年から二〇〇四年にかけてウィーンの郷土史家であるフェーリクス・ツァイケによって刊行された『ウィーン歴史事典』では次のように記されている。

シュトゥルードゥルホーフ階段、テオドア・イェーガーの設計により建築され、一九一〇年一一月二九日より使用に供される。二つに分かたれた壁泉によって装飾が施されており、階段の内壁にそなえつけられた上方の水盤には仮面様の水吐きがあり、一段目の踊り場にはモザイク様の壁龕に魚の顔をした水吐きがある。ハイミート・フォン・ドーデラーの一九五一年の同題の長編により著名となる。一九六二年の改修以後は記念銘板が設置されている（ドーデラーの詩とともに）[8]。

この短い記述には重要な事柄が二つ含まれている。第一には、ドーデラーが一九一〇年以降現実に存在するこの階段を作品の舞台に選ぶことにしたのみならず、作品の舞台となる時代までも、その一九一〇年以降に設定したこと、すなわちドーデラーが作品の虚構世界の出発点を現実のシュトゥルードゥルホーフ階段のそれと一致させ、いわば、長編のタイトルという固有名を介して虚構世界と現実の階段とを同一化しようとしたということ。そして第二には、ドーデラーの長編の出版年である一九五一年まではウィーンの住民にとってさえ無名の場所であった階段が他ならぬこの長編によって著名となり[9]、ドーデラー自身による詩（これは長編の冒頭にエピグラフとして付されているものと同一[10]）を伴った記念銘板まで付されたということ、つまりはこれらのことによって現実の一部が虚構世界からの浸透を受け、その有りようを変容させたということである。多くの人間にとって、この作品を読むまでは特にこれといった意義があるわけでもない場所であったはずのシュトゥルードゥルホーフ階段が、この作品を通じて特別な意味を帯びた場所、言い換えるならば背後にドーデラーの長編が織りなす虚構世界のアウラを帯びた特別な場所になったからこそ、ツァイケの事典の当該項目後半の記述も存在すると言える。すなわちドーデラーのウィーン、正確にはシュトゥルードゥルホーフ階段を中心とする虚構世界そのものがまさにバッハマンが述べたような意味での「魔術的地図」に他ならなかったということになる。

そして作中に、このことをある種自己言及的に予見するかのような場面が存在する。以下に引用するのは長編の主人公であるメルツァーの友人のギムナジウム生、ルネ・シュタンゲラーが一九一一年にシュトゥルードゥルホーフ階段を訪れる場面である。ちなみにこの「ルネ・シュタンゲラー」という名はドーデラーが戦後、かつてナチス党員であった過去ゆえに執筆禁止状態にあった時期に原稿を発表するために用いていた偽名でもあり、かつ長編ではドーデラー本人の伝記的事実を反映した人物像でもあることから、彼が虚構テクスト内で用いる仮面とでもいうべき名前であることを付言しておく。

そうこうする間にルネはシュトゥルードゥルホーフガッセの角に到り着き、そこに立ち止まっていた。いまだ日光が斜めからその地面が広がるいたるところに差していて、まるで分厚い透過性の絨毯のようだった。ちょうどここの、小路の角では、太陽光が隙間とその背後の木の梢にまで延びてきていた。右手には大学の物理学と放射線学の、何をやっているのかわからない研究所が平らで無愛想に建っていたのだが、そこからある種の新種のロマン主義の息吹を、まさにこのようなきわめて精緻な学問から放射してくるようなロマン主義の息吹を感じることができ、まるでこの精緻な学問の本質がその放射の際に転倒させられているかのようだった。［…］ついに通りの端にまでやってきた。ルネは階段が始まるところに立っていた。

シュタンゲラーは自分のふるさとの街のことをそれほどよく知らなかったし、この地域に関してはほとんど何もわかっていなかった。当時彼が姉のエーテルカと同様、ただし一人でしょっちゅう企てていた夜遊びにおいてたびたび赴いた先は第一区、つまり街の中心部にあるバーやカフェ、あるいは両親の家にほど近いプラーター通りの芸術家が集う居酒屋だけだったのだ。シュタンゲラーがそのときシュトゥルードゥルホーフ階段の上端で感じた小さな驚き、それは彼のロマン派的な心性にぴたりとはまり、いわば彼の全体の気分、このめったにない機会に他と比べようもないほどの高揚を経験した彼の気分に、最後の欠くべからざる一点を添えたのだった。

ここで彼は自分の人生の舞台の幕の一つが、彼がその上で自分の好みに応じて役を演じてみたいと強く望んでいた舞台の幕の一つが、開かれたような気がした。そして彼が階段とスロープを見下ろしている間、彼は素早く、そして心の底から、一つの場面における出演を体験した。その場面とはここで実演されうるようなものであって、当然、ある決定的な場面なのだった。まるで本当にオペラのように、階段の中心で上へ下へと昇ったり降りたり、人と遭遇したりするのだ。

要するに、それは舞台においてのみ記憶に留められるような場面の一つであり、そのような場面は人生にはたとえ稀ではあるとしても本当にあるものなのだが、それは全く予期せぬ形で成立するのだ。そしてそれがそのようなものとして認識されるのは後になってからのことだ。

ルネはゆっくりと階段を降りていった。それは考え事をしながらというよりは、ウキウキとしたような心持ちでだった。

斜面には樹々の樹冠がひしめき合っていた。階段は少し穏やかに、しかし不意を突くようなかたちで下方に向かっていた。土のにおいがしていた。［…］

そしてシュタンゲラーは路面電車に飛び乗った。それで全てが、部屋の中で電灯をつけたり消したりしたみたいに突然に、全てが変わった。車両は彼の馴染みのルートを滑っていった。そこではカーブにさしかかったり直線をすばやく移動していったりということが身体感覚で先取りできた。[11]

この場面ではシュトゥルードゥルホーフ階段という場所がルネにとって自らがそこで重要な役を担うことになる物語の舞台として、唐突にある種の啓示のように現出する。それまでルネにとってここはウィーンの中心街である第一区などと比べれば「よく知らなかった場所」に過ぎなかったのだが、この啓示を通じて階段は彼にとって、また作品の織りなす虚構世界にとっても特別な意味を帯びることになる。ウィーン全体がこの階段を中心としたある種の劇場となり、そこを起点としてこの長編の虚構空間が成立するのである。[12] そして引用部最終段落の路面電車の場面から読み取れるように、ルネはこの出来事の後、すいすいと軽やかに街を移動しながら、街の細部が自らの身体と同一化しているかのような、ある種の「主観的酩酊状態」[13] とでも言うべき感覚を得る。階段でルネに到来したエピファニーが、彼にとってのウィーンそのものを変容させたのである。

この引用部は幾重にも示唆的である。すなわち作者ドーデラーは自らの執筆禁止時期に用いていた偽名と同じ名を有する登場人物であるルネ・シュタンゲラーに、このシュトゥルードゥルホーフ階段のエピファニー的舞台化という場面、言い換えるならばこの場所を中心として様々な人物たちが織りなす群像劇というこの長編そのもののありようを規定するかのようなメタ的、詩論的、あるいは自己参照的とも言いうる契機を有するこの出来事を経験させている。ここでのルネの経験は、それまで自分が住む街にもともと存在していたにもかかわらず気にもとめていなかった何気ない場所（現実には先述の通り件の階段は一九一〇年一一月、すなわち先の引用部の舞台となった時期の直前に建造されたのだが、長編中ではそのことはおそらく意図的に強調されておらず、あたかもずっと以前から階段が存在していたかのように描かれている）が突如として自分にとって重要な意味を持つ場所となり、そのことによって街全体の捉え方がそれまでとは異なったものになるというものである。興味深いことにルネのこの体験は、『シュトゥルードゥルホーフ階段あるいはメルツァーと年月の深層』という作品が辿った運命とでも言うべきものを先取りしている。すなわちドーデラーの作り上げた虚構世界とこの階段とが、ウィーンに関する事典の記述にまで影響を与えるほどに強固に結びつき、ある種の「アウラ」を獲得するという作品発表当時のウィーン在住の読者たちの体験を、この場面は予見しているのである。

そしてこのように解釈した上でこの引用部を読み直してみると、引用冒頭部のように日光が分厚く絨毯のように照りつけていたり、引用終盤のように階段の周りの木々が力強く繁茂していたりする力強く夏らしい描写もまた、単なる自然描写であるとはみなせなくなるだろう。つまりこれらの描写もまた、シュトゥルードゥルホーフ階段を特別な舞台として力強く演出するための舞台装置なのである。そして事実この『シュトゥルードゥルホーフ階段あるいはメルツァーと年月の深層』という長編の大部分は夏のよく晴れた日を舞台にしており、[14]九〇〇ページ以上にわたるこの長編を通読する読者は必然的に、ウィーンという街をその力強い陽光のイメージとともに「想起」[15]することになる。それも長編の舞台となる時代は一九一〇年、一九一一年そして一九二五年にほぼ限られ、第一次世界大戦勃発以後にオーストリアが経験した歴史的な破局の数々はほとんど言及されない。ドーデラーがそのように破局についての言及を巧妙に避けたからこそ、その作品内世界のウィーンは常に心地良く力強い夏の陽光に充ち満ちているのである。この長編が発表当時のオーストリア人たちに好評を得た要因はここにあったように思われる。ドーデラーはウィーンの中心部に位置し、観光地としても著名な第一区ではなく、そこからやや離れた場所にある第九区のシュトゥルードゥルホーフ階段を虚構世界の中心に選んだのだが、これには第一区のシュテファン大聖堂やオペラ座をはじめとするウィーンを代表する建造物の数々が終戦直前にナチス・ドイツとソヴィエト赤軍との戦闘において破壊されたことにより当時のウィーンの住民たちにも少なからず精神的な損傷が与えられていた一方で、この階段は破壊されることなく存続し続けていたという事情とも無関係ではなかろう。[16]先述のように第一共和国成立以後、「オーストリア」という固有名とその指示対象との齟齬に忸怩たる思いを抱いていた保守的オーストリア人たちにとって、この「シュトゥルードゥルホーフ階段」という名の力強い中心のイメージは、来るべきオーストリアの文化的復興を「錯覚」させるに十分なものだった。このことこそがドーデラーの用いた「魔術」だったのであり、事実その魔術によって「ウィーン」という名の指示対象の有りようは変容し、多くの戦後オーストリア人にとって精神的なよすがとなり得たのである。

四　バッハマンの「悪霊」祓い

四・一　ウンガーガッセ

ドーデラーよりもちょうど三十年遅れて生まれたバッハマンの作品をドーデラーのそれとの比較において考察することは、バッハマンの短編『人殺しと気狂いたちのあいだで』においてドーデラーがモデルであるとされるハーデラーという人物が登場することが以前から指摘されてきたことを除けば、これまでの研究ではさほど盛んになされてきたとは言えない。だが、バッハマンが一九五二年にグルッペ47にて大きな成功を収めたことをきっかけとしてウィーンを離れ、その後オーストリア国外に作家としての活躍の場を見出したにもかかわらず、多くの作品が依然としてウィーンを舞台としたものであったこと、そしてバッハマンがウィーンに在住していた一九四六年から一九五二年までの期間中、ドーデラーとも面識があったのみならず、彼に長編『名もなき街』の原稿を（そこから出版社への仲介をも期待しつつ）渡すなどの文学的な意味での交流もあったということを考慮するならば、この両者の作品を比較することはそれほど突飛なことではない。(17) 単にウィーンを舞台としたのみならず、後の事典の記述にまで影響を及ぼすほどのインパクトのあったドーデラーの長編が出版された後の時代に同様にウィーンを舞台とした作品を複数執筆したバッハマンが、ドーデラーを意識していなかったとはとても考えられないだろう。

バッハマンが、長編としては唯一完成された形で生前に発表した『マリナ』はその舞台をウィーンとしているのだが、作品冒頭部においてバッハマンは、一人称の語り手「私」に、その「ウィーン」という舞台設定について自己言及させている。その箇所を引用しておこう。

こういうわけで私が偶然ではなく、ある種の恐ろしい強迫の下に時の一致にたどり着いたとするならば、場所の一致は穏やかな偶然によるものである。というのもこの一致を見出したのは私ではないからだ。このきわめて不確かな一致において私は私に到り着いた。そして私はその一致に関しては勝手がわかっている。そう、どれほどわかっていることか。というのもその場所というのは全体において大づかみに言ってウィーンだからだ。そこにはおかしなことはまだなにもない。だが本来その場所はただ一つの小路〔ガッセ〕だけだ。もっと言えばウンガーガッセの一部でしかない。そしてこのことは私たち三人、つまりイヴァン、マリナ、そして私がおしなべてそこに住んでいるということに起因している。世界を第三区から眺めてとても狭い視野しか持てないでいると、このウンガーガッセを褒めそやしたり、ここについて何かを発見したり、賛美したり、何らかの意味を付与しようとしたりしがちになってしまうのは当然のことだ。これは特別なガッセなのだと、言えなくもないだろう。このガッセはホイマルクトに接する静かで友好的な場所で始まり、私が住んでいるここからは市立公園だって見えるし、でも不気味な大市場の建物や中央税務署だって見えるのだから、と。(18)

従来のバッハマン研究において周知のように、長編冒頭部の「時　今日」、「場所　ウィーン」という設定は元恋人にしてウィーン時代のバッハマンのメンターでもあったハンス・ヴァイゲルの長編『未完成交響曲』への応答が含まれているのであるが、『マリナ』をドーデラーとの比較において考察する場合には別の参照軸が必要となろう。一人称の語り手「私」はここにあるように恋人のイヴァンやマリナと共にウィーン第三区ラントシュトラーセにあるウンガーガッセに居住しているのだが、ツァイケの『ウィーン歴史事典』の当該項目では次のように記述されている。

ウンガーガッセ（第三区ラントシュトラーセ）、一四四四年には既にフンガーガッセとして知られており、その名はここにハンガリーから到着した多くの（馬、牛、干し草の）商人たちのための宿泊所が立ち並んでいたことによる。とりわけシェッフ通りの荒廃の後は宿場の数は増加した。ウンガーガッセには今日も部分的には非常に古い旅館が十軒存在する。インゲボルク・バッハマンの長編『マリナ』は部分的にはウンガーガッセを舞台としている。[19]

この二〇〇四年に刊行された事典の記述には、先のシュトゥルードゥルホーフ階段についての記述においてドーデラーが言及されていたのと同様、その場所を舞台とした『マリナ』が言及されている。しかしバッハマンにおけるこの事典の記述と作品との関係は、ドーデラーにおけるそれとは異なる。この事典を物したツァイケはバッハマンと同じ一九二六年生まれなのだが、彼は一九六五年にリヒャルト・グローナーの一九一九年の『在りし日のウィーン』という事典を改定の上出版しており、[20]これが二〇〇四年の『ウィーン歴史事典』の元となった。先に引用したウンガーガッセに関する記述の主要部分はこの『在りし日のウィーン』にもすでに存在している。[21]つまり先に引用したツァイケの事典の当該項目は、グローナーにおけるそれに、バッハマンの『マリナ』に関する情報を書き足したものなのである。[22]

バッハマンはグローナーの『在りし日のウィーン』を所有していたことがわかっており、実際に『マリナ』の中でこの記述を引用してもいる。[23]そもそも事典というものが現実世界の固有名についての説明を網羅することによって紙上にその全体を写し取らんとする試みの所産であるとすれば、現実の写像たる事典の記述そのものもまた、ある種特有の虚構空間とみなすことができる。バッハマンが現実のウィーンをサブテクストとした写像としてのグローナーの事典の記述をサブテクストとして自らの長編の虚構世界に写し取り、それによって成立した『マリナ』の虚構のウィーンの一部をツァイケが再び事典に写し取るという、先のシュトゥルードゥルホーフ階段の事例以上に重層的な連関が、この「ウンガーガッセ」という固有名をめぐって見出されるのである。

先に引用した『マリナ』の「場所の一致」に関する節に話を戻そう。ここで興味深いのは、語り手がこの「ウィーン」という舞台設定は「穏やかな偶然」によるものだとした上で、このウンガーガッセという場所がいかに特別な場所ではありえないか、そしてこの場所に何らかの意味を付与しようとすることがいかに無意味であるかについて言葉を費やしていることである。物語内において語り手「私」はイヴァンとの恋愛関係においてこのウンガーガッセをある種のユートピア的な場所であると思おうとするのであるが、次節でも扱うように長編の中盤以降において「私」が過去のトラウマ的記憶を断続的に想起することにより、その試みも失敗に終わる。グローナーとツァイケの事典が本文に引用されていることも、この長編の舞台設定、ひいてはその虚構空間が単なる辞書的定義の写像に過ぎないという意味において、このユートピア的なるものの挫折の予兆と解釈できよう。そしてこのことは、夏の力強い陽光の下でのシュトゥルードゥルホーフ階段におけるある種のエピファニーを長編全体で演出したドーデラーとは著しい対照をなしている。まるでこの『マリナ』という長編そのものが、ドーデラーの長編に対するアンチテーゼであることが、とはつまり、ドーデラー的な、かつての古き良き日々のアウラをたたえた輝かしいウィーンならびにオーストリアを想起して戦後社会の実像から目をそらそうとした当時のオーストリアの復古的傾向に対するアンチテーゼであることが、ここで宣言されているかのようである。

四・二 「第三の男」

自らの長編の虚構空間の中心をなす固有名に対するドーデラーとバッハマンのスタンスが対照的であることが偶然ではないことを、以下に具体例を元に示していく。『マリナ』の第二章、語り手「私」の見た夢が次々と物語られる通称「夢の章」と呼ばれる章には、「第三の男（Der dritte Mann）」というタイトルが冠されている。これはよく知られているように分割統治期のウィーンを舞台とした一九四九年のイギリス映画『第三の男（The Third Man）』からの引用である。この引用の第一の意図は、この社会には表面上は不可視の殺人者が存在し、知らず知らずのうちに日々殺人が遂行されている、というバッハマンの未完の連作『トーデスアルテン（いろいろな死）』のコンセプトをこの犯罪映画にかこつけたものと解釈できるが、そればかりではない。この映画のタイトルという固有名の引用は、この長編のイメージをフィルム・ノワールにおけるモノトーンの、とりわけ黒のイメージで色付けすることにも寄与している。[24] すなわちドーデラーのウィーンが夏の力強い陽光の金色と繁茂する木々の豊穣な緑色に覆われているとするならば、バッハマンのウィーンは闇に覆われた冬である。それゆえこの「第三の男」という章に、次のような場面があることは決して偶然ではない。

私は他の皆と同じようにシベリアのユダヤ風マントを着ている。厳寒で、雪がどんどん積もっていく。雪の降る中で私の本棚が倒壊し、私たちが皆連行されるのを待っている間に雪が徐々に本棚を埋めていく。本棚の上に置いてあった写真も濡れてしまう。私が愛した人たち皆の写真だ。雪を払い、写真を振ってみるが、また雪が降ってくる。指は既にかじかみ、写真は雪に埋もれるままにせざるをえない。[25]

この引用部はドーデラー的「想起」との対照が際立っている。長編『シュトゥルードゥルホーフ階段あるいはメルツァーと年月の深層』の登場人物たちの多くはドーデラー自身の知人、友人、家族がモデルになっているとされているが、ドーデラーは古き良きウィーンを生きた彼らを、先の階段のエピファニーの場面において燦々とした陽光の下での力強い「想起」に基づいた形で演出した。対して『マリナ』の先の引用部においては「私が愛した人たち皆の写真」は次から次へと降ってくる雪に埋もれてしまい、ゆくゆくはその記憶が失われてしまうであろうことが暗示されている。

先の引用部に「連行」あるいは「移送」とでも訳せるAbtransportという単語が登場するように「夢の章」にはホロコーストを連想させる場面が多く存在するわけだが、バッハマンはその大量殺人のイメージを、闇に覆われた冬のウィーン、そして映画『第三の男』で描かれる、分割統治期という行政の機能不全を巧みに利用した犯罪者たちが跋扈する混沌とした街というイメージに重ね合わせている。このことは同時に、ドーデラーの作品に典型的であったように過去の輝かしいウィーンのアウラによってオーストリアの社会的トラウマを糊塗しようとする戦後オーストリアのある種の反動的傾向に対する批判としても解釈できよう。映画『第三の男』で描かれる犯罪は、連合国による分割統治によって「ウィーン」という固有名の指示対象にいわば亀裂が入れられていたという状況が下地にあるわけだが、バッハマンが『マリナ』で戦後オーストリア社会を描く際、ウィーンに実在する固有名は、ドーデラーのように古き良きウィーンの威光を想起するオーストリア人たちにとっては輝かしいものであったはずの魔術的ウィーンに、いわば亀裂を入れるような形で作用する。

私の想い出の中に障害がある。どの想い出に接しても私はめちゃくちゃになる。あの頃廃墟の中には希望などありはしなかった。そうお互い信じ込んでいたし、そういう風に吹聴し合ってもいた。第一の戦後と呼ばれる時期については様々な叙述が試みられてきた。第二の戦後については何も聞かれない。この時期も欺瞞に満ちていた。門や窓の枠がまたはめ込まれれば、瓦礫の山が消えれば、そうすればすぐによくなると、あの時はそう自分に言い聞かせていた。〔…〕まず全てが略奪され、盗まれ、売りつけられ、三度も角のところで再び売り払われたり買い取られたりしなければならないだなんて思いもしなかった。レッセルパルクには最も大きな闇市があったということだ。午後の遅い時間になるともう、カールスプラッツに行く際は危険を避けてかなり遠回りをしなければならなかった。ある日、もう闇市は存在しないということになった。だが私はそのことを信じていない。ある普遍的な闇市というのがそこから生まれたのだから。(26)

この一節では分割統治期にソ連の占領下にあったウィーン第四区ヴィーデン、今ではウィーン工科大学付近のレッセルパルクにおける、戦後に実在した闇市のことが唐突に言及される。この長編の舞台と考えられる一九六〇年代末のオーストリアにおいてこのことは半ば抑圧された過去でもあった。そして「レッセルパルク」という固有名の指示対象もまた、ここでは分裂している。それも空間的な意味における分裂ではなく、時間的な意味におけるそれである。すなわち第一にはカールスプラッツ内に存在する緑地帯で現在に至るまで市民の憩いの場であるところのそれと、戦後の分割統治期にソ連軍の兵士も頻繁に出入りしていたウィーン最大の闇市が存在する場所、という二つに、時を隔てたかたちで分裂している。(27)語り手「私」はその指示対象の分裂した固有名を語りの中に唐突に投入し、この長編の舞台である一九六〇年代の時点ではもはや存在していないはずの「闇市」としてのレッセルパルクを想起することで、その虚構空間に亀裂を入れているのである。この意味でも、どこまでも輝かしく調和に満ちた虚構のウィーンを量的に長大な語りによって丹念に演出するドーデラー的「想起」とバッハマン的な突発的想起との対照が指摘できよう。

次の引用は「最後のことについて」と題された『マリナ』第三章からのものだが、ウィーン第七区ノイバウにある、ザイデンガッセという路地が言及されている。後述のように、これはバッハマンの自伝的要素が非常に強い箇所でもある。

ザイデンガッセのその建物は殺人現場のように不気味だった。足音がしてもそこには人などおらず、テレタイプの音が止まったかと思いきや、またパタパタとたたかれ出す。私は私たちの大部屋に走って戻った。［…］朝の七時に別れる時には互いに挨拶なんてせず、私は若いピッターマンと黒塗りの車に乗り込んで言葉もなく窓の外を見ていた。［…］大きな黒塗りの言葉を見るとゾッとしたものだ。それは私にあの秘密に満ちたドライブやスパイ、災いに満ちたいざこざのことを思わせたからだ。当時ウィーンには、あれは積み替え場なのだとか、人身売買が行われているだとか、絨毯に包まれて人と書類が消えてしまうのだとか、誰もが自分では知らず知らずのうちにいずれかの陣営のために働いているのだとか、そういう噂が流れていた。どの陣営に関しても何かそれとわかるようなものはなかった。仕事をしている者は皆、自覚はなくとも一人の売春者だった。どこで私はそのことを聞いただろうか。なぜ私はそのことを笑い飛ばしたのか。それは普遍的な売春のはじまりだったのだ。(28)

この一節に関しては末尾の「普遍的な売春」というフレーズが特に従来のバッハマン研究においては注目されてきたが、これもやはり、分割統治期のウィーンの文脈で理解する必要があろう。当時このザイデンガッセ十三番地には「ロート・ヴァイス・ロート」というアメリカ占領軍の管理下にあった放送局が存在しており、バッハマンはそこでスクリプトライターとして勤務し、（オーストリア国民にアメリカ的価値観を浸透させるための）ラジオドラマの脚本(29)を手がけるなど、作家としてのキャリアの第一歩を踏み出していた。米軍管理下の放送局に勤務するということ、それはすなわち東西冷戦の始まりの時期における文化的闘争にアメリカ側に立って戦わされるということであり、それは同時に、引用部でほのめかされているように、いつソ連軍に誘拐されるかわからないという不安に苛まれながら生活するということでもあった。先に引用した「夢の章」における「シベリアのユダヤ風マント」の一節に登場するAbtransport、「連行」あるいは「移送」という語はホロコーストを想起させるものであると先に述べたが、これは同時に分割統治期ウィーンでは少なからず起きていたとされるソ連軍による誘拐のことも暗示していよう。[30] ともあれ、先の一節は旧ソ連領の「レッセルパルク」と同様、現在と過去とでその指示対象の異なる「ザイデンガッセ」という旧アメリカ占領地区の固有名を虚構空間に導入することで、ウィーンに関するドーデラー的な心地よい虚構空間に亀裂を入れているのだと解釈できる。[31] バッハマンのこのような固有名の戦略は、ある種の〈否定性〉とでも呼ぶべきものを備えているが、それについては第十三章で詳しく扱うこととする。

四・三　エピローグ～ハーデラーの埋葬

本稿の冒頭で言及したバッハマンの「魔術的地図」という概念を、実在の地名が文学的固有名として用いられることによって、それによって指し示される現実の場所にもまたある種の虚構性が浸透してくるという現象を言い表したものであると解釈するならば、それはむしろドーデラーにおけるような、エピファニー的想起によって特定の場を一つの劇場に仕立てあげることによってその固有名を神話化するような類の詩的営みにこそ当てはまるものだろう。対して当のバッハマンは、そのような心地よく輝かしいウィーン像に対して別の形の想起、すなわちトラウマ的な過去がまるで後遺症のように突発的に回帰してきて現在に対して絶えず亀裂を入れ続けるような想起を虚構空間に導入することによって、言うなれば魔術的地図の脱魔術化を試みた。「想起」と「回帰」、これらはドーデラーにおいても主題となるが、その様相は異なる。ドーデラーにとってこれらの概念はウィーンあるいはオーストリアという場の（仮構の）神話的持続性、一貫性を担保するためものものであり、個人的な「想起」もそのような神話的なものへと回収されることになる。[32]対してバッハマンにおけるトラウマ的想起はそのような場と名をめぐる一貫性に亀裂を入れ、その架空の神話的安定性を突き崩さんとする志向を有するものである。その意味でバッハマンの『マリナ』は、ドーデラーの『シュトゥルードゥルホーフ階段』に対する、最も早い時期に書かれたアンチテーゼの一つとして、位置付けられうるのである。

本稿を締めくくる前に、長編『マリナ』においてドーデラーをモデルとした人物、すなわち短編『人殺しと気狂いたちのあいだで』においても登場するハーデラーという人物が長編中唯一言及される箇所を引用しておこう。これは本稿のエピローグとして言及しておくにふさわしいものである。

マリナ：ハーデラーの埋葬には行く？
私：嫌。なんで私がわざわざ中央墓地[33]に風邪を引きに行かなきゃいかないわけ？　それがどんな様子で、皆が何と言っていたかなんてことは明日新聞で読めるんだから。それに私は埋葬が嫌い。人が死んだとき墓地でどう振る舞えばいいのか、今ではもう誰もわかってない。それにハーデラーや他の誰かが死んだとかそういうことをいつもいつも知らされるのも嫌。誰かが生きているということをいつもいつも知らされるなんてことはないわけでしょ。［…］ハーデラーさんだとか他の有名人だとか指揮者だとか政治家だとか、銀行家だとか哲学者だとかが昨日あるいは今日急死したとかいう話をなんで私がいちいち知らされてないといけないのか、あんた説明してくれるつもりなわけ？　そういうの全然興味ない。私にとっては誰かが死んだことなんて一度もないし、誰かが生きているなんてことも滅多にない。私の頭の中の舞台上を除けばね。[34]

ドーデラーが死去したのは一九六六年だが、このハーデラーの埋葬というモチーフに、ドーデラーという戦後オーストリア文学最大の「悪霊」[35]を葬ること、いや単に葬るのみならずそれは埋葬というかたちで記憶に留められるべきではなく、むしろ忘れ去られるべきであることが、あまりにあけすけに述べられている。語り手「私」にとって「想起」がなされるべき舞台は、ドーデラーの長編のルネ・シュタンゲラーにとってのように現実と虚構との「閾」においてではなく、その「頭の中」に存在しており、そこでは虚構が現実へと浸食してくる恐れはないのである。あるいはこのことは、ドーデラー的な虚構と現実との同一化に抗する語り手「私」の禁欲的姿勢の表れとも解釈できよう。

バッハマンによるドーデラーの脱魔術化は、本稿で考察してきたように詩的試みとしては成功したと思われる。だがドーデラーの名は階段の記念銘板に依然として残り、さらにはドーデラーが虚構空間に書き込んだウィーンを現実のウィーンと照らし合わせて解読するという実証的作業[36]も研究では好んでなされていることに鑑みれば、彼によってなされたウィーンという名を介しての虚構空間と現実空間との接合は後代の読者にとって既に所与のものとなった。対してバッハマン作品は特に一九八〇年代以降、オーストリア特有の文脈を離れた「ドイツ文学」、あるいは「世界文学」の枠組みで好んで受容されることとなった。すなわちウィーンというローカルな土地における記憶の闘争という意味において勝利したのは、ドーデラーだったのかもしれない。

注

（1）Ingeborg Bachmann: Der Umgang mit Namen. In: Dies: Kritische Schriften. Hg. von Monika Albrecht und Dirk Götsche. München Zürich (Piper) 2005, S. 312–328.

（2）Ebd., S. 313f.

（3）桂元嗣：「「この時代」の文化批判――ムージルの「カカーニエン」とアウストロ・ファシズム」、前田佳一編『「人殺しと気狂いたち」の饗宴あるいは戦後オーストリア文学の深層』、日本独文学会研究叢書一二六、二〇一七年、二七頁。

（4）Claudio Magris: Der habsburgische Mythos in der modernen österreichischen Literatur. Neuausgabe. Wien (Zsolnay) 2000.

（5）桂、前掲書二七頁。

（6）Heimito von Doderer: Die Strudlhofstiege oder Melzer und die Tiefe der Jahre. Ungekürzte Ausgabe. München (C. H. Beck) 1966.

（7）有名なものとしてはユダヤ人作家ヒルデ・シュピールの次のような発言がある。「この本は私の心を揺さぶり、真に心を打ち、私のウィーンに対する際限のない、計りがたいほどの愛を呼び覚ましました」。Hilde Spiel: Briefwechsel. Hg. von Hans A. Neunzig. München 1995, S. 26.

（8）Felix Czeike: Historisches Lexikon Wien. In 6 Bänden. Wien (Kremayr und Scheriau) 2004. Band 5, S. 385.（以下 HLW と略記の上、巻数をアラビア数字で示す）

（9）Wendelin Schmidt-Dengler: Die Strudlhofstiege oder Melzer und die Tiefe der Jahre (1951). In: Ders.: Jederzeit besuchsfähig. Über Heimito von Doderer. München (C. H. Beck) 2017, S. 15–34, hier S. 16.

（10）Doderer, a. a. O., S. 7.

（11）Ebdl, S. 128–137. この引用には一部大幅な省略がある。省略部分ではルネとパウラ・シャハルとの出会いが描かれている。

（12）九〇〇ページあまりのこの作品中、三十の場面において「階段」が主な舞台となる。

（13）Doderer, a. a. O., S. 128.

（14）ピオンテークの次の研究において、このことと並んで「緑色」の事物が長編内で繰り返し効果的に描写されることが指摘されている。Slawomir Piontek: Der Mythos von der österreichischen Identität. Überlegungen zu Aspekten der Wirklichkeitsmythisierung in Romanen von Albert Paris Gütersroh, Heimito von Doderer und Herbert Eisenreich. Frankfurt am Main (Peter Lang) 1999, hier S. 138.

(15)　ドーデラーは一九五八年の講演「長編小説の基礎づけと機能」において、プルーストを引き合いに出しつつ感覚的な刺激によって立ち現れてくる「想起」について語っている。Heimito von Doderer: Grundlagen und Funktion des Romans. In: Ders.: Die Wiederkehr der Drachen. Aufsätze. Traktate. Reden.（以下ATRと略記）Hg. von Wendelin Schmidt-Dengler. München (C. H. Beck) 1996, S. 149–176, hier S. 158. また、このことについては次の拙論で論じた。前田佳一「ハイミート・フォン・ドーデラーの「間接的なもの」の詩学」、前田佳一編（二〇一七年）前掲書、七二—八八頁。

(16)　エーリヒ・フリートは戦争で破壊されなかったこの階段をドーデラーが長編の舞台とすることによって現実のウィーンにおいて作り出された架空の連続性について指摘している。Vgl. Erich Fried: Einige Worte zu Österreichs kultureller Eigenart. In: Nicht verdrängen. Nicht gewöhnen. Texte zum Thema Österreich. Hg. von Michael Lewin. Wien (Kremayr und Scheriau) 1987, S. 46.

(17)　ウィーン時代のバッハマンのドーデラーとの接触については次の論考が詳しい。Gerald Sommer: Der Fall Bachmann. Zu einem Brief Heimito von Doderers an seinen Lektor Horst Wiemer. In: Text + Kritik. Zeitschrift für Literatur. Heft 150. Heimito von Doderer. Hg. von Heinz Ludwig Arnold. München (edition text + kritik) 1995, S. 32–36.

(18)　Ingeborg Bachmann: Malina. In: Dies.: Todesarten – Projekt. Band 3.1. Malina. Bearbeitet von Dirk Göttsche unter Mitwirkung von Monika Albrecht. München Zürich (Piper) 1995, S. 279.

(19)　Czeike: HRW5, S. 504.

(20)　Richard Groner: Wien wie es war. Ein Nachschlagewerk für Freunde des alten und neuen Wien. (1919) Vollständig neu bearbeitet und erweitert von Felix Czeike. Wien München (Molden) 1965.

(21)　Ebd., S. 617.

(22)　Robert Pichl: Ingeborg Bachmanns Privatbibliothek. Ihr Quellenwert für die Forschung. In: Dirk Göttsche und Hubert Ohl (Hg.): Ingeborg Bachmann – Neue Beiträge zu ihrem Werk. Würzburg 1993, S. 381–388, hier S. 386. バッハマンによるツァイケならびにグローナーへの参照に着目した上で『マリナ』を考察した論の嚆矢としては次の論考が挙げられる。Barbara

Agnese: Wien als „Jeu de mémoire" in Ingeborg Bachmanns Malina. In: Topographien einer Künstlerpersönlichkeit. Neue Annäherungen an das Werk Ingeborg Bachmanns. Hg. von Barbara Agnese und Robert Pichl. Würzburg (Königshausen und Neumann) 2009, S. 47–68.

（23） Vgl. Agnese, a. a. O., S. 56.

（24） このことについては次の論考が詳しい。Eva B. Revesz: Viennese Noir. The Third Man in Ingeborg Bachmann's Malina. In: Journal of Austrian Studies. Volume 46, Number 3, Fall 2013, S. 109–132.

（25） Bachmann, Malina, S. 521f.

（26） Bachmann, Malina, S. 598.

（27） 参考までにツァイケの事典の記述を引いておく。「レッセルパルク（第四区ヴィーデン）、一八六二年に（このとき非公式にヨーゼフ・レッセルにちなんで命名）ウィーン工科大学ならびに福音学校の前のカールスプラッツ内に設けられた緑地帯である［…］。第二次世界大戦後は闇商人と闇市の中心地として（ここにはソヴィエトロシアの占領軍兵士たちも訪れた）、一九八〇年代後半からは麻薬取引の場として不名誉な著名さを獲得した。」HLW4, S. 663.

（28） Bachmann, Malina, S. 594ff. この引用部の前半（「［…］窓の外を見ていた」まで）は語り手「私」とマリナとの間の演劇的な対話の部分における「私」の台詞であり、それ以降は語り手「私」による通常の独白的語りであるが、便宜上一つの引用にまとめている。

（29） Ingeborg Bachmann: Die Radiofamilie. Hg. von Joseph Mcveigh. Berlin (Suhrkamp) 2011.

（30） シュトッカーが指摘するように占領下ウィーンでのソ連軍による誘拐に対する住民の不安は、一九五〇年代のミロ・ドールやラインハルト・フェーダーマンの長編等に影を落としている。『マリナ』における占領期についての記述はこのような戦後オーストリア文学の流れの一端に位置付けられる。Günther Stocker: Jenseits des Dritten Mannes. Kalter Krieg und Besatzungszeit in österreichischen Thrillern der fünfziger Jahre. In: Michael Hansel und Michael Rohrwasser (Hg.): Kalter Krieg in Österreich. Literatur – Kunst – Kultur. Wien (Zsolnay) 2010, S. 108–122.

（31） アニェーゼらによって既に指摘されているためここでの詳述は避けるが、『マリナ』では「私」が一九二七年七月十五日の裁判所焼き討ち事件（カネッティ『眩暈』やドーデラー『悪霊』もこれを扱っている）について唐突に「想起」する場面（Bachmann, Malina, S. 384）が存在しており、ここにもウィーンという虚構空間へと亀裂を入れんとするバッハマンの試みが垣間見える。Vgl. Agnese, a. a. O., S. 59ff.

（32） 論考『龍の回帰』（Doderer: ATR, S. 15–38）や講演『オーストリアの回帰』（Doderer: ATR, S. 239–247）を参照のこと。

（33） ただしドーデラーの墓の所在は第十一区にある中央墓地ではなく、第十九区グリンツィングの共同墓地である。

（34） Bachmann, Malina, S. 629f.

（35） ドーデラーの一九五六年発表の長編のタイトルでもある。Heimito von Doderer: Die Dämonen. München (Beck) 1956.

（36） 代表的なものとしてプファイファーの研究と、それに増補が施された英語版がある。Engelbert Pfeiffer: The Writer's Place. Heimito von Doderer and the Alsergrund District of Vienna. Translated and Expanded with an Afterword by Vincent Kling. Riverside, California (Ariadne Press) 2001.

第Ⅲ部　〈否定性〉

第十一章　Nemo mihi nomen

——あるアナグラムの系譜

平野嘉彦

序　ホメロス

ホメロスの『オデュッセイア』第九歌のなかで、オデュッセウスとその部下たちが一つ眼の食人族、キュクロープス族の島に漂着して、囚われの身になるという、よく知られた挿話が語られる。キュクロープス族の一人で、オデュッセウスを取って食おうとするポリュペーモスにたいして、いちばん後回しにしてもらうための交換条件として、オデュッセウスは、ポリュペーモスが知りたがっている自分の名前を教えようとする。そのくだりを、ヴォルフガング・シャーデヴァルトによるドイツ語訳から、日本語に重訳してみよう。

キュクロープスよ！　おまえは、私のよく知られた名前を聞きだそうというのだな。よかろう！　それではおまえに名を告げることにしよう！　だが約束どおりに、私にお返しをしてくれるのだぞ！　ニーマントというのが私の名前だ、ニーマントと、父も母も、他のすべての仲間たちも、私のことをそう呼ぶのだ。[1]

存在と名前の同一性という「名前の呪縛」にとらわれてやまないポリュペーモスは、オデュッセウスの言葉を真に受けて、部下たちにみずからの一つ眼をつぶされても、むなしくこう叫ぶしかない。

仲間たちよ！　ニーマントのやつが、たくらみでもっておれをうちのめしやがるんだ！　力ずくではないがな。[2]

しかし、「ニーマントのやつ」が、「おれをうちのめしやがる」というポリュペーモスの訴えは、仲間のキュクロープスたちの耳には、「だれもおれをうちのめしたりはしない」としか聞こえない。「ニーマント」は、そこではただ「だれも……ない」という不定代名詞として受容されているにすぎず、およそ固有名詞としては機能していないからである。

ところで、「ニーマントというのが私の名前だ」というオデュッセウスの名乗りの言葉は、ドイツ語では *Niemand* ist mein Name と訳されているが、この一文には、ひとつのアナグラム的な字母の互換性（n-m-n, m-n, N-m）がはたらいている。このことは、一五世紀のフランチェスコ・グリッフォリーニによるラテン語訳では、ドイツ語の ist にあたる動詞が省略されているために、一層、明らかになる。[3]もっともラテン語で *Nemo mihi nomen* という、一見してのこのアナグラムは、もともとホメロスないしオデュッセウスの意図したものではなかった。なぜなら、原文のギリシア語では、当然、事情は異なっていたからである。それについて、ホルクハイマーとアドルノは、『啓蒙の弁証法』のなかでこう書いている。

ウーデイースという名前には、英雄とだれでもない者の双方の意味が潜りこませてあるからこそ、英雄は名前の呪縛を打ち破ることができる。(4)

ラテン語の nemo（「だれも……ない」）にあたるギリシア語の udeis は、すでに指摘されているように、Odysseus という「名前」と音韻的に近似の関係にある。(5) そればかりか「ウーデイース」は、オデュッセウスの意図した「偽名」ではなくて、もともと「別名」ないし「愛称」であったとも解釈されている。(6)「オデュッセウス」と「ウーデイース」の二つの「名前」の音韻的な近しさは、しかし、それがラテン語に訳されるとともに消えうせて、「ウーデイース」が「ネーモー」におきかえられるとともに、それは「オデュッセウス」という「名前」と語源的にも意味論的にも無縁なものとなる。そして、その代償でもあるかのように、nemo（「だれも……ない」）と nomen（「名前」）との、不定代名詞と普通名詞との、あらたなアナグラム的な近しさが成立した、と考えることもできるだろう。かくして、nemo という不定代名詞は、つねに nomen に、「固有名」に、かかわるメタ言語的な意識につきまとわれることになる。

古代ギリシアでもエウリピデスからはじまって、中世ラテン娯楽文学、一六世紀には神学者メランヒトンや画家ブリューゲル、一九世紀にいたってルイス・キャロル、エミリー・ディキンソン、二〇世紀にはいるとジェイムズ・ジョイス、サミュエル・ベケット、レーモン・クノー、ハンス・マグヌス・エンツェンスベルガー、ホルヘ・ルイス・ボルヘス、オクタビオ・パス、ルイジ・ピランデルロ、エズラ・パウンド、ミヒャエル・エンデなど、「だれでもない者」をめぐる固有名の生成にかかわった詩人、作家たちは、枚挙にいとまがない。(7) しかし、ここでは、ドイツ語圏の幾人かの詩人、作家に限定して、ある特定の系譜をたどっていくことにする。

一　ドロステ＝ヒュルスホフ

ドイツ語圏のなかではじめにとりあげるのは、一九世紀の詩人、作家であるアネッテ・フォン・ドロステ＝ヒュルスホフである。彼女の完成した唯一の中編小説『ユダヤ人のぶなの木』（一八四二）は、ヴェストファーレン地方のとある寒村を舞台に展開される。主人公のフリードリヒ・メルゲルは、幼少のころに父を亡くし、寡婦となった母のマルグレートに育てられるが、やがて盗伐を生業としているらしい叔父のジーモン・ゼンムラーに引き取られて、その仕事に加担するようになる。ジーモンには、ヨハネスという私生児がいるが、彼は父に認知されることもないままに、豚飼いとして使われている。つぎの引用は、フリードリヒが母のマルグレートに、ヨハネスを紹介する場面である。

「こいつはかわいそうな奴なんだよ。ヨハネスっていうんだ。」――［…］「苗字はなんていうんだい」――「うん――苗字はないんだ――いや、待てよ――あるんだ、ニーマント、ヨハネス・ニーマントっていうんだ――父親がいないんだよ」と、彼はいっそう声をおとしてつけくわえた。(8)

フリードリヒが、一瞬、いいよどんだのは、「ニーマント」という「苗字」が、教会簿に記録された姓ではなく、村人たちのあいだでヨハネスがただそう呼ばれている通名にすぎないことに思いあたったからだろう。フリードリヒは、その理由を、おそらく村人たちに倣って、ヨハネスには認知してくれるはずの「父親がいない」という事実にもとめている。父親による認知を俟って、はじめて洗礼が、ひいては教会による命名行為が遂行されるとすれば、フリードリヒには、姓という「名前」の一部が存在しないことになる。「ニーマント」というこの「固有名」は、文字どおり無から恣意的につくりだされて、宗教的、法的な手続によらない、アンオフィシャルな命名行為によって成立している。しかし、この代替の「名前」も、村人たちのあいだでは、さほど制度的な効力を有してはいないようにみえる。貧しい豚飼いの少年のことを、村人たちが「ヨハネス」という個人名にくわえて、わざわざ「ニーマント」という姓で呼ぶことなど、まずなかったことだろう。事実、小説の文中でヨハネスが「ニーマント」と呼ばれるのは、マルグレートが発する言葉のなかで、一度きりあるにすぎない[9]。しかし、この小説の匿名の語り手は、以後、「ヨハネス・ニーマント」という呼称を、当然のようにくりかえすことによって、それを追認し、読者にたいして保証していく。それは、物語によるあらたな命名行為であるといえよう。

ヨハネスは、フリードリヒと瓜二つであるとされていて、フリードリヒの母親であるマルグレートでさえ、一度はとりちがえたほどである。これまでの解釈者の多くが、ヨハネスをフリードリヒの分身、ドッペルゲンガーであると見做しているのは、当を得たことだろう。ユダヤ人アーロンを殺した嫌疑をかけられて、フリードリヒは、みずからの分身のヨハネスともども村から姿を消してしまう。しかし、二十八年の歳月を経て、村に舞い戻ってきたのは、ヨハネス一人だけだった。そのヨハネスも、それからさらに一年後、アーロンの殺害現場であったぶなの木の枝に、みずから縊死した姿で発見される。しかし、オデュッセウスとおなじように、その死骸に残されていた古傷から、それが実はヨハネスではなく、フリードリヒであったことが判明する。オデュッセウスが「ウーデイース」ないし「ネーモー」に成り変わることによって生きのびたのにたいして、フリードリヒは、彼自身の言葉によれば、オデュッセウスさながら、地中海世界を放浪したあげくに、「ヨハネス・ニーマント」の名を騙って帰郷してはみたものの、結局は死に追いやられる破目になる、この対比は、いったい何を意味するのだろうか。

こうしたアナロジーは、けっして恣意的なものではない。というのは、作者は、この物語について明らかに『オデュッセイア』を下敷きにしているからである。副題にあるように、「山深きヴェストファーレン」の田舎では、「ほんの三十マイルも旅したりすれば、そこそこ身分の高い人ですら、その在所のユリシーズに仕立てあげられてしまう」のだった。[10]『オデュッセイア』との関連について言及している文献も、すでにいくつか存在するが、[11]ここではさきに引いたホルクハイマーとアドルノの『オデュッセイア』解釈にもとづいて、「名前」を軸にして考えてみることにしよう。オデュッセウスが「ウーデイース」ないし「ネーモー」という、無にひとしい、まさに空虚な「名前」を名乗ることによってなしえたのは、『啓蒙の弁証法』の解釈からすれば、「名前」と存在の同一性を疑うことのない神話的、呪術的な領域から、身を引き離すことだった。そして、それこそ「啓蒙」の成立を画する出来事にほかならなかった。それにたいして、「山深い」偏狭な村落を脱出したはずのフリードリヒは、年を経て帰郷し、そして、アーロンの殺害現場であった「ぶなの木」に引き寄せられていく。その木の幹にはヘブライ語で「汝、この場に近づかば、汝がわれになしたるごとく、汝の身におこるべし」という文言が刻まれていた。これは、有意味の文であって、それ自体、「名前」ではないにしても、その呪術的な作用において「名前」にひとしいということができる。なぜなら、おそらくフリードリヒもそうであったように、たいていのドイツ人には、このヘブライ語の文言を読むことができないからには、それは、事実上、無‐意味な文ないし語として作用していたからである。

言語哲学の分野において、「固有名」をめぐる論争が一九世紀末から一九七〇年代にかけて、ゴットロープ・フレーゲ、バートランド・ラッセル、ソウル・A・クリプキを中心に展開された。[12]その詳細にふれることはできないが、ラッセルは、「固有名」の背後には、その対象のさまざまな属性を集約した「記述の束」が「確定記述」として存在していると主張した。すなわち、「固有名」とは、そうした「確定記述」[13]、すなわち定冠詞を付した単数の名詞ないし名詞句が「縮約または擬装された」形式にほかならない。[14]「ユダヤ人のぶなの木」という名詞は、植物学的な分類にしたがって命名されるブナ科ブナ属のいかなる範疇にも対応していない。それは、全世界にただ一つしかない「ぶなの木」を指示するかぎりにおいて、「この場」と名指されるように、ほとんど地名にひとしい、ひとつの「固有名」であるということができる。すなわち、それは、「ユダヤ人アーロンがそこで殺されたぶなの木」を、そして、「汝、この場に近づかば、汝がわれになしたるごとく、汝の身におこるべし」という命題を、「記述の束」、「確定記述」として、そのうちに含んでいる「名前」なのである。フリードリヒが「フリードリヒ・メルゲル」というみずからの固有名を捨てて、「ヨハネス・ニーマント」に身をやつそうとした努力は、このように結局は挫折して、その存在は、あたかも「啓蒙」に背をむけるように、固有名の神話的、呪術的な圏域へと回収されることになる。

オデュッセウスは、自身の別名である「ウーデイース」にひそんでいる有‐意味性を、すなわち「だれも……ない」という「意味」を、利用することによって、そもそもそれ自体は無‐意味でなければならないはずの固有名に、亀裂をはしらせることに成功した。無‐意味であるとは、翻訳不可能である、の謂いでもある。デリダは「バベル」という旧約聖書に登場する地名、固有名について、つぎのように書いている。

> バベルという固有名は、それが固有名であるかぎりにおいて、翻訳不可能でありつづけなければならないはずだが、しかし、ひとは、たまたまある言語においてのみ可能であるにすぎない、一種の観念連合の「混乱」によって、その言語そのものの内部で、われわれが混乱と翻訳するところのものを意味する普通名詞によって、それを翻訳することができると思いこんだのだった。(15)

ここでデリダは、「バベル」という固有名が、もともと、あるいは同時に、「混乱」を意味する普通名詞であったことに言及しながら、普通名詞であるがゆえの翻訳可能性が、ほかならぬ「混乱」をひきおこした経緯を指摘している。それとおなじことを「ウーデイース」という、一見、「固有名」とおぼしき名詞にあてはめれば、どうなるだろうか。それがオデュッセウスのもちいた古代ギリシア語イオニア方言の内部でのみ、「だれも……ない」を意味したとして、おそらくポリグロットであったオデュッセウスは、それを心中ひそかに、いわば「翻訳」することができた。それにたいして、オデュッセウスとは異なる言語をもちいていて、かつその母語しか理解できなかったポリュペーモスは、それを「翻訳」することができないがゆえに、そのまま固有名として受けとらざるをえなかった、と解釈することもできるだろうか。オデュッセウスが「ウーデイース」と名乗ることが、取って食う順番を最後にしてもらうという交換条件であったことから、ホルクハイマーとアドルノは、そこに「交換」という啓蒙の重要な機能をみいだすのだが、この「交換」は、すでに「翻訳」ともども、固有名にそぐわない置換可能性を成立させる範疇であった。

ここで念のために、いたって自明な事柄をあらためて確認しておくことにする。それは何よりも文法的な事項であり、正書法の問題である。すなわち、「ニーマント」をめぐる主題は、テクスト上では、とりあえずは品詞の差異、品詞の変換として現象してくる。『オデュッセイア』におけるように、不定代名詞が名詞に変換されるとき、ドイツ語の場合には、頭文字が大文字書きされるが、英語やフランス語ではただちにそうはならない。ようやく大文字書きされるのは、それが固有名詞に変化した場合にかぎられる。いずれにせよ、音声言語においてはまだ隠されているこうした品詞の運動は、書記言語にいたってようやく露呈されてくる。それは、書記言語をもちいるかぎりにおいて、すぐれて「翻訳」の問題でもあるだろう。

これから、一九世紀末から二〇世紀にかけて、ドイツの詩人、作家、すなわちカフカ、リルケ、ツェラーンに、「ニーマント」という「名前」の系譜をさぐっていくにあたって、この差異をはらんだ固有名の運動をたどるために、英語訳やフランス語訳をたえず対比することにする。固有名とは翻訳不可能な語である、とする定義をふまえるなら、これは、そこにそうして構成されようとしている固有名を解体する、ある意味で逆説的な企てであるといえるかもしれない。それとともに、翻訳者たち、その幾人かは、みずから名を成した詩人であり、批評家でもある人たちだが、彼らが原文の「ニーマント」にかかわる箇所を、どのように解釈したか、そこにもともと含まれている問題性を、どのように逆に照射しているかが、おのずから明らかになるはずである。

二　カフカ

ホメロス、ドロステ＝ヒュルスホフにおいて「ウーディース」ないし「ネーモー」、あるいは「ニーマント」という「固有名」をもちいてみずから名乗ろうとするのは、あくまで物語内での実在の人物だった。だからこそ、そこには個の自立、ないしその挫折が含意されていた。それにたいして、カフカ、リルケ、ツェラーンのテクストにおいて「ニーマント」と呼ばれているのは、作品内においても実在している人物とはいいがたい「対象」である。それにもかかわらず、いやそうであるからこそ、まさにこの「だれでもない者」を名指そうとするテクストの志向、運動は、さまざまに重層的な意味をはらんでいる。

カフカの小品『山中への遠足』は、もともと未完の小説『あるたたかいの記』に含まれていたのが、短編集『観察』に収録されて、一九一二年に発表された。短いものだが、関係する箇所にかぎって引用してみることにしよう。

もしだれも来ないのなら、まさにだれも来ないわけだ。私はだれにわるさをしたこともないし、だれも私にわるさをしたりはしなかった。だが、だれも私を助けようとしない。だれ一人として。だが、そういうことじゃない。ただだれも私を助けてくれようとしないだけで——それをのぞけば、このまったくだれもいないというのも、なかなかいいものだ。ぜひとも——どうしてそうしないわけがあろうか——まったくのだれでもないご一行様と、遠足としゃれこみたいものだ。もちろん山のなかへさ、それ以外にどこがあるというんだ。このだれでもない連中が、たがいに押しあいへしあいし、たくさんの腕を横にのばしたり、たがいに組んだりして、このたくさんの足がほんの数歩の距離しかへだたっていない、このありさまといったら！(16)

小文字の niemand から大文字の Niemand への変容ばかりではなく、「わるさをした」、「だれも私を助けてくれようとしない」といった措辞をみても、このカフカの散文もまた『オデュッセイア』をふまえていることは、ただちにみてとれる。もっとも、この「私」は、オデュッセウスではなくて、ポリュペーモスに擬せられているのだが。それでは、おなじように「ニーマント」は、擬装された「固有名」なのだろうか。そう断言するには、いささか躊躇せざるをえない。というのは、カフカは、「このだれでもない連中」として、ドイツ語には存在しないはずの Niemand の複数形をつくりあげているからである。「ニーマント」の「一行、団体」といえば、それは、もはや個人の「固有名」とはいいがたいだろう。それとも、そこに属しているすべての個人が「ニーマント」という「名前」を、あるいは共通の姓を、もっている、とでもいうのだろうか。大文字に変化していることからして、それがすでに不定代名詞から名詞に変換されていることは、すくなくとも確実である。しかし、固有名詞のみならず普通名詞も大文字書きするドイツ語の場合には、それが「固有名」にまでなりおおせているのかどうか、その区別は判然としない。他のヨーロッパ系の言語、なかんずく英語なら、どうだろうか。最初に、みずから詩人、作家であったエドウィン・ミュアとウィラ・ミュアによる旧訳を参看してみよう。ちなみに、ミュア夫妻によるカフカの英訳の刊行は、すでに一九三〇年代からはじまっていて、英語圏におけるカフカ受容に先駆的な役割をはたしたといわれている。

その訳文のなかで、ミュアは、nobodyを一貫して小文字書きにしているばかりか、nobodiesと複数形でもちいてさえいる。[17] さきに述べたように、ドイツ語の名詞としてのNiemandに複数形が存在しないように、英語のnobodyも、元来、単数形に限定されている。しかし、もともと普通名詞のbodyを語根にもっているだけあって、nobodiesという恣意的な複数形を、まだしも抵抗なくつくりあげることができる。それによって、文字どおり「身体をもたない人たちの群れ」という表象が生まれてくる。カフカがLauter niemand（「だれ一人として」）と、まだその否定性にこだわっている箇所で、ミュアは、後出のA pack of nobodies（「だれでもないご一行様」）を先取りして、その複数性を強調している。ミュアの翻訳の特異さは、もともとカフカの原文に含意されている「だれでもない者」の複数性を、みずからのテクストのなかでことさらに明示することによって、それが単数の「固有名」として成立する契機をはやばやと排除していることにある。それによって、『オデュッセイア』が「ウーデイース」ないし「ネーモー」という「固有名」の成立を叙する物語であったのに比して、カフカの『山中への遠足』という小品は、逆に「固有名」の崩壊を告げる記録となる。『城』のみずからの英訳に付した序文からもうかがえるように、エドウィン・ミュアのカフカ解釈は、マックス・ブロートと軌を一にして、『審判』と『城』を「形而上的ないし神学的小説」と規定し、「城」を「宗教的アレゴリー」と見做すものだった。[18] それを考えあわせれば、「だれでもない者」の「固有」性がミュアのカフカ訳において認められなかったとしても、ふしぎではない。「ニーマント」という「固有名」は、ミュアの立場からすれば、それこそ神にのみ、認められるものだったであろうから。しかし、そのとき、それと対比されるように露呈される無名の複数性とは、いったいどのようなものなのだろうか。もしかして、それは、「固有名」を、身体を、奪われた存在、死者たちの群れ、亡霊の群衆なのだろうか。

ミュアの翻訳の特異さをきわだたせるために、ジョイス・クリックの新しい訳を参照してみよう。クリックのテクストは、いかにもカフカの原文に忠実な訳であるということができる。小文字の no one at all（「だれも……ない」）から大文字の No-one-at-all（「だれでもない者」）へ、さらにはその複数形の No-one-at-alls（「だれでもない者たち」）へと、その移行の段階は、正確にとらえられている。[19] しかし、名詞をすべて大文字書きするドイツ語ならいざ知らず、英語で no one を大文字にすれば、それは、とりもなおさず「固有名」の成立を意味することになってしまうだろう。それでは、複数の「固有名」とはいったい何か、a party of No-one-at-alls（「だれでもないご一行様」）とは、いったいどのような存在なのか、そうした疑問には、ここでは答えられることがない。

三　リルケ

死者といえば、つぎにあげるリルケの三行からなる短い詩は、一九二五年十月にしたためられた詩人の遺言書のなかで、その墓碑銘に指定されたものである。

薔薇よ、おお、純粋な矛盾よ。歓びよ、
だれの眠りでもないという。かくも多くの
瞼のしたにあって。[20]

原詩では、一行目と三行目の行頭にある Rose（「薔薇」）と Lidern（「瞼」）の二つの名詞が、ドイツ語の正書法にのっとって大文字で書かれているだけではなくて、不定代名詞であるはずの二行目の Niemandes（「だれの……でもない）さえもが、頭文字が大文字になっている。すべての詩行を大文字で書きはじめるという、古典的な詩の書法にしたがっていると見做すこともできようが、しかし、リルケは、行頭であっても、それが名詞ないし文頭の単語でないかぎりは、頭文字を小文字書きにするのを常としていた。事実、草稿の段階では、niemandes と、頭文字が小文字で書かれていることを考えれば、[21] 当初、それは不定代名詞としてもちいられていたものと想定される。ところが、それは、全集版では最終稿と見做された詩人の遺言書に依拠して、[22] Niemandes と、大文字で書きはじめられている。したがって、それがもはや不定代名詞ではない、すくなくとも名詞ではあるとして、さらに無冠詞でもちいられているからには、それは固有名詞であると判断しなければならないだろう。そして、この不定詞句は「ニーマントという固有名をもつ者の眠りである」と読まなければならなくなるだろう。ところが、実際の墓碑銘では、こうした場合によくあるように、すべての字母が大文字で刻まれていて、その品詞をめぐる消息は、いよいよ不分明になっている。それがリルケの遺志であったかどうかは、すくなくとも遺言書にそう記されていない以上は、不明であるといわざるをえない。いずれにせよ、リルケの英訳者として知られるジェイムズ・B・リーシュマンは、墓碑銘の書法をそのまま採用して、すべて大文字書きにして訳している。[23]

しかし、そのように現実の墓碑銘において、小文字の niemand ないし大文字の Niemand の品詞のゆらぎ、不確定性が隠蔽されているとすれば、それはそもそもどうした事態を意味しているのだろうか。石に死者の生前の固有名が刻まれる、そうした墓碑銘の様式にかんがみれば、そこにだれも「眠って」いないとなると、それはパラドックス、ないしそれこそ「矛盾」にほかならない。なぜなら、それが墓碑銘であるかぎりにおいて、「眠り」とは、死者の永久の眠りを意味していて、すくなくともそこにだれかが「眠って」いるはずだからである。その意味では、この詩行は、墓碑銘のパロディのようにも響くだろう。というのは、ここでは、当然、予期される死者の眠りが、テクストの表層においては、とりあえずは否定されているようにも読めるからである。しかし、実は「ニーマント」という「固有名」をもつ死者が眠っているのだとすれば、どうなるだろうか。

一九八二年に公にされたスティーヴン・ミッチェルによる英訳を参照してみよう。ちなみに、ミッチェルの翻訳家としての仕事のなかには、『オデュッセイア』の英訳が含まれている。ミッチェルの訳文のなかでは、Niemand は No-one と大文字書きされていて、それが「固有名」であることを示唆している。[24] 遺言によって指定されたこの墓碑銘が、「ニーマント」という「固有名」をもつ死者がその墓石の下に「眠って」いることを意味しているとすれば、それは、オデュッセウスの自己韜晦さながら、それによって、なお亡ぶことのない存在としての自己を表現していると、訳者は理解しているようである。

他方で、一九八六年に刊行されたアルバート・アーネスト・フレミングの英訳では、Niemandes Schlaf（「だれの眠りでもない」あるいは「だれでもない者の眠りである」）を小文字で no one's sleep と記していて、niemand をあくまで不定代名詞と見做している。[25] それは、「だれの眠りでもない」とする読解に加担することによって、あくまでも「眠り」そのものを否定することにむけられている。幾重にも「瞼」によっておおわれているにもかかわらず、それは「眠り」ではない、それこそが「純粋な矛盾」である、というのである。その際に、ここでは、原詩にある名詞 Lust は、リーシュマンのように DELIGHT と、あるいはミッチェルのように joy と、すなわち「歓び」と、訳すのではなくて、ドイツ語で不定詞をともなってもちいられる用法にそって、desire となっていることに注目しよう。すなわち、ミッチェルのように、「ニーマント」という「固有名」をもった死者がその墓石の下に「眠って」いることが、すでに成就した「歓び」であるというのではなくて、それは、幾重にも「瞼」によっておおわれているものの、あくまで「眠り」ではなく、覚醒しつづけようとする死者の「希い」であり、欲求であるということになる。それは、生ける主体なき願望、意思であるかぎりにおいて、これもまた「純粋な矛盾」であるということができるだろう。

四　ツェラーン

ツェラーンの作品のなかでは、小文字の niemand から大文字の Niemand への移行をしめす局面が、二度、あらわれる。一度は散文『山中の対話』（一九五九）であり、いま一度は詩集『無神の薔薇』（一九六三）に収録された『頌歌』である。前者にはカフカの『山中への遠足』の、後者にはリルケの墓碑銘の、それぞれの影響が、明らかにみてとれるのだが、ここでは後者にかぎって考えることにしよう。詩『頌歌』は、元来、四連からなっているが、ここでは最初の三連のみの引用にとどめておく。

だれも私たちを、ふたたび土と粘土からこねあげることはない、
だれも私たちの塵に、息を吹きかけてくれはしない。
だれも。

讃えられてあれ、だれでもない者よ。
おんみのために、私たちは
花咲こうとする。
おんみに
むかって。

ひとつの無
だった、私たちは、無であり、無でありつづける
だろう、花咲きながら、
無の
無神の薔薇として。(26)

ここでも不定代名詞の niemand が名詞の Niemand に変容しているのは、第二連の一行目である。しかし、標題の『頌歌』が示唆しているように、この Niemand という名詞が無冠詞でもちいられているにあたっては、それが「固有名」であるからという理由にとどまらずに、近代西欧語において唯一神を意味する普通名詞、ドイツ語では Gott だが、それがつねに無冠詞でもちいられるという事情とも相関している。ドイツ語とは異なって、普通名詞を小文字で書きはじめる英語やフランス語にあっても、God ないし Dieu の頭文字は、大文字で書かれることに変わりはない。したがって、ここでの Niemand が「神」を擬するものであるとすれば、Gott や God が普通名詞であるように、この Niemand も、かならずしも固有名詞であることを保証されてはいないだろう。(27) レヴィナスがいうように、「神」という語、フランス語の Dieu は、「文法的な範疇としての固有名詞でも普通名詞でもない」となれば、(28) なおさらのことである。

一九七二年に公にされた、みずから詩人であり、批評家でもあったミヒャエル・ハンブルガーの英訳は、すでにツェラーンの原詩から偏倚している。(29) そこで注目されるのは第二連の一行目、Praised be your name, no one（「讃えられてあれ、おんみの名前が、だれでもない者よ」）である。もし no one が「固有名」になりおおせているのなら、あるいは、すくなくとも名詞化されているのなら、no one はツェラーンの原詩に対応させて、No one と大文字書きされるべきところだろう。しかし、ハンブルガーは、これをあえて不定代名詞のまま

にしておく。それは、ツェラーンの原詩が niemand ないし Niemand の品詞のパフォーマンスによって、テクスト上に「名前」そのものを成立させようとするのにたいして、原詩に相応する語のない name をあえてもちいて、いわば内在的な注釈として、ここに含意されている「名前」への志向を示唆してもいるのである。その際に、コンマで区切られている your name（「おんみの名前が」）と no one（「だれでもない者よ」）とは、たがいに対等に同格としておかれているわけではない。すなわち、your という所有形容詞が no one にかかっているかぎりにおいて、no one そのものが「名前」であるとは、けっしていわれていないのである。そうだとすると、「おんみの名前」と呼ばれているのは、ハンブルガーの理解によれば、「だれでもない者」の知られざる「名前」、テクスト上にあらわれることのない真の「名前」である、ということになるだろう。

ツェラーンの原詩では、「だれも私たちを、ふたたび土と粘土からこねあげることはない」、「だれも私たちの塵に、息を吹きかけてくれはしない」といわれている。ここで「私たち」と語る主体は、人間一般ではなくて、現にすでに「土と粘土」、「塵」にかえってしまった人たち、つまり死者たちにほかならない。この二つの否定文が変容して、「だれでもない者」が「私たちを、ふたたび土と粘土からこねあげる」、「私たちの塵に、息を吹きかけてくれる」のだとすれば、「だれでもない者」には「神」の属性が与えられているようにみえる。ただしそれは、Niemand が固有名でありうる、不安定な局面にかぎられる。Niemand が結局は不定代名詞にすぎないことが露呈されるとともに、その「神」は、「だれでもない者」、「無人」、いうならば「無神」と化してしまうのだから。

しかし、「だれでもない者」すなわち「無神」と、他方で「無」とのあいだには、明らかな位階の差異がある。「無神」は、いかにその実在を否定されようとも、否定的な位格として、ペルソナとして、「固有名」たりうるのに比して、「無」は、いかに大文字で書いたところで、けっして「固有名」になりようがない。「だれでもない者」は、名詞化されても、固有名詞さながら、無冠詞のままだが、「無」には、普通名詞にふさわしく、ein Nichts とはやばやと不定冠詞が賦与される。あるいは、もしかしてこの ein は、数詞なのだろうか。それは、「私たち」が名前を奪われ、数量化されて、番号によってのみ識別される存在に、そして、ついには毛髪や皮膚や金歯の集積に、貶められていたという事実に、あらためて注意を喚起するかのようである。しかし、その「私たち」が、みずからを「無」の「薔薇」と呼ぶばかりではなく、「無神の薔薇」とも称するときには、そこにはある志向が表現されている。それは、物に貶められた「私たち」を、死のヒエラルヒーにおいて、逆説的にひとつの位格たらしめようとする志向にほかならない。

ここで、みずから詩人でもあったマルティーヌ・ブロダによるフランス語訳に眼をむけてみよう。ドイツ語の niemand にあたるフランス語の否定表現は、一行目、二行目に使われている personne ne、あるいは ne … personne である。しかし、近代のフランス語では、否定詞の ne が省略されて、ドイツ語の Person や英語の person にあたる、元来は否定の意味価をもたないはずの personne が、そのままで否定の不定代名詞としてもちいられることがある。はたして、三行目では、ただ Personne（「だれも［ない］」）と語られているばかりである。[30] フランス語にのみみられるこのパラドックスを、訳者のブロダも意識していたことは、彼女のツェラーンをめぐるエッセーからもうかがい知ることができる。

ドイツ語の Niemand は、純粋に否定的であるが、フランス語の personne は、二重の意味価をもっている。すなわち、それはだれでもない存在であるか、さもなければ人格、一人の人物、すなわちだれか、である。対立する意味を分岐させる語、撞着語法のように細工されているのかもしれぬ語。そうした意味をさがしもとめるツェラーンにとって、それは、なんと思いがけない授かり物であったことか。[31]

ブロダは、ツェラーンの原詩に、すでにフランス語の二重の語義が含まれているものと想定している。したがって、彼女のフランス語訳は、その二義性を明らかにする作業でもある。しかし、そのようにいうときに、ブロダは、Niemand ないし personne が不定代名詞であるという前提で語っているのであって、それが固有名詞を僭称している事実に言及してはいない。彼女が翻訳者ひいては解釈者として、二義性という有‐意味性を開示するかぎりにおいて、それが「固有名」であるためには、それが「無‐意味」でなければならないというテーゼは、なおざりにされることになる。

さきに述べたように、フレーゲとラッセルは、「固有名」の背後には、その対象のさまざまな属性を集約した「記述の束」が存在していると主張した。それにたいして、クリプキは、「確定記述」が「固有名」の指示作用の動因となることを否定して、「固有名」の起源を命名行為にもとめた。クリプキによれば、「固有名」には、本来的なインプリケーションは存在しない、ただ対象を名指す指示作用が存在するのみである、ということになる。[32] この解釈を、「ニーマント」という「固有名」にあてはめてみると、どうなるだろうか。無にひとしい位格には、もともと属性も存在しないから、それを表現する「確定記述」も成立しない。その意味では、「固有名」が命名行為に由来するとする、クリプキの見解のほうが、この場合によりふさわしいようにみえる。ここでとりあげた「ニーマント」は、すべて登場人物ないし語り手によって命名されることによって、はじめて「固有名」たりえているからである。しかし、クリプキがすくなくとも「固有名」に不可欠であるとした対象にたいする指示作用も、ここでは揺らいでいる。とりあえずは存在しないとされているものを指示することなど、元来、ありえないのだから。詩人、作家たちがそのような不可能事をくりかえしこころみることを強いられた、あるいはそうすることを誘われた、その隠された契機として、nemo と nomen の、Niemand と Name の、アナグラムが作用していたとする、最初に提示した仮説にたちかえることによって、この小論を閉じることにしよう。

注

（1） Homer: Die Odyssee. Übersetzt in deutsche Prosa von Wolfgang Schadewaldt. Hamburg (Rowohlt) 1958, S. 118.

（2） Ebd., S. 119.

（3） [Homer]: Odyssea Homeri a Francisco Griffolino Aretino in latinum translata. Die lateinische Odyssee-Übersetzung des Francesco Griffolini. Eingel. und hg. von Bernd Schneider und Christina Meckelnborg. Leiden u.a. (Brill) 2011, S. 149.

（4） Max Horkheimer / Theodor W. Adorno: Dialektik der Aufklärung. Philosophische Fragmente. Frankfurt a.M. (Fischer) 1969, S. 67.

（5） Hannes Fricke: »Niemand wird lesen, was ich hier schreibe«. Über den Niemand in der Literatur. Göttingen (Wallstein) 1998, S. 50; Elisabeth Strowick: 'Lauter Niemand'. Zur List des Namens bei Homer und Kafka. In: MLN. Vol. 119, No. 3. German Issue (April 2004), S. 565.

（6） Norman Austin: Name Magic in the Odyssey. In: California Studies in Classical Antiquity 5 (1972), S. 14f.

（7） Michael Braun: Untersuchungen zu 'Niemand'. Beitrag zur Geschichte einer paradoxen literarischen Figur und ihrer Darstellung im Bild. Stuttgart (Heinz) 1994; Fricke, a. a. O.; 栁澤厚生『〈無人〉の誕生』、影書房、一九八九年。

（8） Annette von Droste-Hülshoff: Sämtliche Werke. 4. erw. Aufl. München (Hanser) 1963, S. 897f.

（9） Ebd., S. 898.

（10） Ebd., S. 882.

（11） Fricke, a. a. O., S. 227f; Lary D. Wells: Annette von Droste-Hülshoffs Johannes Niemand: Much Ado about Nobody. In: Germanic Review 52 (1977) 2, S. 109–121; Claudia Liebrand: Odysseus auf dem Dorfe. Genre, Topographie und Intertextualität in Droste-Hülshoffs *Judenbuche*. In: Droste-Jahrbuch 7 (2007/2008). Hannover (Wahrhahn) 2009, S. 153–162.

（12） Ursula Wolf (Hg.): Eigennamen. Dokumentation einer Kontroverse. Frankfurt a.M. (Suhrkamp) 1985.

（13） Bertrand Russel: Logic and Knowledge. Essays 1901–1950. Edited by Robert Charles Marsh. London (Allen & Unwin) / New York (Macmillan) 1956, S. 243.

(14) Saul A. Kripke: Naming and Necessity. Oxford (Blackwell) 1980, S. 27.

(15) Jacques Derrida: Des tours de Babel. In: Difference in Translation. Ed. with an introduction by Joseph F. Graham. Ithaca u.a. (Cornell Univ. Press) 1985, S. 210.

(16) Franz Kafka: Drucke zu Lebzeiten. Hg. von Wolf Kittler, Hans-Gerd Koch u. Gerhard Neumann. Schriften Tagebücher. Kritische Ausgabe. New York (Schocken) 1994, S. 20.

(17) Franz Kafka: In the Penal Settlement. Tales and Short Prose Works. Translated from the German by Willa & Edwin Muir. London (Secker & Warburg) 1947, S. 27.

(18) Franz Kafka: The Castle. With an Introduction by Edwin Muir and a Postscript by Max Brod. Translated from the German by Willa and Edwin Muir. 4. ed. London (Secker & Warburg) 1947, S. 6.

(19) Franz Kafka: The Metamorphosis and other Stories. Translated by Joyce Crick, with an Introduction and Notes by Ritchie Robertson. Oxford (Oxford Univ. Press) 2009, S. 8.

(20) Rainer Maria Rilke: Sämtliche Werke. 6 Bde. Wiesbaden (Insel) 1955–66. Hrsg. von Ernst Zinn. Bd. 2: Gedichte, 2. Teil. 1957, S. 185.

(21) Joachim Wolff: Rilkes Grabschrift. Manuskript- und Druckgeschichte, Forschungsbericht, Analysen und Interpretation. Heidelberg (Stiehm) 1983, S. 21.

(22) Ebd., S. 18; Rilke, a. a. O., S. 762.

(23) Rainer Maria Rilke: Poems 1906 to 1926. Translated with an Introduction by James Blair Leishman. 2. ed. Norfolk (New Directions Book) 1957, S. 355.

(24) [Rainer Maria Rilke]: The Selected Poetry of Rainer Maria Rilke. Edited and translated by Stephen Mitchel. New York (Random House) 1982, S. 279.

(25) Rainer Maria Rilke: Selected Poems. Translated by Albert Ernest Flemming. New York u.a. (Methuen) 1986, S. 225.

(26) Paul Celan: Werke. Historisch-kritische Ausgabe. 6.1. Die Niemandsrose. Frankfurt a.M. (Suhrkamp) 2001, S. 27.

(27) Fricke, a. a. O., S. 33.

(28) Emmanuel Levinas: Autrement qu'être ou au-delà de l'essence. 2. éd. La Haye (Nijhoff) 1978, S. 193.

(29) Paul Celan: Nineteen Poems. Translated by Michael Hamburger. Oxford (Carcanet) 1972, S. 39.

(30) Paul Celan: La rose de personne. Poésie. Éd. bilingue. Trad. de Martine Broda. Paris (Le Nouveau Commerce) 1979, S. 39.

(31) Martine Broda: Dans la main de personne. Essai sur Paul Celan. Paris (Les Éditions du Cerf) 1986, S. 67.

(32) Kripke, a. a. O., S. 91.

第十二章　ベルリンは存在しない
——ウーヴェ・ヨーンゾンにおける境界と名称

金　志成

　本稿は、一九六一年に発表されたエッセイ『ベルリンのSバーン（時代遅れになった）』に現れる境界と名称の問題を手がかりに、初期ヨーンゾンの詩学における言語批判的な契機を考察するものである。『ベルリンのSバーン』は、ある時期までのヨーンゾン研究においてきわめて重要な位置づけを与えられていた。それは同エッセイが、同時代ベルリンにおける複雑な政治的状況がもたらす「文学的帰結」としての〈全知の語りへの懐疑〉および「真実探求」といった、明示的に詩論的な綱領を含むためである。(1)「詩学講義」の講師としてフランクフルト大学の教壇に立ったときですら、ほとんど開口一番に自分は「詩学」について語らないと宣言し、もっぱら作品の執筆に伴った「付随状況」の開示に徹したヨーンゾンにあっては、(2)当該のエッセイは語りの理論をめぐる作家本人の例外的な自己証言として、いわば貴重なものであり続けたわけである。(3)とりわけ、バルザックに代表される十九世紀的な語り手にたいする懐疑の表明は、デビュー作『ヤーコプについての推測』（一九五九年）の文体を根拠づけるものとして、七〇年代ごろまでは肯定的＝実証的

(positiv) に受容されてきた。[4]

こうした「露出過度」への反動もあり、[5]『ベルリンのSバーン』は一時期ほとんど顧みられなくなっていたが、一九九〇年前後からふたたび頻繁に言及されることになる。ただし七〇年代とは異なり、もっぱら否定的な文脈においてである。その皮切りとなったイギリスの研究者コリン・リオーダンによる一九八九年出版の博士論文は、『ベルリンのSバーン』の内部における論理的な矛盾だけでなく、小説作品との齟齬、さらには従来の研究が同テクストを「便利な解説者」として濫用してきたことを辛辣に批判し、[6]ヨーンゾンの詩学研究の歴史に大きな転換をもたらした。一九八九年とは、奇しくもベルリンの壁が崩壊した年、すなわちヨーンゾンの文学的主題であったところの東西ドイツ問題がひとつの歴史となった年である。また、一九八四年にはヨーンゾン自身が他界している。[7]象徴的な物言いをするならば、「作者の死」および「歴史の終わり」という二つの決定的な節目を通過したことによって、九〇年代には「真実探求」を脱神話化するための下地が整ったのである。かくして、リオーダンに続くウーヴェ・ノイマンによって「ヨーンゾンを字義的に受けとること」に警鐘が鳴らされ、[8]リオーダンが開いたルートのいわばアンカーとなったアルネ・ボルンによって『ベルリンのSバーン』をはじめとする詩論的テクストは「無条件に信頼すべきではない」との診断を下されることとなった。[9]

リオーダンのそもそもの企図は、『ベルリンのSバーン』というわずか十数ページのテクストがヨーンゾン研究において「不釣り合いな重要性」を得てしまったことを批判することにあった。[10]それにもかかわらず、批判的な文脈においてであれ、彼もまた当該のテクストに執着し、多くのページを割いて検討せざるをえなかったのはなぜか。それは、〈全知の語りへの懐疑〉や「真実探求」といったヨーンゾンの言明には、作者と語りの審級の境界、経験的な現実とフィクションの境界、さらには詩学＝理論と作品＝実践の境界といった、さまざまな次元での境界の問題を思考するための端緒が含まれているからである。こうした問題と真っ向から対決した九〇年代の一部の研究には、近年のヨーンゾン研究における制度的なテーマ主義・方法論主義ではなく、自らの足で立とうとする思弁があった。同じく近年盛んに行われている、アーカイブ資料を活用した慎重な実証主義ではなく、大胆な批評性があった。本稿もまた、彼らの思弁的かつ批評的な精神にすすんで倣おうとするものである。

本稿は、九〇年代半ばにすでに見切りをつけられた――副題につけられた意図とは別の意味で「時代遅れとなった」――『ベルリンのSバーン』というテクストを、ふたたび集中的にとりあげる。むろん、それはたんなる回顧的な意図によるものではない。なぜなら同テクストには、従来の研究が見落としてきた、というにはあまりにも大きな、ある死角が存在するからだ。つまり先行研究においては、詩論的な綱領が含まれる「文学的帰結」のパッセージばかりが注目されてきたのであるが、じつは当該の箇所は分量にしてテクストの終盤十パーセントほどを占めるにすぎない。矛先を返すならば、〈全知の語りへの懐疑〉や「真実探求」といった「文学的帰結」は、『ベルリンのSバーン』というテクスト全体において「不釣り合いな重要性」を与えられてきたのである。

それでは残りの九〇パーセントにはいったい何が書かれてあるのか。ひとことでいうならば、それは「文学的帰結」に対応するところの「原因」であり、具体的には、東西に分断されたベルリンの特殊な状況についての即物的な分析である。それゆえ壁が崩壊した今日においては、同テクストはもはや歴史証人的なドキュメントの域を超えないのかもしれない。ところが『ベルリンのSバーン』は、じつは発表当時すでに「時代遅れ」なものであったのだ。まずはこのことを確認しておく必要があるだろう。

このエッセイは、元来は一九六一年四月にアメリカのデトロイトでなされた「書くための場所としての分断された世界のベルリンの境界線」という表題の英語講演であり、同年八月にドイツ語版として『メルクール』誌に現在のタイトルのもと発表された。しかし、そのわずか四ヶ月のあいだに歴史的な出来事が起こった。ベルリンの壁の建設である。このような事情により、作家はドイツ語版の発表に際して「時代遅れになった」という奇妙な副題を付け加えることになったわけである。[11] いうまでもなく、ベルリンを分断するコンクリートの壁は終戦直後からあったわけではない。冷戦を象徴する「壁」は、戦後十六年経ってから建てられたものである。それでは壁の建設によってベルリンの状況はどのように変化したのか。モーリス・ブランショは一九六四年の視点から次のように書き記している。

そこに何があったのか、国境なのだろうか。確かにそのとおりなのだが、また別のものでもある。毎日ひとが大挙して、パスポート・コントロールを逃れてこの線を越えていたがゆえに、国境未満である。しかしまた、国境以上でもある。なぜなら、その線を越えることは、ある国から別の国に行くことでも、ある言語から別の言語に移ることでもなく、一つの国、同一の言語の中で、「真理」から「過ち」へ、「悪」から「善」へ、「生」から「死」へと移ることであり、そうして人は、自分の知らないうちにある根源的な変容を被っていたからである［…］。壁がほとんど瞬間的に建てられたことで、未だ明確なものではなかったこの曖昧な状況に、決定的な分断という暴力が取って代わってしまった。［…］それは、この壁が、動き止まぬ大都市の統一性に抽象化という一撃を加えるべく定められたものだという現実である。［…］この壁が目指していたのは、抽象的に分割を具体化すること、この分割を目に見え触知可能なものにすること、すなわち、これ以後ベルリンを、ベルリンという名の統一性そのものにおいて、失われた一種の統一性という視点からではなく、絶対的に異なる二つの街の社会学的な現実として考えざるをえないように仕向けることだったのだ。[12]

ブランショは、このようなベルリンの状況と文学的に対決した作家としてヨーンゾンを名指しで称賛している。[13] それゆえここで引用した言葉も『ベルリンのＳバーン』を踏まえて書かれたものと考えてしかるべきである。[14] とりわけ着目したいのは「ベルリンという名の統一性」をめぐる問題意識であり、これは『ベルリンのＳバーン』を再検討する際にも有用な糸口となるだろう。[15]

ヨーンゾンといえば「二つのドイツの作家」、そして「二つのドイツ」といえばベルリンの壁というイメージがあるかもしれないが、彼が「壁」を作品のなかで直接的に扱ったのは、じつは第三長篇の『二つの視点』（一九六五）のみである。先行する二冊の長篇小説で作家が主題にしていたのは、「壁（Mauer）」ではなく「境界線（Grenze）」であった。この「境界線」が初期ヨーンゾンの詩学を条件づけていたことは、『ベルリンのＳバーン』における次のような言明から見てとれるだろう：「境界線は、叙事的なテクニックおよび言語を、それらがこの前代未聞の状況に正しく対応するものとなるまで、変化させるよう要求します」（BS 10）。作家は同様の趣旨の発言をさまざまな機会にさまざまなかたちでしているが、[16] ウーヴェ・ノイマンはそれらをひっくるめて「表されるものが表す手段を条件づける」と定式化し、なおかつそれを「ヨーンゾンの中心的な詩論的原理」と呼んでいる。[17]

一九六一年八月を境とする現実の状況の変化をヨーンゾンの著作目録に重ね合わせてみたときほど、「表されるものが表す手段を条件づける」という定式が説得力を持つことはないだろう。なぜなら、壁建設以前のドイツを舞台にした（つまり『ベルリンのＳバーン』以前に出版ないし着手された）初期二作から、壁建設以降（つまり『ベルリンのＳバーン』以降）に書かれた『二つの視点』にかけて、作品の文体や形式が、有り体にいえば複雑なものから単純なものへと、一変したからである。これは、題材として扱われる現実じたいが壁の建設によって単純化したためであり、少なくとも外的な状況の変化と作風の変化の傾向は一致している。だが、たとえば先のリオーダンは、この文体の変化を誤って評価している：「『ベルリンのＳバーン』は、ベルリンの分割について書くことが複雑な文学的手段を要求したとほのめかしてはいるが、ほとんど一九六一年のベルリンのみを舞台にした唯一のヨーンゾン小説は、彼の作品のなかで形式的にもっとも単純な『二つの視点』である。[18]」

ここでいわれる「ベルリンの分割」および「一九六一年のベルリン」という言葉は、壁建設以前と以後を一緒くたにしてしまっている。「複雑」な状況――ヨーンゾンによれば「前代未聞の状況」、ブランショによれば「曖昧な状況」――であったのは、あくまでも一九六一年八月までのベルリンのことであり、それ以降のベルリンは暴力的に抽象化された、むしろきわめて単純な状況となったのである。それゆえ、『二つの視点』が一九六一年のベルリンを扱っているにもかかわらず単純だという批判は的外れであり、この小説はむしろその年のベルリンを扱ったがゆえに単純なのである。

他方でリオーダンの指摘は、思わぬかたちで、ヨーンゾンの初期二作品をめぐるある盲点へと注意を向けてくれる。それは作家がこれらの小説でそもそもベルリンを舞台にしなかったという事実である。むろん、『ヤーコプについての推測』にせよ、『三冊目のアーヒム伝』にせよ、東西ドイツおよびその境界線が主題化されてはいるのだが、そのいわば臨界点であるところのベルリンは描かれなかった。正確には、じつはヨーンゾンは当初は壁建設以前のベルリンを小説のなかで描こうとしたのだが、最終的には断念することとなったのである。

『ベルリンのSバーン』は次のように始まる。

　このタイトルのもと、ベルリンのあるSバーンの駅を描写することを妨げるいくつかの困難さについて報告することをお許し下さい。（BS 7）

この書き出しからわかるように、『ベルリンSバーン』は、作家の「フランクフルト詩学講義」と同様に、彼が小説を書く際に生じた「付随状況」であるところの「困難さ」を動機としている。具体的には、ヨーンゾンは「ある比較的大きな叙事テクスト」を執筆中に、物語内のエピソードのひとつとして、ひとりの人物が東ベルリンのSバーンの駅で電車に乗り、西ベルリンの駅で降りるというプロセスを描こうとしたが、結局は断念することになったと述べられる（BS 7）。ここでまず問題となるのは「ある比較的大きな叙事テクスト」というのが作家のどの小説を指しているのかということだ。

可能性として考えられるのは、本エッセイの二年前に出版された『ヤーコプについての推測』か、あるいは元となるアメリカでの講演時には未発表であったものの、前年の十一月にグルッペ47の会合で一部を朗読し、当時すでに完成していたはずの『三冊目のアーヒム伝』のどちらかである。先行研究の多くは、これが前者に関係するテクストであることをほとんど自明視していたが、たとえばリオーダンは後者に結びつけている。[19] だが、いずれの場合も積極的な根拠は存在せず、結論からいえば、『ヤーコプ』か『アーヒム』か、という二者択一は決定不可能である。

それゆえ本稿としては、あえてどちらかの見解に与することはせず、むしろ当該のエッセイがどれかの小説と関係があるという考えじたいを——さしあたり——括弧に入れる。小説内のひとつのエピソードというかたちで試みたベルリンの描写を最終的には断念し、結局は『ベルリンのSバーン』というかたちで「この場面のためだけの記述」を試みることにした以上、同エッセイはまずもって独立したひとつのテクストとして検討されるべきであるからだ。つまり当時のベルリンは、たとえ付随的なエピソードであっても、小説というかたちでは表象不可能なものだったのであり、それはどこまでも試み（essai）としてのエッセイというジャンルでのみ可能だったのである。ここでも「表されるものが表す手段を条件づける」という作家の詩学原理が顕在化しているといえよう。

ところで、決定不可能性の問題というテクストの背景の指摘は、奇しくもテクストの主題へと導入するものとなる。結論を先取りすれば、『ベルリンのSバーン』とは、ある決定不可能性の問題をめぐるエッセイであるからだ。ヨーンゾンはなぜベルリンを描写することができなかったのか。それは第一に、異なる統治下にある二つの領域を電車で往来することのできた当時のベルリンの奇妙な状況——ブランショとともにいえば、「国境未満」であり「国境以上」の状況——という、即物的な原因に求められるだろう。あるいは、ほかならぬヨーンゾン自身がそのような手段で西ベルリンへとやってきたのであり、この問題は作家のいわば実存ともかかわるものである。だが、こうした理由以外に（あるいはこれらを内に含む）別の根本的な原因があった。ヨーンゾンはベルリンの場面を小説から削除したあと、その原因について反省し、次のようなことに思い至る。

しばらく時間が経つと、この単純な駅の場面がベルリンという名前にうまく合おうとしなかったこと（daß diese einfache Bahnhofsszene nicht für den Namen Berlin hatte stehen wollen）が腹立たしくなったのです［…］。（BS 7）

ベルリンという都市の記述を妨げた原因が、ここにはっきりと述べられている。それはすなわち、この都市の「名前」であり、具体的にはベルリンという名称をめぐる代表＝表象能力の問題なのである。[20] この問題こそが、『ベルリンのSバーン』を読み解く上で重要な鍵となる。

さて、ヨーンゾンが「ある比較的大きな叙事テクスト」のなかで記述を試み、やがてはそれを断念し、今ここで改めてその原因について反省を試みている場面とは、以下のようなものである。

［…］列車が止まり、乗降口で乗客を交換し、そこでひとりの男が下車し、ほかの者たちに混じって出口へ行き、彼らとともに階段を昇るなり降りるなりして街へと出る。この光景は複雑なものではありません。的確な言葉（zutreffende Worte）にすれば、大都市という概念のために観察や経験を自由に使用できるあらゆる者にたいして、この光景は理解できるかたちでなんなく作用するはずでした（sollte er verständlich und beiläufig wirken）。（BS 8）

ヨーンゾン特有の硬い言い回しではあるが、いわんとしていることは単純である。つまり一般的な大都市の生活基盤には電車での移動があり、そこに住むものにとって駅で人が乗り降りするという光景は日常的に目にするものである。それは理解可能なものであり、「的確な言葉」に置き換えられるもの、すなわち言語的に表象可能なものである――いや、可能なはずであった（sollte）。ここで接続法第二式が使われていることは、こと当時のベルリンにかんしては、そのような日常的なプロセスが表象不可能であることを示している。注目したいのは、「的確な言葉（zutreffende Worte）」という表現において――むろんこれは慣用的な表現であるが、あえて字義的に読むならば――「当てはまる（zutreffend）」という志向的なイメージと「言葉」が結びつけられている点である。「言葉」をシニフィアン、それが志向する対象をレフェランスと言い換えると、ここでいわんとしていることは、シニフィアンはレフェランスに„zutreffen"できない、すなわち逸れてしまうということである。ベルリンは包括的な意味内容を持つ「概念」としてとらえることができない。それはひとえに、「境界線が概念を解体してしまう」からである（BS 8）。つまり、先に接続法で語られた大都市一般におけるきわめて日常的な光景を、壁建設以前のベルリンに移し替えると次のようなものとなる。

東ドイツの国家のある村から旅へと送り出される都市電車は、都市の境界線で停車して隈なく捜索され、西ベルリンへと放たれるとしばらくのあいだそこを走りぬけ、東ベルリンへとやってきて、再度西ベルリンを前にしているからという理由でそのあとすぐに隈なく捜索され、西ベルリンの駅のいくつかに止まり、そして今（たとえばですが）、ひとりの若い男が下車します。彼は（たとえばですが）郊外の小さな村で車両に足を踏み入れており、彼はこれまでのあいだに二回証明書を提示し、検問のためにバッグを開けたかもしれず、ここで彼は列車を去るのです。しかし列車はしばらくすると西ベルリンを去り、東ドイツの国家領域へと入っていくと隈なく捜索されます。今や座席には別の乗客が座っています。（BS 9）

壁建設以前のベルリンでは、Sバーンの電車は東と西の境界線を横断して走っていた。境界線の駅に停まるごとに捜索と検問が行われはするものの（しかしブランショのいうように、パスポート・コントロールは「規則的でもあれば不規則でもあった」[21]）、ここでの「ひとりの若い男」のように、東側の駅で乗車して西側の駅で降車することもできたのだ。当時のベルリンの境界線のこのような多孔性が、ヨーンゾンを悩ますことになる。ほかの地域の軍事境界線ならば、交通は完全に遮断されており行き来は不可能である。それにたいして「ベルリン」は「二つの秩序の出会いのためのモデル」となっており、「さまざまな結びつきを完全に切断することが依然としてできない状態にあったのだ。仮にそれを無理に「抽象化」してしまうならば、「このモデルのさまざまな可能性をとらえ損なう」ことになるだろう（BS 10）。

先の引用部でヨーンゾンは、ひとりの男がSバーンに乗って東から西へと移動するプロセスを、能う限り即物的に描写しようと試みているが、まさにそのことによってある種の異化作用が生じている。しかし、このプロセスは本来ならばたったひとことで言い表せるはずである。つまり、この男は「亡命者（Flüchtling）」なのだ、と。だがヨーンゾンはこの言葉を使うことができない。この表現は不可避的に西側のパースペクティブによる「プロパガンダ的な価値」へと回収されてしまうからだ。当該の男は、じっさいには「たんに引っ越しただけなのかもしれない」のである。

この旅行者をすぐさまひとつの権力ポジションへと関連づける一面的で政治的な党派性は、彼のことを十分に見ておらず、すでに認識されたことについてすら見誤りうるのです。（BS 10）

この種の党派的なディスクールのことを、ヨーンゾンは「図式（Schema）」と呼ぶ。「図式」が生じる過程を彼は次のように説明する。まず（たとえば先のようなプロセスの）目撃者が正確に観察していなかったかもしれない。あるいはそのプロセスを、自らになじんだ基準点に従って整理してしまうこともある。そしてその整理がメディアを通過し、同じ傾向を持つほかの観点と結びつき、増大することによって「図式」と化す。そして東西ベルリンにおいては、少なくとも二つの対立する「図式」が存在し、両者は「論理によってではなく、ひとつの境界線によって結びつけられている」のである（BS 12）。

このようなプロパガンダ的な「図式」は、文学テクストには用いることができない。文学はむしろ、二つの図式の「あいだ」あるいは「傍ら」に、「もうひとつの別の〔図式〕」を探らなければならない（BS 13）。それを作家は試みる。さしあたり彼は「私的な関心事」から出発する。それはあくまでも――ヨーンゾン自身がSバーンを使って東から西へと「転居」したように――「彼に固有の体験」であり、党派的な動機によるものではない。しかし、たとえそうであったとしても、「彼は自分に委託されたわけでもない一団のひとびとのスポークスマンとなる」、あるいは少なくとも「そう見做される」ことになるのだ（BS 13）。さらにいえば、執筆者自身が無意識のうちに先入観にとらわれている可能性もある。「それを再検討することなど夢にも思わないような、そしてたまたま誰も反論を唱えなかったような、そんな意見に従って自らを定位していたとすれば？」（BS 14）すなわち、「個別的」なものを「一般的」と見做してしまうこと、「私的」なものを「典型的」と称してしまうこと、それこそが「特殊文学的な誤謬」なのである（BS 14）。
ヨーンゾンの反省は徹底的なものである。彼は結局のところ、東西どちらのイデオロギーにも与しない第三の「図式」を提出することはできない。言語とは、それを用いるものの意図に関係なく、宿命として政治的なものでしかありえないからだ。政治の外に位置するものとしての私的な言語、あるいは純粋に美的なものとしての詩的な言語などというものを、彼は信じない。そのようなものが存在するという幻想こそが「特殊文学的な誤謬」なのである。それでもなお、ひとつの文学作品を書こうとすれば、どのような手段を用いるべきであるか。たとえば東と西のあらゆる差異を可能な限り即物的に記述すれば解決するかもしれない。だがそうしたところで、「テクストはぶくぶくと太らされる」ばかりであり、しかもなお「さらなる欠如は埋められない」（BS 19）。

反省に反省を重ねた結果、作家が提出した「文学的帰結」こそが、全知の語り手の否定であった。全知の語り手の否定とは、単一の「図式」で語るのではなく、複数の「図式」を導入し、対話を生じさせることを意味する。これはそのまま『ヤーコプについての推測』の物語構造と重なる。同小説には、ＮＡＴＯの通訳士、シュタージ、東側の反体制知識人といった、特定の政治的立場を代表する人物が配置され、彼らによる複数の「図式」同士の対話がテクストを構成しているからである。

だが『ヤーコプについての推測』の舞台はベルリンではなかった。繰り返すが、重要であるのは、ヨーンゾンは小説にベルリンの場面を挿入しようとしたものの、結局はそれを削除せざるをえなかったという事実である。この事実が興味深いのは、それが文学形式としての対話性の限界（Grenze）を明らかにしているからである。対話とは、言葉を媒介にして行われるものである。だが壁建設以前のベルリンにおいては、そもそも言葉が機能しない。「的確な言葉（zutreffende Worte）」という表現を手がかりに指摘したように、ベルリンにおいてある種のシニフィアンは、それが目指すべきところのレフェランスに辿り着けないからだ。そのようなシニフィアンを代表する（repräsentativ）ものこそが、ほかならぬ「ベルリン」という名称であり、この名称はじっさいのところ何かを表象（repräsentieren）することなどできないのである。

［…］その名称は紛らわしいのです（seine Bezeichnung ist *irreführend*）。（BS 9、強調は引用者による）

たとえばヨーンゾンがこう述べるときもまた、ベルリンという「名称」にたいして「紛らわしい＝迷わせる（irreführend）」という志向的なメタファーが用いられている。それではなぜ、ベルリンというシニフィアンは自らのレフェランスに辿り着けないのか。その理由を作家はきわめて即物的に説明してみせる。

ベルリン、と言い表すことは、曖昧であり、より正確にいえば、東側および西側の国家連合がしばらく前から出していた政治的要求なのです。なぜなら国家連合は、あたかももう半分が存在しないか、あるいはすでに自らに含まれているかのように、自らの影響が及ぶ半分にたいして全領域の名前を与えているからです。（BS 9）

問題は、壁によって決定的に分断される以前のベルリンにおいては、東西の「図式」が互いにたいして完全に閉じられていなかったことなのである。ベルリンの両領域が公式的に、「あたかももう半分が存在しないか、あるいはすでに自らに含まれているかのように」、すなわち（「西ベルリン」や「東ベルリン」ではなく）「ベルリン」と名乗る状況にあっては、この名称は二義的なものではなく、互いにたいして排他的で、一方が他方を認めた瞬間に崩壊してしまう、二つの読みをもたらしてしまうのである。

これはベルリンという名称に限らず、「ベルリンの両都市が、たとえば自らを自由と、相手を不自由と呼び合い、自らを民主的と、相手を非民主的と呼び合い、自らを平和的と、相手を好戦的と呼び合う」とき（BS 19）、「自由」、「民主的」、「平和」といった形容詞についてもまた、同一の言葉が相互排他的な二つの言語ゲームに属することになり、それぞれに固有の文脈＝ルールにおいて使用されるのである。

たとえば、将棋のゲームで駒をひっくり返すことと、オセロで同じことをするのでは、戦略上の意図がまったく異なる。常識的には、前者のルールを後者に持ち込むことはしない。もっとも、壁の建設により分断が決定的になったあとでは、両者は別のルールに基づく別のゲームをしているのだということが明白に理解できる。しかし壁建設以前のベルリンでは、異なるゲームが混在し、ときに同一の盤の上で、片や将棋を、片やオセロを指すという事態がありえた。しかも、両ゲームはともに盤上で駒を動かすという共通点を持つがゆえに――喩えを外せば、「図式」はともに言語によって構築されるものであるがゆえに――たとえば駒をひっくり返すといった表面的な指し手の形態が重複することもあったのだ。

「論理」ではなく、「概念を解体する」ところの「境界線」が二つのベルリンを結びつけるとき、両者は今自分たちが何のゲームをプレイしているのかがわからなくなる。統一的に分節化されないシニフィアンはそのときどうなるか。それは弁証法的に止揚されるのではなく、あたかも遭遇してしまったドッペルゲンガー同士が対消滅してしまうように、言語の上では「存在しない」ことになるのである――つまり、「ベルリンは存在しない」のだ（BS 9）。

以上、『ベルリンのSバーン』というエッセイについて、ひとつの独立したテクストとして、なおかつ従来の研究のように「文学的帰結」に限定せず、その全体像を見てきた。本稿の残りの部分では、これまでの議論を踏まえた上で、改めて同エッセイをヨーンゾンの小説作品に、具体的にはデビュー作の『ヤーコプについての推測』に接続することを試みたい。

七〇年代においては、これら二つのテクストが、片や理論＝詩学、片や実践＝作品という、単純な従属関係に還元されていたこと、そして九〇年度前後からそうした見方に批判が加えられてきたことについては、冒頭ですでに指摘した。主な争点は、同小説における語りの審級の問題にあった。議論を簡単にまとめると、ポスト＝アダムスら七〇年代の研究者は、『ヤーコプ』の語り手は『ベルリンのSバーン』でいわれる通り「非全知」であると主張し、[22] それにたいしてリオーダンら九〇年前後の研究者は、語り手が「全知」でないことがテクストのどこでも証明されえない以上、彼が（作者本人の言い分に反して、じっさいには）「バルザックのような神のごとき眺望」（BS 20）を持っているはずだと主張した。[23] 前者が完全な誤りであることは明らかであるが、[24] 後者にしても、傍点で強調したような話法および「神」のメタファーが奇しくも示唆するように、結局は否定神学的な証明にすぎない。[25]

それにたいして本稿は、いわば搦め手から二つのテクストの接続を試みる。注目するのは、『ベルリンのSバーン』における「文学的帰結」以外の部分であり、具体的には、そこでなされる名称および言語一般の表象能力をめぐる問題意識である。だが、注目する箇所が異なるにせよ、二つのテクストを結びつけることじたいには、相変わらず障害が立ちはだかる。繰り返すならば、『ベルリンのSバーン』はベルリンの状況を分析したテクストであるが、『ヤーコプについての推測』はベルリンを舞台にしていないからだ。壁建設以前に書かれたヨーンゾンの小説に、ベルリンは存在しない。それゆえ、まずは接続のされ方じたいが反省されなければならない。

本稿の分析によって明らかとなったのは、『ベルリンのSバーン』は当該の都市における（たとえば、政治的ないし社会的ではなく）言語的な状況を主題にしたテクストであったということである。「概念を解体」するところの「境界線」は、東西を分け隔てる現実の「境界線」であると同時に言語的な分節化のそれであり、すなわちある種の言語懐疑が動機となっている。それゆえ、仮にヨーンゾンが壁建設以前のベルリンを舞台に小説を書いていたならば、言語そのものが主題となっていたはずである。だが、彼はそれをしなかった、あるいはできなかった。なぜならヨーンゾンという作家は、いわば言語そのものを自己言及的に主題とする書き手――ある種の〝詩人〟――ではなく、あくまでも「物語を物語ること（Geschichten-Erzählen）」を本分とする長篇小説家（Romancier）であるからだ。[26] 彼が作家人生において一篇の詩も書かなかったどころか、その才能がないことを自ら認めていることはきわめて示唆的である。[27] あるいは、より直接的に、「言語」とは「理解」のために用いられるものであるとすら主張している。[28]

デビュー作における物語技法としてのダイアローグから最終作『記念の日々』（一九七〇―一九八三）における「死者との対話」に至るまで、ヨーンゾンの詩学の根底には対話性がある。対話において言語とは相互理解のための媒介物であるため、もとより言語そのものを懐疑していたのならば、対話性の詩学は成り立たない。だがそれは、彼が言語の表象能力を素朴に信じているということではなく、むしろ言語を媒介物と見做しているからこそ、その能力の限界を無視することができず、それゆえに境界線によって概念を解体されたベルリンを記述することができなかったのである。

つまりヨーンゾンは対話性を確保するために小説からベルリンを切り離したわけであるが、それは小説のテクストが言語的分節化の範囲内に完全に収まっていることを意味するわけではない。壁の建設以前にはむろんドイツ全体において「図式」の混在があり、ただその臨界点であるところのベルリンだけは内包できなかったために、エッセイというかたちで「この場面のためだけの記述」を試みたのである。すなわち、見極められるべきは小説とエッセイという二つのジャンルの境界線であり、具体的にはヨーンゾンが言語的分節化の限界という問題を小説という枠内でいかに扱ったのかということである。

結論からいえば、ヨーンゾンは『ヤーコプについての推測』において言語懐疑そのものを主題化するのではなく、それをヨーナス・ブラッハというひとりの登場人物において形象化した。英語文献学者にして東側の反体制知識人であるブラッハは、言語の表象能力にたいしてきわめて反省的な人物である。紙幅の関係で物語展開上の文脈は割愛するが、彼はたとえば初めてヤーコプに出会ったときに、次のようなことを思ったのであった。

記憶が正しければ、僕はすぐさま言葉を探し始めた。次にしたことは、言葉を次から次へと捨て去ることであった、それらはすべて特性を意味する言葉であって、この男はそうしたものをひとつも持っていないように見えたのだ。その結果彼の容姿はすぐさま僕のなかに像を映して拭い消せなくなり、そして僕が今日《彼は背が高く恰幅がよくたくましかった、あのころの彼は観察者から見れば少し憂鬱げ（悲しげではない）であった》と言ったり考えたりするならば、彼は外見が似ていさえすれば誰とでも取り替えがきくことになるのだ。（MJ 74、原文はイタリック）

ヤーコプの姿を目にしたブラッハがまっさきにとりかかったのは、「言葉を探」すこと、すなわち不可解な衝撃を与えた人物を言語的に分節化することであった。しかし彼は、見つけた言葉をすべて捨て去ることになる。ブラッハにとってヤーコプは、既存の属詞で言い表しうるような「特性」を持っていなかったからだ。あるいは彼はヤーコプについて、仮に「彼は背が高く恰幅がよくたくましかった、あのころの彼は観察者から見れば少し憂鬱げ（悲しげではない）であった」と言い表してみる。この例文はすぐさまその妥当性が批判されるのであるが、そもそもこの一文の内部においてすら、言語への反省的な契機が発見される。すなわち、第一に「観察者から見れば」という留保をつけることによって自身のパースペクティヴ性を相対化する点、第二に「憂鬱げ（悲しげではない）」というふうに括弧のなかで補足を行うことによって、類似した形容詞群における差異の体系を示し、より厳密に語を用いようとする点である。しかしそうした努力も虚しく、相手を言語でもって表象したところで、結局のところそれは「ほかの誰とでも取り替えが効く」ような陳腐なものとならざるをえないことをわきまえている。ひとことでいえば、彼にとってヤーコプという人間は「言葉の彼岸」に存在し（MJ 75）、最終的には「僕は自分の言葉を一切信じないだろう」という崩壊へと至ることになる（MJ 255）。

『ベルリンのSバーン』における言語懐疑の動機は、ヨーナス・ブラッハという人物をつうじて『ヤーコプへの推測』へと接続される。となると、作者は小説の登場人物のなかでブラッハにいわば特権的な重要性を与えたということになるのだろうか。たしかにブラッハは、同性の（すなわち、男性の）主要登場人物のなかで、作者ともっとも年齢が近い[29]。年齢だけでなく、民主主義的な社会主義者という立場や、職業的に英語を用いるという点でも重なる[30]。

ゲルハルト・F・プロプストによる一九七八年の論文は、まさしくヨーナス・ブラッハの特権的な扱いを指摘するものであり、なおかつその根拠として、彼の固有名が引き合いに出される。プロプストが着目するのは、ブラッハが大学で行った、英語文献学についての概論と覚しき講義の内容である。ブラッハは当該の学術領域について、古代から中世を経て近代に至るまでの英語の変遷を調査するものであると規定するのだが、その具体例として挙げられるのが「oからaへの変遷」である（MJ 101）。そしてプロプストは、ほとんどアクロバティックといってもよい観点から、この「oからaへの変遷」をブラッハ自身の固有名へと当てはめてみせる。つまり、ブラッハ（Blach）の背後には、ブロッホ（Bloch）がいるということだ。

むろんブロッホとは、哲学者のエルンスト・ブロッホのことである。ヨーンゾンはライプツィヒのカール・マルクス大学でハンス・マイヤーのもと卒業論文を書いたのだが、当時エルンスト・ブロッホは同大学の哲学科を率いており、すなわち作者の近くにいたわけである。「oからaへの変遷」に限らず、ブラッハが執筆する文書の内容や、彼が作中で辿る運命など、さまざまな点でブロッホと重なることが指摘される。[31]つまり、ヨーンゾンはエルンスト・ブロッホをモデルにヨーナス・ブラッハを造形したにちがいないというわけだ。

以上の論拠をもとにプロプストが結論づけるのは、「ウーヴェ・ヨーンゾンがブロッホの運命を価値判断なく小説のなかに組み込めたであろうということは、まったく考えられない」ということ、[32]換言すれば、作者はブラッハという一登場人物にたいして格別のシンパシーを抱いていたということである。そして、仮にそうだとすれば、それは彼の詩学にとって違反となる。繰り返すならば、ヨーンゾンの詩学の要は複数の「図式」のあいだに対話を発生させることにあるため、特定の人物に肩入れすることは許されないからだ。曰く、「作者は、自己との同一視へと引きずられることなく、自らの人物たちを理解しようと試みなければならない」。[33]ブラッハのみを肯定的（positiv）に描いたはずだと主張するプロプストの企図は、まさしく作家の伝記的事実という実証的（positiv）な論拠を持ち出して、その死角を突くことにあった。

だが、作者の価値判断をめぐる実証的な次元については、本稿は立ち入ることはしない。本稿にとって重要であるのは、『ベルリンのSバーン』という詩論的テクストと『ヤーコプについての推測』という物語テクストとの境界であり、両者を結びつけると同時に切り離すところの言語批判の動機である。本稿のテーゼを繰り返すならば、壁建設以前のベルリンは東西分裂国家における言語的分節化の問題の臨界点であったが、ヨーンゾンは小説のなかで当該の問題そのものを主題化しないために『ベルリンのSバーン』というエッセイのかたちで切り離し、ヨーナス・ブラッハという人物においていくぶんアイロニカルに形象化することによってかろうじて小説のなかに収めた。ブラッハとはいわば、両テクストの切断面の図柄である。そしてこの観点に立つとき、ヨーナス・ブラッハという固有名はまったく別の意味を付与されることになる。それも、過去における作家の個人史ではなく、未来における文学史という文脈において。

ヨーナス・ブラッハ。oとaの入れ替え。言語懐疑。これらのキーワードを戦後ドイツ文学史に代入したとき、ある別の固有名が浮かびあがるだろう。それは、ペーター・ハントケの小説『ペナルティーキックを受けるゴールキーパーの不安』(一九七〇)の主人のヨーゼフ・ブロッホ(Josef Bloch)である。

目を閉じると、何かを想像することができないという奇妙な不能感が彼を襲った。この部屋にある物たちを可能な限りあらゆる名称でもって思い浮かべようとするものの、彼は何ひとつ想像することができないのだ。[34]

たとえばヨーゼフ・ブロッホにおける言語にたいする以上のような不能感は、先に見たヨーナス・ブラッハのそれとほとんどそのまま重なる。だが、ヨーンゾンとハントケには、詩論的な次元でそもそも決定的な違いがある。ハントケは、とりわけ当該の小説や戯曲『カスパー』(一九六七)などの初期作品において、まさしく言語そのものを主題化していたからだ。「私は象牙の塔の住人である」、「私は物語に耐えられない」などの挑発的な発言を繰り返し、[35] 一九六六年にプリンストンで開催されたグルッペ47の会合で先行世代のリアリズム作家たちを「描写のインポテンツ」と罵倒した若きハントケにとって、[36] 東西分裂問題という政治的な現実と真っ向から対決し、「物語を物語ること」を本分とするヨーンゾンのような作家は、批判の対象にこそなれどもオマージュの対象となることはありえないだろう。ヨーンゾンが小説のなかで言語懐疑の動機をいくぶんアイロニカルに扱っていたのならばなおさらである。だが、そうした伝記的な影響関係においてではなく、ヨーナス・ブロッホおよびヨーゼフ・ブラッハという二人の固有名において両作家のテクストはいわば類型学的に結びつくのであり、それを指摘するためには本論集ほど格好の機会はありえない。

注

（1） Uwe Johnson: Berliner Stadtbahn (*veraltet*). In: ders.: Berliner Sachen. Aufsätze. Frankfurt a. M. (Suhrkamp) 1975, S. 7–21, hier: S. 20f. 以下、同テクストは BS と略記し、引用ページ数を本文中に記す。

（2） Vgl. Uwe Johnson: Begleitumstände. Frankfurter Vorlesungen. Frankfurt a. M. (Suhrkamp) 1980.

（3） マンフレート・ドゥルツァクとのインタビューにおいてヨーンゾンは、留保つきではあるものの、『ベルリンのSバーン』にはある種の理論的な契機が含まれていることを自ら認めている。Vgl. Manfred Durzak: Gespräch über den Roman, Frankfurt a. M. (Suhrkamp) 1976, S. 428.

（4） 代表的な研究としては、Vgl. Ree Post-Adams: Uwe Johnson. Darstellungsproblematik als Romanthema in «Mutmaßungen über Jakob» und «Das dritte Buch über Achim». Bonn (Bouvier) 1977.

（5） Colin Riordan: The Ethics of Narration. Uwe Johnsons Novels from *Ingrid Babendererde* to *Jahrestage*. London (Modern Humanities Research Association) 1989, S. 4.

（6） Ebd.

（7） ヨーンゾンが死んだのは、奇しくも代表作である『記念の日々』の最終巻が（十年の中断期間を経て）ついに刊行された翌年であったこと、加えて、生前は未発表であった実質上の第一作『イングリード・バーベンダーエルデ』が死の翌年に出版されたことに鑑みれば、彼においては作者の人生と作品がほぼ同時期に完結したといえる。

（8） Uwe Neumann: Uwe Johnson und der «Nouveau Roman». Komparatistische Untersuchungen zur Stellung von Uwe Johnsons Erzählwerk zur Theorie und Praxis des «Nouveau Roman». Frankfurt a. M. u. New York (Peter Lang) 1992, S. 78.

（9） Arne Born: Wie Uwe Johnson erzählt. Artistik und Realismus des Frühwerks. Hannover (Revonnah) 1997, S. 89.

（10） Riordan, a. a. O., S. 4.

（11） Vgl. Ree Post-Adams: Antworten von Uwe Johnson. Ein Gespräch mit dem Autor (Am 26. 10. 1976 in San Franzisko), in: Eberhard Fahlke (Hg.): »Ich überlege mir die Geschichte…« Uwe Johnson im Gespräch, Frankfurt a. M. (Suhrkamp) 1988, S. 273–280, hier: S. 275.

（12）モーリス・ブランショ：「ベルリン」、『ブランショ政治論集一九五八―一九九三』所収、安原伸一郎・西山雄二・郷原佳以訳、月曜社、二〇〇五年、九一―九六頁、引用箇所は九四頁以下。強調は原文による。

（13）同書九五頁。

（14）ブランショは当該テクストのなかで『ベルリンのSバーン』自体には言及していないが、これから検討していくような「ベルリン」という名称をめぐる問題意識や、さらには「全知ということは、たとえ存在しうるものだとしても、ここでは適用されないということ。ここでは、すべてを知っている神は、本質からしてこの事態に欠けているだろう」（ブランショ、前掲書、九三頁）という一節から、彼が『ベルリンのSバーン』を読んでいたことはほぼ確実と言ってよいだろう。また両作家には、頻繁な書簡なやりとりなど、伝記的な次元での交流もあった。安原伸一郎：「文学の力――シャルル・ド・ゴールに反対するブランショ」、『ブランショ政治論集一九五八―一九九三』所収、一〇四―一一三頁を参照。

（15）同テクストの初出（オリジナルではない）は、グイード・ネリによるイタリア語訳で、ほかならぬ「ベルリンの名（Il nome Berlino）」という訳題のもとイタリアの文芸誌『メナボー』第七号（一九六四）に掲載されたものである。ブランショによる原文は存在せず、一九八三年に非売品として出版されたフランス語版の「ベルリンの名（Le Nom de Berlin）」も、エレーヌ・ジュランおよびジャン＝リュック・ナンシーが著者の許可を得た上で既訳のテクストをもとに再度フランス語に訳し直したものである。

（16）Vgl. z. B. Fahlke (Hg.): »Ich überlege mir die Geschichte«, S. 179, S. 197, S. 201, S. 211, S 222; Uwe Johnson: Vorschläge zur Prüfung eines Romans, in: Rainer Gerlach u. Matthias Richter (Hg.): Uwe Johnson, Frankfurt a. M. (Suhrkamp) 1984, S. 30–36, hier: 34.

（17）Neumann, a. a. O., S. 74.

（18）Riordan, a. a. O., S. 46.

（19）Vgl. ebd., S. 30.

（20）本来ならば「名前」こそが「代表する」主体であるが、当該の引用部では「単純な駅の場面」が主語となっている。この一種の主客逆転は、ヨーンゾンの言語的反省においてはレフェランスの側が絶えず優位にあることを示唆している。

(21) ブランショ、前掲書、九四頁。

(22) Vgl. Post-Adams (1977), S. 48f.

(23) Vgl. Riordan, a. a. O., S. 34, 36, 48.

(24) ポスト＝アダムスは語り手がヤーコプの内面に介入することはないと主張するが、たとえば「彼は何も考えていなかった。一度彼は、自分の肩の下にあの女子学生がいたこと、そしてその子が自分の視線に全く注意を払っていなかったことを思い出した。今やただ隣り合っていたことが快い思い出であった」といった箇所では、ほかならぬヤーコプの思考、回想、そしてその際の感情までもが、直接法で記述されている。Uwe Johnson: Mutmassungen über Jakob. Frankfurt a. M. (Suhrkamp) 1959, S. 27. 以下、本テクストはMJと略記し、本文中に引用ページ数を示す。

(25) 『ベルリンのSバーン』の「文学的帰結」をめぐる先行研究の論争については、Vgl. Jisung Kim: Dekonstruktive Momente in Uwe Johnsons Poetik, in: Johnson-Jahrbuch 23 (2016), S. 207–224, hier: S. 208.

(26) Christof Schmid: Gespräch mit Uwe Johnson (Am 29. 7. 1971 in West-Berlin). In: Eberhard Fahlke (Hg.): »Ich überlege mir die Geschichte…«, S. 253–256, hier: S. 254.

(27) Vgl. Willhelm Johannes Schwarz: Der Erzähler Uwe Johnson. Bern (Francke) 1970, S. 96.

(28) Durzak, a. a. O., S. 429.

(29) ブラッハは二六歳。ヨーンゾンは一九三四年七月生まれなので、小説の舞台となる一九五六年秋には二二歳であるが、執筆を始めた一九五八年には二四歳、翌年に作品が出版されたときは二五歳である。ヤーコプは一九二八年生まれのため、ブラッハよりもさらに二歳年上。ちなみに小説内ではヤーコプが就職した年齢が「一八歳」(MJ 16)のときと書かれているが、作者自身が『フランクフルト詩学講義』のなかで正しくは「二一歳」であると訂正している Vgl. Begleitumstände, S. 151.

(30) ヨーンゾンは大学卒業後に定職に就けず、出版社で原稿審査および翻訳のアルバイトをしており、ハーマン・メルヴィルやジョン・ノールズの小説をドイツ語に訳している。

(31) Vgl. Gerhard F. Probst: Unbestimmtheitsstellen wertender Art in Uwe Johnsons „Mutmassungen über Jakob“, in: Colloquia Germanica 11 (1978), S. 68–74, hier: S. 70.

(32) Ebd., S. 72.

(33) Matthias Prangel: Gespräch mit Uwe Johnson (Am 6. 3. 1974 in Rotterdam). In: Eberhard Fahlke (Hg.): »Ich überlege mir die Geschichte...«, S. 263–267, hier: S. 267.

(34) Peter Handke: Die Angst des Tormanns beim Elfmeter. Erzählung. Frankfurt a. M. (Suhrkamp) 1998, S. 18.

(35) Peter Handke: Ich bin ein Bewohner des Elfenbeinturms. In: ders.: Ich bin ein Bewohner des Elfenbeinturms, Frankfurt a. M. (Suhrkamp) 1972, S. 19–28, hier: S. 23.

(36) Vgl. Peter Handke: Zur Tagung der Gruppe 47 in USA, in: ders.: Ich bin ein Bewohner des Elfenbeinturms, S. 29–34.

第十三章　断片としての名

――インゲボルク・バッハマンにおける固有名の否定性

前田佳一

一　名前の壊死

第十章においてバッハマン作品の固有名における〈否定性〉とでも呼ぶべき事態の一端を示した。本稿ではそれがまさにバッハマンの詩学上の積極的な戦略として展開されるさまを考察する。ここでも立論の出発点は講演『名前との付き合い』である。次の箇所は序論においても引用したが、別の角度から検討するために再度引用しておこう。

〔訳注：文学作品における〕これらの名は想像上の存在に刻印されていると同時にその存在を代理してもいて、なおかつ永続的なものでもあります。したがって私たちがそれらの名を借用して自分の子供に付けたりでもしたならば、その子は生涯にわたってその名前の有する含意とともに生き続けるか、あるいは

仮装でもしているかのようなありさまになってしまうでしょう。その名前は生身の人間に対するよりも創作上の人物の方により強固に結びついているからです。[1]

文学的固有名がその指示対象ととり結ぶ一体性が日常言語におけるそれ以上に強固であり、なおかつ場合によっては文学的固有名の方が現実に実在する人物の名前の受容に影響を与えることさえもありうる、と主張するこの一節は、それ以後の文学的固有名をめぐる先行研究において、特に文学的固有名の機能の一つとしての〈神話化（Mythisierung）〉、すなわち固有名とその固有名を有する虚構の人物との一体性の形成、という機能を定義づける上で、頻繁に参照された。たとえばランピングは、エルンスト・カッシーラーが『シンボル形式の哲学』や『言語と神話』において行なった人間の神話的思考の基底をなすものとしての名と対象との神話的一体性をめぐる議論を参照しつつ、バッハマンの先の一節を引用し、次のように述べている。

名と人物との擬似神話的一体性は、文学的な、ただ言語による象徴に拠っている人物描写にとって不可欠である。それゆえ、この神話的一体性は文学的テクストにおいては常に存在している。すなわち名が同定機能か、あるいは錯覚形成機能のどちらかだけでも満たしていさえすれば、その神話的一体性は存在しているのである。[2]

この一節はそれなりの説得力を有している。文学作品における固有名はもっぱら虚構世界に登場する人物や土地を指し示すものであり、テクストの外部の現実世界に指示対象を持たないが、まさにそれゆえに、文学的固有名とその指示対象との一体性はある種の「神話性」、あるいはバッハマンが講演で用いる表現でいうならば、文学的テクストが有する「魔術」とでも呼ぶほかはないものを通じてしか担保され得ない。そしてまた、作家がそのような機能を持つ固有名を駆使することによって虚構世界を織り上げること、このことがまさに、序論で行った主張を繰り返すならば、文学的固有名の有する産出的機能とでも呼ぶべきものなのである。

ここで興味深いのは、文学的固有名が有する機能の中でも最も重要なものである〈同定（Identifizierung）〉あるいは〈錯覚形成（Illusionierung）〉が成立した場合にただちにこの〈神話化〉が生じるということを、ランピングがあえてバッハマンを参照するかたちで主張していることであろう。そしてランピングのこの立場は、後に言語学的な立場から文学的固有名の研究に取り組んだデブース[3]や、ゼルプマン[4]らをはじめとする後年の文学的固有名研究においても、一つの前提として継承されている。

このようにバッハマンの『名前との付き合い』は近年の文学的固有名をめぐる研究にとって最も基礎的な参照点の一つであるわけだが、この講演から、別の筋道からなる仮説を立ててみることも可能だろう。すなわち固有名は、〈錯覚形成〉や〈神話化〉を通じて文学的テクストにおいてある種の産出的な役割を果たすのと同時に、むしろ名と対象との一体性の機能不全、すなわち否定性そのものを表象するものでもありうる、と。

じじつ、バッハマンによる〈神話化〉作用への言及はそのような固有名の否定性について述べるための前提に過ぎなかったように思われる。バッハマンがむしろ力点を置いていたのは、固有名の作り出す神話的一体性の脆弱さを繰り返し指摘することであった。たとえば同じ講演には次のような、先の引用に対するアンチテーゼともなりうる一節が存在するのだが、この箇所は先に挙げた文学的固有名の研究においてはさほど重視されていないか、ほとんど無視されている。

近年の文学においては、名前に関して述べるならば、考慮に値するいくつかのことが起こりました。すなわち名前が周知のように弱体化したことや、名付けることが不可能になったということです。依然として名前は存在していますし、それどころかまだ強力な名前も存在しているにもかかわらず、そうなのです。それゆえ次の二つのことについて、話題にされるべきでしょう。すなわち名前を確保し続けることと、名前が壊死すること、名前の危機、そしてその原因についてです。(5)

このようなバッハマンの言葉を、どのように理解すべきだろうか。一つには、バッハマンがこのフランクフルト大学での連続講義での第一回においてホーフマンスタールの『チャンドス卿の手紙』を扱っていることから、この根底に、一時ドイツ語文学においてはある種のクリシェともなったいわゆる〈言語危機〉、すなわち名と対象、あるいは概念と観念との一体性の融解をめぐる問題意識が存在していたことは間違いのないことだろう。講演の中盤から後半にかけて、カフカ、ジョイス、フォークナーらのモダニズム文学がかなりの分量を割いて扱われていることの背景には、そのような動機が存在していたことは十分に推測できる。

だが他方で、講演『名前との付き合い』においては一つの文学史的必然であるかのように言及されているこの「名前の壊死」は、実際のバッハマンの詩作においては、ある種の固有名をめぐる戦略となる、と考えることもできる。先に「壊死」と訳したVerkümmernは自動詞としてのみならず他動詞としても、すなわち名前と対象との一体性を「減じさせる」という詩人の側の能動的な行為としても、捉えられるべきなのである。このことは実際の作品においてはこれから論じていくように、固有名の解体として、表れる。

二　「私」のイニシャル

第十章でも取り上げた一九七一年の長編『マリナ』は、オーストリアの首都ウィーンを舞台とする長編小説であるが、その序盤において、一人称の語り手〈私〉は自分がいかに恋人のイヴァンと特別な関係を取り結んでいるかということについて、次のように述べている。あらかじめ述べておくならば、この一節は固有名の〈神話化〉作用に対する語り手自身による自己言及とも解しうる。

たとえイヴァンがたしかに私のために創造された存在なのだとしても、彼に過大な要求をするわけにもいかない。だってあの人は子音をもう一度確固とした、理解可能なものにするために、母音を再び開放するために、それらが完全な形で響くようになるために、言葉が私のくちびるを通って発せられるようになるために、めちゃくちゃになった本来の連関を再構築するために、そしていろいろな問題を救い出すために、やって来たんだから。私はだからいかなるIも彼から剝ぎ取りはしないだろう。(6) 私は私たちの同じ、高らかに鳴り響く一番最初の文字を、私たちがそれでもって小さい紙切れに署名するその最初の文字どうしを響かせ合い、重ね書きするだろう。(7)

これは一見すると、「イヴァン」という名が有するある種の神話的な力について述べているかのようにみえる。先のランピングの引用から言葉を借りるならば、「イヴァン」という名における「擬似神話性」は、固有名研究において通常定義される神話化作用以上の効力を有している。すなわちこの名は、この名前とそれを指し示す当人との間の一体性のみならず、彼の恋人たる語り手〈私〉と彼との間の一体性をも保証し、なおかつ本文の言葉を用いるならば「めちゃくちゃになった本来の連関」なるものを再構築するべきものであるというのである。すなわちここでのイヴァンという名についての言及によって、名前と指示対象との一体性を形成するという〈神話化〉の機能のみならず、その名前の背景に存在する記述されざる地平を作り出すという〈錯覚形成〉についてもまた、語り手によって言及されていることになる。しかし、かくのごとくことさらにこの名前が有する神話的魔力が称揚されていることは、既にしてその不可能性の裏返しであることは明白であろう。じじつ物語内容において二人の恋愛関係は破綻する。ただしこの関係の破綻が、単に二人の男女の間のそれというよりも、語り手〈私〉とウィーンという都市との関係の投影のようなものとして描かれることは興味深い。

筋と言えるほどの筋が存在するわけではないこの長編の「あらすじ」をあえて述べるならば、語り手〈私〉は恋人イヴァンとの恋愛関係において二人が住むウィーン第三区のウンガーガッセをある種の理想郷としてみなそうとするものの、途中「ウィーン」という都市をめぐる様々なトラウマ的記憶、すなわち一九二八年の内戦や第二次世界大戦後の分割統治期にまつわる記憶が想起されることと並行して、イヴァンとの関係もまた、疎遠になってゆく。それにともない語り手〈私〉の精神的な病は亢進してゆき、ついには〈私〉が壁の中に消滅することで、この長編は閉じられる。すなわちこの長編は、〈私〉と、イヴァンならびにマリナという二人の男性との関係を主軸とした物語であると同時に、〈私〉と「ウィーン」という都市の関係、あるいは語り手〈私〉を媒体とした、戦間期から戦後までのウィーンの戦争と混乱の歴史の記憶とでも言うべきものを、描いたものでもあるというわけである。

さて話を先の引用部に戻そう。ここで興味深いのは、語り手〈私〉の名前の頭文字がイヴァンと、そして作者インゲボルク・バッハマンと同じIであることがほのめかされているということ、そして、イヴァンという名を構成する音の響きそのものについての言及がなされていることであろう。すなわち語り手の〈私〉

にとってIvanという名は、序論で示した類型論で言うならば〈音象徴を有する名（Klangsymbolischer Name）〉でもあることになる。そのことを踏まえるならば、Ivanという名がWienすなわちウィーン（ヴィーン）と音声面での近接性を有したアナグラム的関係にあることは偶然ではない。Ivanという名は、引用部の言葉を用いるならばその子音と母音をより完全な形で響かせることによって、亀裂を入れられたウィーンに、再び調和をもたらすべき名なのである。このように解釈するならば、先の引用部において「めちゃくちゃになっている」とされているのは、長編の舞台であるウィーンという街そのものということになる。象徴的な解釈を行うならば、イヴァンという人物がハンガリー出身という設定にされていることも、帝国時代においてオーストリアにとってある種の伴侶であったハンガリーとウィーンが、イヴァンと〈私〉との合一を通じて和解することが希求されているのだ、と理解することもできよう。このことはいわゆる「ハプスブルク神話」、すなわち昔日の多民族・多言語国家たるオーストリア・ハンガリー帝国をノスタルジックに文学的形象として描き出すという、二十世紀なかばのオーストリア文学の潮流へのパロディとしても捉えられうる。

しかし「イヴァン」という名は「ウィーン」という都市の名とアナグラム的近接性は有しつつも、当然ながら決して同一の名ではない。それゆえ「イヴァン」と〈私〉、そして〈私〉と「ウィーン」の一体性は、先に引用した講演の言葉を用いるならば、「壊死」してゆく。すなわちウィーンに関するトラウマ的記憶が想起されることによって語り手〈私〉とウィーンとの関係に亀裂が入れられていくことと並行して、〈私〉とイヴァンとの関係も破綻していくのである。いずれにせよ、先の一節でことさら「イヴァン」の名が賛美されていることによって、失われた「ウィーン」の全体性がむしろ決して回復しないことが暗に示されているのである。「イヴァン」という名においてはそれゆえ、固有名の〈神話化〉機能とともにその神話化の機能不全が、言い換えるならば産出性と否定性との相克が、表象されていると言えよう。

さらに、先の引用部では長編全編を通じてその名が名指されることがない語り手〈私〉のイニシャルがI

であることがほのめかされている。これはデブースらの文学的固有名の機能分類に当てはめるならば〈匿名化（Anonymisierung）〉に当たる。従来の研究においてこの〈匿名化〉は、当該人物をあえて名を持たないというネガティヴな特徴によって読者に対して印象付けるためのものと定義されているが[8]、この長編『マリナ』におけるIの解釈を通じて、そこに新たな定義をつけ加えることができるかもしれない。

『マリナ』という作品が作者バッハマンの伝記的事実を多く含んだ自伝的側面を有するものであることはこれまでたびたび指摘されてきたことだが、このことを踏まえると、まずこのイニシャルは、読者に対してその自伝性をほのめかすために作者が与えた解釈のための手がかりなのであると、ひとまずは理解できる。このイニシャルによって語り手〈私〉の背後に作者バッハマンの存在に気付かされる読者は、長編の他の箇所からもバッハマンの伝記的事実に近似する記述を発見するよう仕向けられ、事実それらを多く発見することによって、（あるいは発見したつもりになることによって）長編の虚構世界と現実世界とを重ね合わせようとするのである。これはまさしく虚構世界にある種の現実性、真正性を付与する〈錯覚形成〉であり、また同時に、虚構と現実の間にある種の魔術的一体性を付与する〈神話化〉作用でもある。バッハマンは、このことを意図した上で、長編内に自らの伝記的事実と合致すると思われるような符牒をちりばめているかのように思われる。

しかしこのイニシャルへの言及については今ひとつ別の解釈も可能であろう。すなわちこのイニシャルは読者に対して作者「バッハマン」を介した形でのそのような生産的な読解を促すためのものであるだけではなく、むしろその作者性の否定をも表す符牒なのではないかということである。なぜならIはIvanとWienという二つの名にも等しく含まれる文字であり、先の引用部で述べられる神話的全体性を回復すべきものとしてのIvanという名が、さらにはそのアナグラムたるWienという名が解体されることによって残される断片、いわば瓦礫のようなものに過ぎないともみなせるからである。であるとすると、このIは読者が作者の生という虚構テクスト外の現実へと至り、現実と虚構を重ね合わせるための手がかりであるというより、この長編の虚構空間としてのウィーンという、既に「めちゃくちゃに」されていて崩壊した場所を漂流する語り手〈私〉に与えられた、語る主体の否定性を表象する文字であるとすら、言えるかもしれない。じじつ語り手〈私〉によってなされるウィーンの歴史の想起、これは語り手個人のそれを越えた集合的記憶の範疇に属するものが多いのだが、このときこの想起の主体たる〈私〉は単なる想起の媒体に過ぎず、その個人としてのありようは既にして解体されているからである。

そしてさらに述べるならば、Iとはそもそも「私」、ichという代名詞を構成する文字でもあり、その断片でもある。であるとするとここでなされているのは、「私」という、その言葉を発する者にとって最高度の固有性を有するはずの名前（序論で言及したラッセルに倣えば、「本物の固有名」）の、解体でもあるということになる。その場合この「私」ichのイニシャルIの背後に作者バッハマンの姿を読み取ろうとすることは、仮にそれがバッハマンの意図に沿うものであるとしても、誤りである。むしろこの〈私〉は、バッハマンではなく、ichですらない、何者でもない存在として、捉えられるべきなのだろう。このことをふまえるならば、長編の最終場面でこの〈私〉が壁の中に消滅したのち、その同居人マリナが「ここにはそんな女はいませんよ。いや、ここにそんな名前の人がいたことはないと言ってるんです」[9]と述べて長編が閉じられることも、まったく奇矯なことではないということになる。

さて、この神話的一体性の機能不全、あるいはその解体を表象するものとしての、断片としての名のありよう、このことについては、別の作品を考察することによって、検討を重ねたい。

三　誰でもない者の名

講演『名前との付き合い』の一年後、一九六一年に出版された短編集『三十歳』に収録された『ウンディーネが行く』は、次のように始まる。

お前たち人間！　お前たち怪物！

ハンスという名前のお前たち怪物！私が決して忘れることのできないこの名前の。〔…〕そう、私はこの論理を学んだ。ある一人の男はハンスという名でなければならないということ、お前たち皆がそういう名前であるということ、誰もが一様にそうであるということ、でもたった一人だけが、そうであるということ。たとえ私がお前たち皆のことを、私がどれほどお前たち皆を愛していたのかということをすっかり忘れてしまったとしても、私が決して忘れることのできないこの名前を持っているのはいつもたった一人だけなのだ。たとえおまえたちの口づけや精子が大いなる水の流れによって――雨や川や海によって――とうに洗い流され、押し流されてしまっているとしても、それでもこの名前はまだそこにあり、水の下で増殖し続ける。なぜなら私はその名を呼ぶことを止めることができないから。ハンス、ハンス……と。(10)

この短編は、古くはパラケルススの著作において言及され、近代以降はロマン派のフケーなどによって作品化された、人間に恋をする水の精の物語の伝承を、そのウンディーネの視点、言い換えるならば女性の視点で全編をそのモノローグによって作品化したもの、という説明が一般的であろう。ただしバッハマンがいかにしてウンディーネの神話を自らの作品において受容したかということを論じることは本稿の趣旨から外れる。むしろここで行うべきは、この作品にあらわれる名前の問題についての考察である。

この引用部では、ウンディーネの相手の男が「ハンス」という名であることが語られる。ウンディーネの相手役に「ハンス」という名前を与えること自体はフランスのジャン・ジロドゥが同様にこのウンディーネの伝承を扱った『オンディーヌ』のそれを継承するものだが、これが先の『マリナ』において登場したスラブ系の名であるイヴァンと同様、ドイツ語圏ではごくありふれた名であるということは注目に値する（ウィーンの作家ハンス・ヴァイゲル、グルッペ47の中心人物ハンス・ヴェルナー・リヒター、そして音楽家ハンス・ヴェルナー・ヘンツェ等、作者バッハマンは「ハンス」という名と何かとゆかりが深いわけだが、このことは今は措く）。じじつここではこの「ハンス」という名は、「おまえたち」という二人称複数の全員が有する名、いわば〈誰のものでもある名〉とされている。そしてまたこの名は、「くちづけと精子」などとして言及される、ウンディーネとハンス（たち）との間の愛の記憶が「押し流され」た後も、とはつまり、個々の「ハンス」という人物についての記憶が抹消され、この「ハンス」という名が内実を欠いた単なる空虚な文字列と響きになったのちもウンディーネによって呼ばれ続け、漂流しながら存続する残骸のようなものとして、言及されている。すなわちここにおいてもまた、恋人とその名前との間の神話的一体性と、それとは裏腹の、その一体性の無化、その名前によって名指されるべき者の不在、そしてその不在を表象する空虚な名としての「ハンス」という、ある種の否定性が問題となっている。このことはどのように理解すべきだろうか。このことを解明するためには、主人公「ウンディーネ」の名について、考察しておく必要があろう。

ウンディーネ（Undine）という名、これは直接にはラテン語で水や液体の流れを意味するundaに由来するとされているが、このバッハマンによる短編においては語源という通時的側面よりも、むしろ共時的な言語遊戯の方に、その意味を求めてもよいだろう。すなわちUndineはホメロスの『オデュッセイア』においてオデュッセウスが一つ眼の怪物キュクロープスをその狡知によってだしぬく際に名乗った古代ギリシャ語のウーデイース（udeis）、ドイツ語でいえばniemand（誰でもない者）にあたる語とアナグラム的な近しさを有する、ある種の〈無人〉の系譜に連なるべき名なのである。このウーデイース、〈誰でもない者〉がドイツ語圏文学においてどのような系譜をたどったのか、それについては第十一章の平野論文に詳しいためここでは措くが、このウンディーネの名の背後にudeisたるオデュッセウスの名が隠されていることの状況証拠としては、バッハマンが「オデュッセウスあるいは神話と啓蒙」という有名な章を含む『啓蒙の弁証法』の著者の一人であるテオドア・アドルノと交友関係を有していたという事実が挙げられる。この短編『ウンディーネが行く』は一九五六、五七年頃から構想されていたとされているが、それが一九六一年に出版されるまでの間にバッハマンはアドルノと知り合い、そして本稿の冒頭で扱った『名前との付き合い』を含む連続講義を、アドルノの所属していたフランクフルト大学で行うことになった。つまりバッハマンが『ウンディーネが行く』の執筆時期に『啓蒙の弁証法』を含むアドルノの著作に何らかの形で触れていたであろうことはほとんど確実なことである。むろんバッハマンがアドルノとホルクハイマーの思想を理論的正確さを備えたかたちで受容したということは考えにくい。だが次に引用する『ウンディーネが行く』のくだりが、『啓蒙と弁証法』が描き出すオデュッセウス像のパロディであるとみなすことは、決して突飛なことではない。すなわちウンディーネは作品の終盤において、別れる前に「お前たちハンス」を褒めさせてほしいと述べ、次のようなかたちでハンスたちを賛美するのである。

お前たちの話、お前たちの放浪、お前たちの熱心さはよかった。そして、半分の真実を口にして、世界の半分に光をあてるために、真実の全体を放棄してしまうところも、よかった。(11)

この箇所は、各所を放浪する中で自らの詐術にも似た狡知を駆使して怪物たちの手から逃れることによって神話の世界を打ち破り、アドルノとホルクハイマーの論によれば「啓蒙（Aufklärung）」、つまり世界の暗い迷蒙を明るくする営為の端緒をひらいたオデュッセウスをそのまま想起させる。すなわちこの短編において啓蒙主義者の先駆けたるオデュッセウスになぞらえられるのは、〈誰でもない者〉、ウーデイースに近しい響きの名を有するウンディーネではなく、むしろ〈誰でもある者〉たるハンスの方である。既に引用したように物語の冒頭でハンスは「怪物」と言い換えられているが、このことは、ホメロスの叙事詩における啓蒙主義者と神話の世界に生きる怪物たちとの関係の、バッハマンによるパロディ的転倒と解釈できる。水の精、すなわち本来人間からみればある種の「怪物」たるウンディーネの方に〈誰でもない者〉としての名を与え、今日の啓蒙化された世界に跋扈する怪物たる人間の方に〈誰でもある者〉ハンスの名を与えているのである。そして次の引用からも、様々な技術を生み出し、その学問的狡知によって世界を支配する現代人ハンスが、まちがいなく『啓蒙の弁証法』におけるオデュッセウスの後裔であることがうかがえる。

お前たちがエンジンや機械装置の上にかがんでそれらを作って、理解して、説明して、説明しすぎてそこからまた謎が生まれてしまうときの様子も、賞賛に値する。［…］
様々な元素や、宇宙や天体について、あんな風に話す人はもうだれもいないだろう。
地球やそのかたち、年代について、あんな風に話した人も一人もいなかった。あなたのお話の中では、そう水晶、火山、灰、氷、そしてマグマについてのお話では、全てが明晰だった。(12)

『啓蒙の弁証法』の著者であるアドルノとホルクハイマーはオデュッセウスが「誰でもない者」と名乗ったことによってキュクロープスを欺いたこと、すなわち対象との一体性を有していた神話的言語が単なる記号へと変化し、言葉と対象との分裂がそこで生じたことに、オデュッセウスの詭計における決定的な契機を見て取っている。そしてウンディーネの言及するハンスもまた、この引用部で述べられるように脱神話化された記号としての言語によって世界を説明し尽くし、支配する存在である。しかしウンディーネはこのような、名と対象との一体性が実現されている神話的世界を脱神話化したハンスの用いる言語を、次の引用にあるようにむしろ「魔法」とみなす。ウンディーネにとってはハンスこそが、「魔法」としての言語を用いているという意味で、「怪物」なのである。このこともまた、『啓蒙の弁証法』のパロディ的転倒とみなしうるだろう。

あなたが話したときほど対象に魔法がかかったことはなかったし、言葉があれほど優越していたこともなかった。あなたを通じて言葉は反抗することができたし、混乱したり、強くなったりもできた。あなたは全てを言葉と文章によって作り上げ、その言葉と文章と意思疎通をし、変換させた。何かを新しく名付けることもした。[…]

ああ、あんたたち怪物ほどうまく遊べる者は、誰もいなかった！(13)

言語を操り、何かを名付けること。そしてその際に名付けられた事物よりも言語、あるいは名前の方が優位にたち、それが純粋な記号として独自の展開をし、それが世界を支配しさえしうること。ウンディーネはこの、通常であれば言語の「啓蒙」あるいは「近代化」と呼びうる事態を、「魔法」と呼んでいる。そしてこの作品の眼目は、このような意味での魔法を操る存在としての啓蒙主義の申し子「ハンス」、〈誰でもある者〉としてのハンスの怪物性を、人間にとっての他者たるウンディーネ、言うなれば人間にとって〈誰でもない者〉たるウンディーネに仮託して、告発することだったのである。それゆえここにおいて『オデュッセイア』における誰でもない者としてのウーデイースの名、言語を記号化することによって神話の世界を打ち破り、ハンスという啓蒙主義的怪物たちを生み出すことになったこの名は、その〈脱神話化の神話〉としての〈啓蒙〉そのものを脱魔術化する〈誰でもない者〉としてのウンディーネへと、転倒させられたのである。そしてこのことから、作品の末尾においてウンディーネがハンスに対して投げかける「来て　もう一度だけ来て」[14]という言葉は、ウンディーネが生きる、世界を支配する啓蒙主義的「魔法」の言葉が空虚化された領域への誘いの言葉、言い換えるならば、脱神話化としての啓蒙を再度脱魔術化することへの誘惑なのであると、解釈できる。

この「ウンディーネ」の事例からわかることは、バッハマンの名前の「壊死」への眼差しが、かつて存在したはずの神話的一体性の崩壊に対するメランコリックなそれではなく、むしろ詩人としての積極的な戦略だったということであろう。この意味で短編『ウンディーネが行く』からは、バッハマンの固有名をめぐる詩論的な契機が読み取られうるのである。

四　名前の廃墟

さて、このようなバッハマンにおける固有名の解体の戦略とでもいうべきものから、どのような結論を導き出すべきだろうか。「イヴァン」や「ウンディーネ」という名を起点として諸々の名と対象との神話的一体性が解体されてもなお、固有名そのものは空虚な記号として残存する。バッハマンの、特に一九六〇年代半ば以降の作品には、直接物語の本筋と密接に関係するわけではない大量の実在の地名がしばしば登場するのだが、それは本来地名が持っているべき神話的一体性、言うなればアウラが欠けた、空虚な名としてである。第十章において論じたように、長編『マリナ』において大量に言及される実在のウィーンの地名は、その過去と現在、すなわち第二次世界大戦前、第二次世界大戦後の分割統治期、そして第二共和国期というそれぞれの時代においてその地名が帯びていた意味づけの相違が前景化してくることによって、その名前が喚起するイメージに亀裂が入った名として、言い換えるならば、対象との一体性を奪われ、空虚化した名前の廃墟のようなものとして現れるものであったことを想起してもよいだろう。本稿の最後に、そのような廃墟としての名前の実例を今ひとつ扱っておこう。

バッハマンは一九六四年のビューヒナー賞の受賞式において、当時壁が建設されて間もない時期のベルリンを舞台とした『発作（偶然）のための場所（Ein Ort für Zufälle）』というテクストを講演として朗読し、それはのちにギュンター・グラスによる挿絵とともに書籍化された。このタイトルで言及されているZufälleは「発作」とも「偶然」とも訳すことができるが、ここには双方の意味が込められているとするのが妥当だろう。すなわちこの作品では、東西に分かたれたベルリンという街において歴史的に形成されてきた病の症状としてのグロテスクな「発作」のイメージ、テクスト中の言葉を借りるならば「ベルリンの損傷」のイメージが、あたかもそこに生きる人々にとっては測りがたい「偶然」であるかのように脈絡もなく次々と物語られるというものである。その損傷のイメージは道路が四五度持ち上がっていたり、部屋の中を飛行機が飛んでいたり、人々が脂っぽい紙にくるまれていたりと、それはそれで非常に示唆に富むものではあるだが、ここで深く立ち入りはしない。本稿ではベルリンに実在する、あるいは当時実在していた固有名がこのテクストでどのように言及されているかということに集中したい。以下に引用するのはその冒頭部分である。なおこの引用に限り、日本語訳のあとにドイツ語原文を示しておく。

それはザ、ロ、ッ、テ、ィ、〔訳注：チョコレート会社〕に向かって家十軒ぶんほどのところにあって、シ、ュ、ル、ト、ハ、イ、ス〔訳注：ビールの銘柄〕より数ブロック前のところにあって、コメルツ銀行から信号五つぶん離れたところにあって、ベルリーナー・キンドル〔訳注：ビールの銘柄〕のところではなくって、窓にはロウソクがあって、市電の線路からは離れていて、話すことのできない時間にもあって、その前には十字架があって、その前には交差点があって、そんなに遠くはなくって、そんなに近いわけでもなくって、——あ、違いました——ひとつの案件であって、物というわけではなくって、昼間であって、夜でもあって、使用されていて、中には人間がいて、周りには木々があって、そうであるかもしれなくて、そうである必要はなくって、そうであるべきなんだけど、そうである必要はなくって、運ばれて、届けられて、引き渡されて、足から先にやってきて、青い光があって、することがなくって、それどころか、やってきてしまっていて、あきらめられてしまっていて、いまここにいて、長いことここにいて、安定してひとつの住所であって、死ぬためにそこにいて、来ていて、やって来ていて、現れて来ていて、何かなのです——ベルリンにいる。

〔原文〕

Es ist zehn Häuser nach *Sarotti*, es ist einige Blocks vor *Schultheiss*, es ist fünf Ampeln weit von der *Commerzbank*, es ist nicht bei *Berliner Kindl*, es sind Kerzen im Fenster, es ist seitab von der Straßenbahn, ist auch in der Schweigestunde, ist ein Kreuz davor, es ist so weit nicht, aber auch nicht so nah, ist – falsch geraten! – eine Sache auch, ist kein Gegenstand, ist tagsüber, ist auch nachts, wird benutzt, sind Menschen drin, sind Bäume drum, kann, muß nicht, soll, muß nicht, wird getragen, abgegeben, kommt mit den Füßen voraus, hat blaues Licht, hat nichts zu tun, ist, ja ist, ist vorgekommen, ist aufgegeben, ist jetzt und schon lange, ist eine ständige Adresse, ist zum Umkommen, kommt, kommt vor und hervor, ist etwas – in Berlin.(15)

一見したところ支離滅裂で意味不明ともとれるこの一節のドイツ語原文では es ist... 「それは［…］」という構文が頻出しているが、この es（それ）が指す対象は一定ではなく、場合によっては文法的な用法すら一定ではない（たとえば直接にはなにも指示していない仮の主語として用いられている箇所もある）。この一節の後に医者や看護婦が登場する場面があることから、es は多くの場合ときには病院が、別の場合にはそこに運び込まれる病人あるいは怪我人を指していると解釈できる。すなわちこの病人あるいは怪我人はザロッティやシュルトハイス、コメルツ銀行らが近隣に存在する区域のどこかにある病院に向かって運ばれており、「あ、違いました」という言葉にあるように時には道を間違えられ、すったもんだの挙句一応病院に運ばれはするがもはや虫の息であってやがて死ぬことはおそらく確実である。この一節をひとまず表面的に解釈すると、このようなものになるだろう。ちなみにこの es ist ... という構文は、このテクストの引用部以外の箇所でも頻出するが、es が指しているものはこの一節と同様その都度異なる。しかしこの冒頭部において es が死の淵にある者を指すことによって、このテクストの描き出す様々なグロテスクなイメージが、より説得力のあるものになっていることは確かであろう。

さてこの一節について、もう一歩踏み込んだ解釈をしてみよう。この一節からは、この es が、名前の脱魔術化を志向する「誰でもないもの」としてのウンディーネ像を変容させたものであり、なおかつこのテクストよりも執筆時期においては数年後のものとなる長編『マリナ』における地名の解体と、その地名で名指される場所に生きる一人称の〈私〉の解体を、理論的な意味では発展させたものであることがわかる。このことの傍証としては、この講演には膨大な草稿が存在しており、その一部は（本稿でも依拠している）一九九五年に刊行された批判版のテキストにおいて読むことができるが、それらの草稿では当初このベルリンをめぐる記述は一人称の〈私〉、ich を基点としてなされたものであったということが挙げられる。その

ich は稿が改められるごとに es（「それ」）へと匿名化していき、ついには先に引用したような形になった。つまりこの講演は〈私〉ではなく、〈誰でもないもの〉という否定的な名すら持たない、〈匿名化〉と主体の解体の極地としての、死の淵にある es を主人公とするものとでも言いうるのである。

その死の淵にある es「それ」が帰郷に際して各地を彷徨したオデュッセイアよろしく逍遙するベルリンの固有名群からは、ベルリンという街を統一的なイメージとして喚起させるだけの神話的一体性が、ひいては実在性を有した街としての「錯覚」が、形成されることはない。そしてその理由はこの講演当時のベルリンをめぐる政治的混乱にのみ帰せられるものではない。というのも上の一節において言及される「ザロッティ」、「シュルトハイス」、「コメルツ銀行」、「ベルリーナー・キンドル」という四つの固有名、これは地名であると同時に会社の名前でもあるわけだが、これらはいずれも戦前から、場合によっては十九世紀から存在していた会社のそれであった。これらの名はこの講演テクストが発表された一九六四年当時のベルリンにおいてもごくありふれたものであり、なおかつ西ベルリンのようなアメリカ的消費社会が形成されつつあった街においてはいたるところで目にすることができた名前であったと思われる。つまりこれらの名は固有名でありながら、どこでもあり、それでいてどこでもない場所を指し示す名なのである。本来虚構テクストの冒頭において実在の地名が複数言及されれば、読者はたちまちそのことによって、当該のテクストの舞台となっている空間を固有名の〈同定機能〉や〈錯覚形成〉作用を通じて確定することができるはずなのだが、これら四つの名は（「ハンス」というありふれた男の名においてもそうであるように）あまりにありふれているために、その位置確定が不可能なのである。そして〈同定機能〉も〈錯覚形成〉機能も作用しないということは、（本稿の序盤に言及したランピングによる定義を想起してもらいたいのだが）すなわちそれによって名前と対象との神話的一体性も生じ得ないのであるから、〈神話化〉も起こりえないということになる。このテクストでは中盤以降、「フリードリヒ・シュトラーセ」や「カー・デー・ヴェー」という著名な、ベルリンにおいては唯一無二の固有名も登場しはするのだが、この冒頭のザロッティをはじめとする四つの固有名によって、このベルリンはいわば内実を欠いた空虚な空間、ある種の廃墟としての名が充満する空間として、立ち現れてくるのである。

さて最後に、この講演テクストの末尾を引用しておく。

> 希望があるのかどうかはわかりません。でも希望がないのだとしても、それはいまはそんなに恐ろしいことではありません。おさまっているのです。希望がある必要なんてないんです。それ以下かもしれません。なんでもないものである必要があります。それはなんでもないんです。それは、シャルンホルスト〔訳注：旅行会社〕を通り過ぎて、保険会社を通り過ぎて、葉巻を通り過ぎて、チョコレートを通り過ぎて、ライザー〔訳注：靴のチェーン店〕を通り過ぎて、火災保険会社を通り過ぎて、コメルツ銀行を通り過ぎて、ボレ〔訳注：日用品の小売チェーン〕を通り過ぎて、通り過ぎてしまったのです。最後の飛行機が入ってきました。最初の飛行機は真夜中過ぎに入ってきます。全てがしかるべき高さで飛んでいて、もう部屋を突っ切ることはありません。興奮状態だったのです。それ以上のものではないのです。もうそれは起こらないでしょう。[17]

ここでも先の冒頭部と同様、どこにでもあり、それゆえどこということもない固有名が複数言及される。「ライザー」や「ボレ」もまた、当時の西ドイツにおいてはどこにでもあったチェーン店の名であるし、「葉巻」や「チョコレート」とは、おそらくタバコ屋や菓子屋のことであろうが、それらはここにおいては本来その店が持っていたはずの固有名すら失われており、一般名詞へと希釈されてしまっている。これらのことによってこの地を逍遙する〈それ〉の位置は定まらず、「どこでもない場所」のままであり、そこが存在するはずのベルリンもまた、それゆえとらえどころのない、神話的一体性を壊死させられた、どこでもない場所となる。そして冒頭部から継続して言及されている〈それ〉もまた、最終的には nichts すなわち「なんでもないもの」と名指されることになる（「それはなんでもないんです」）。まるでこの講演テキスト全体で描き出そうとしたグロテスクなベルリンの発作の数々もまた、何事もなかったかのように、そしてまた、二〇世紀半ばまでのベルリンが経験してきた歴史的経緯の全てもまた、何事もなかったかのようにして、この講演は閉じられる。

バッハマンが講演『名前との付き合い』において言及した名前の壊死、これは繰り返し述べたようにバッハマンにとっては単なる文学史的必然というよりも、むしろ詩人による積極的な詩的戦略でもあった。これまで見てきたようにそれは『マリナ』と『ウンディーネが行く』において兆候的に認められるものであったが、このビューヒナー賞講演『偶然のための場所』では、それがひとつの極地に達しているとみることができる。すなわち nichts「なんでもないもの」。これは、このような名前と対象との神話的一体性が壊死していく事態を表象する否定的な名であり、それは同時に、バッハマンにとって唯一無二の、「本物の固有名」であったのかもしれない。

注

（1） Ingeborg Bachmann: Der Umgang mit Namen. In: Dies.: Kritische Schriften. Hg. von Monika Albrecht und Dirk Göttsche. München Zürich (Piper) 2005, S. 312–328, hier S. 313.

（2） Dieter Lamping: Der Name in der Erzählung. Zur Poetik des Personennamens. Bonn (Bouvier) 1983. S. 106f.

（3） Friedhelm Debus: Namen im literarischen Werken. (Er-) Findung – Form – Funktion. Mainz Stuttgart (Franz Steiner) 2002./

Ders.: Funktionen literarischer Namen. In: Sprachreport. Mannheim 2004, S. 2–9./ Ders.: Namenkunde und Namensgeschichte. Berlin (Erich Schmidt) 2012.

（4） Rolf Selbmann: Nomen est Omen. Literaturgeschichte im Zeichen des Namens. Würzburg 2013.

（5） Bachmann, Der Umgang mit Namen, S. 316.

（6） ドイツ語原文では so werde ich kein Jota von ihm abweichen (...) となっている。本稿では kein Jota という表現を「少しも〜ない」という熟語としてではなく、あえて字義通りに訳している。

（7） Ingeborg Bachmann: Malina. In: Dies.: Todesarten – Projekt. Band 3.1. Malina. Bearbeitet von Dirk Göttsche unter Mitwirkung von Monika Albrecht. S. 303f.

（8） Vgl. Debus (2004), S. 7f.

（9） Bachmann, Malina, S. 694.

（10） Ingeborg Bachman: Undine geht. In: Dies.: Werke. Hg. von Christine Koschel, Inge von Weidenbaum und Clemens Münster. Band II. München Zürich 1978, S. 253–263, hier S. 253.

（11） Bachmann, Undine geht, S. 261.

（12） Ebd., S. 261f.

（13） Ebd., S. 262. 引用部最終文の原文は Ach, so gut spielen konnte niemand, ihr Ungeheuer! となっており、niemand を「誰でもないもの」ととれば、「誰でもないものが、これほどうまく遊ぶことができた」と訳せる。

（14） Ebd., S. 263.

（15） Ingeborg Bachmann: Ein Ort für Zufälle. In: Dies.: Todesarten – Projekt. Band 1. Malina. Bearbeitet von Dirk Göttsche unter Mitwirkung von Monika Albrecht. S. 169–235, hier S. 205f.

（16） ドイフェルはこの講演テクストを徹底的に分析したその単著においてここで言及される固有名についても、その全てに関して注釈を施している。Vgl. Christian Däufel: Ingeborg Bachmanns ›Ein Ort für Zufälle‹. Ein interpretierender Kommentar. Berlin (De Gruyter) 2013.

（17） Bachmann, Ein Ort für Zufälle, S. 227.

編者あとがき

固有名はその対象と不可分に結びついた唯一無二のものである一方で、代替可能な単なる記号でもあるという両義性を有する。ドイツ語圏文学は古くからその両義性に何らかの形で取り組んできたといえる。本書でその一端を示すことができたならば幸いである。

本書は次の三つのシンポジウムが元になっている。第一には二〇一四年十月に京都府立大学にて日本独文学会秋季研究発表会の枠内で行われた「名前の詩学——文学における固有名あるいは名をめぐる諸問題」であり、その内容は後に同題にて二〇一五年に「日本独文学会研究叢書一一六」として刊行された。本書の第一部の諸論考はその叢書の原稿に大幅な加筆・修正を加えたものである。第二には二〇一七年五月に日本大学にて日本独文学会春季研究発表会の枠内で行われた「固有名と虚構性」である。この内容も同題にて二〇一八年に「日本独文学会研究叢書一三〇」として刊行された。本書第二部の第六章、第七章、第九章、第十章ならびに第三部の第十二章はこの叢書原稿に加筆・修正を施したものである（第十二章の金論文は後述の第三のシンポジウムで発表されたのち、この『固有名と虚構性』の叢書に収録された）。第三には二〇一八年二月に日本独文学会関東支部と東京大学ドイツ語・ドイツ文学研究室の共催にて東京大学本郷キャンパスにて開催された「名前の詩学――文学作品における固有名と否定性の諸相」である。第二部の第八章、第三部の第十一章、第十三章はこのときの原稿を元にしている。また二〇一五年度から二〇一七年度までの三年間、日本学術振興会の科学研究費の助成（基盤研究（C）、『文学作品における固有名の機能とその受容についての研究――ドイツ語文学の場合』研究代表者：前田佳一、課題番号：15K02422）を受けた。さらに本書刊行にあたっては、公益財団法人ドイツ語学文学振興会の二〇一八年度刊行助成を受けている。

本来「あとがき」というものは、著者が個人的にお世話になった人物たちの「固有名」を挙げ、それまでの厚意に謝意を示し、研究書としての大団円を演出すべき場なのであろう。だが本書に限っては、それはやや困難なことである。というのも編者にとってお世話になった人物たちの多くは、本書に執筆者たちとして既に関わってしまっている。本書は何よりも先の三つのシンポジウムの準備のために行った執筆者間での個人的な研究会に多くを負うているわけだが、さすがに関係者同士で褒め合うというわけにもいかない。

それでもなお、あえて執筆者の一人の固有名を挙げることが許されるならば、第十一章を執筆した平野嘉彦先生には特に感謝申し上げたい。上述の二〇一八年の第三のシンポジウムにおいて第十一章の元となる講演を快く引き受けて下さったばかりか、本書の企画、刊行にあたっても大いに尽力してくださった。平野先生を執筆者の一人としてお迎えして編著を出版するなどということは、編者が研究らしきことを始めた学部四年生のとき（先生が東京大学文学部を定年退職する一年前のことであった）に、卒業論文の指導を受けるために恐る恐る研究室の戸を叩いた頃には全く想像も及ばないことであった。今後も何とか学恩に報いていきたいと心を新たにした次第である。

また、中央大学文学部の縄田雄二先生には、この共同研究が立ち上がった頃からしばしば励ましの言葉を頂いた。この場を借りて感謝申し上げたい。

末筆ながら、本書の出版にあたって編集を担当してくださった法政大学出版局の前田晃一氏に、心より御礼申し上げたい。聞けば、氏も京都大学で教鞭をとっていた頃の平野先生の教え子とのことである。このような思いがけない巡り合わせに支えられ、本書を上梓できたことを大変嬉しく思う。

前田佳一

平野嘉彦（ヒラノ・ヨシヒコ）
1944年生まれ。東京大学名誉教授。京都大学大学院文学研究科修士課程修了。文学修士。専攻はドイツ文学。業績に Miszellaneen zu Celan. Entwürfe zu Naturgeschichte und Anthropologie（単著、Königshausen & Neumann, 2018年）、『土地の名前、どこにもない場所としての――ツェラーンのアウシュヴィッツ、ベルリン、ウクライナ』（単著、法政大学出版局、2015年）、『ボヘミアの〈儀式殺人〉――フロイト・クラウス・カフカ』（単著、平凡社、2012年）ほか。　[担当] 第11章

宮田眞治（ミヤタ・シンジ）
1964年生まれ。東京大学大学院人文社会系研究科教授。京都大学大学院文学研究科博士後期課程退学。文学修士。専攻は近代ドイツ文学・思想。業績に『リヒテンベルクの雑記帳』（編訳、作品社、2018年）、『ヴァレリーにおける詩と芸術』（共著、水声社、2018年）、『ドイツ文化55のキーワード』（共編著、ミネルヴァ書房、2015年）ほか。　[担当] 第8章

山崎泰孝（ヤマサキ・ヤスタカ）
1979年生まれ。島根大学法文学部准教授。東京大学人文社会系研究科博士後期課程単位取得退学。博士（文学）。専攻はドイツ文学。業績に『プロムナード　やさしいドイツ語文法（改訂版）』（共著、白水社、2019年）、「幼年時代の反復――リルケ『マルテの手記』における想起の詩学」（論文、『オーストリア文学』30巻、2014年）、Die Poetik der Abwesenheit in Rilkes Aufzeichnungen des Malte Laurids Brigge.（論文、Neue Beiträge zur Germanistik. Band 12, Heft 1, 2013年）ほか。　[担当] 第4章

山本潤（ヤマモト・ジュン）
1976年生まれ。東京大学大学院人文社会系研究科准教授。東京大学大学院人文社会系研究科博士後期課程単位取得退学。博士（文学）。専攻は中世ドイツ文学。業績に「オーストリアにおける「ドイツ国民叙事詩」研究――『ニーベルンゲンの歌』の「オーストリア性」」（論文、日本独文学会研究叢書126号、2017年）、『「記憶」の変容――『ニーベルンゲンの歌』および『ニーベルンゲンの哀歌』にみる口承文芸と書記文芸の交差』（単著、多賀出版、2015年）、『カタストロフィと人文学』（共著、勁草書房、2014年）ほか。　[担当] 第1章

執筆者紹介

前田佳一（マエダ・ケイイチ） 編者
1983年生まれ。お茶の水女子大学基幹研究院助教。東京大学大学院人文社会系研究科博士後期課程単位取得退学。博士（文学）。専攻は近現代ドイツ文学、オーストリア文学。業績に『「人殺しと気狂いたち」の饗宴あるいは戦後オーストリア文学の深層』（編著、日本独文学会研究叢書126、2017年）、Nachleben der Toten – Autofiktion（共著、iudicium, 2017年）、「インゲボルク・バッハマンにおけるグレンツェ（Grenze）をめぐる一考察」（論文、『ドイツ文学』146号、2013年）ほか。
［担当］序論、第5章、第10章、第13章

江口大輔（エグチ・ダイスケ）
1976年生まれ。早稲田大学法学学術院准教授。東京大学大学院人文社会系研究科博士課程単位取得退学。博士（文学）。専攻はドイツ文学。業績に「想像力の参照先」（論文、『シェリング年報』第22号、2014年）、「J・J・ブライティンガー『批判的詩論』における「真理」と「真実らしさ」」（論文、『文芸研究』第120号、2011年）、「ジャン・パウルの機知理論におけるBildについて」（論文、『詩・言語』第67号、2007年）ほか。 ［担当］第2章、第7章

小野寺賢一（オノデラ・ケンイチ）
1977年生まれ。大東文化大学外国語学部講師。早稲田大学大学院文学研究科博士後期課程単位取得退学。修士（文学）。専攻はドイツ近代文学。業績に「ベンヤミンの〈凱旋記念塔〉——凱旋記念塔のフリーズの図像分析に基づく読解」（論文、『ワセダ・ブレッター』第25号、2018年）、「努力、コナトゥス、衝動——ヘルダーリン詩学におけるスピノザ存在論とフィヒテ意識哲学との総合の試み」（論文、『シェリング年報』第20号、2012年）、„Hölderlins Germania-Bild als Ausnahme.“（論文、Neue Beiträge zur Germanistik. Band 9, Heft 1, 2010年）ほか。 ［担当］第6章

木戸繭子（キド・マユコ）
1981年生まれ。中央大学理工学部准教授。東京大学大学院人文社会系研究科博士後期課程単位取得退学。修士（文学）。専攻はドイツ語近現代文学、ジェンダー論。業績にMasken und Spiegel. Die Erzählstrategie in Thomas Manns autobiographischem Essay *Im Spiegel.*（論文、Neue Beiträge zur Germanistik. Band 15, Heft 1, 2016年）、「トーマス・マン『衣装戸棚』——隠された欲望の語りについて」（論文、『詩・言語』第82号、2016年）、「トーマス・マン『ルイスヒェン』——ドラァグ、赤い靴、そしてパフォーマティブな身体のスキャンダル」（論文、『ドイツ文学』第144号、2012年）ほか。
［担当］第3章、第9章

金志成（キム・チソン）
1987年生まれ。早稲田大学文学学術院講師。早稲田大学大学院文学研究科博士後期課程修了。博士（文学）。専攻はドイツ文学。業績に『背後の世界』（翻訳、トーマス・メレ著、河出書房新社、2018年）、Dekonstruktive Momente in Uwe Johnsons Poetik（論文、Johnson-Jahrbuch 23, 2016年）、「「わたしは雲の上に行きたい」：ウーヴェ・ヨーンゾン『ヤーコプについての推測』における公的領域と私的領域をめぐって」（論文、『ドイツ文学』148号、2014年）ほか。 ［担当］第12章

固有名の詩学

2019年2月27日　初版第1刷発行

編　者　前田佳一
発行所　一般財団法人　法政大学出版局
〒102-0071 東京都千代田区富士見 2-17-1
電話 03(5214)5540／振替 00160-6-95814
組版：HUP
印刷：三和印刷
製本：誠製本
装幀：竹中尚史

ISBN978-4-588-49514-4　Printed in Japan